CHV

Thom Jones
Ruhender Faustkämpfer

Stories

Aus dem Amerikanischen
von Lutz-W. Wolff

Carl Hanser Verlag

Die Originalausgabe erschien 1993 unter dem Titel
The Pugilist at Rest
bei Little, Brown and Company in Boston.

1 2 3 4 5 01 00 99 98 97

ISBN 3-446-17759-0

Satz: Satz für Satz. Barbara Amann, Leutkirch
Druck und Bindung: Friedrich Pustet, Regensburg
Printed in Germany

Für Sally

Teil I

Ruhender Faustkämpfer

Hey Baby wurde dabei erwischt, wie er einen Brief an sein Mädchen schrieb, als er sich eigentlich Notizen über die technischen Daten des M-14-Gewehrs machen sollte. Wir saßen in den ersten Wochen der Grundausbildung im August 1966 in einer stickigen Wellblechhütte der Marineinfanterie in San Diego. Sergeant Wright riß Hey Baby den Brief aus der Hand, und am Abend las er ihn den Rekruten vom Platoon 263 in der Mannschaftsunterkunft laut vor, wobei seine Stimme vor Sarkasmus bebte. *»Hey, Baby!«* begann er, und je weiter er sich in den Brief hineinfraß, desto heftiger wurden seine Wut und sein Abscheu. Das sei ein Brief an *Rosie Rottencrotch*, sagte er am Ende, aber worauf es wirklich ankomme, was allein zähle, was höchste Priorität habe, das sei nicht *Rosie Rottencrotch* in ihren dampfendheißen Höschen, sondern die Mündungsgeschwindigkeit des M-14.

Hey Baby bezahlte für den Brief mit hundert Liegestützen auf dem Zementfußboden der Mannschaftsunterkunft, aber seine eigentliche Belohnung bestand darin, daß er nur noch Hey Baby genannt wurde, solange er beim Platoon 263 war – von den üblichen Beschimpfungen als Haufen Scheiße, Schwuchtel, Schlappschwanz, Wurm oder dergleichen mal abgesehen. Zu allem Überfluß gab dieses Mädchen in Chicago, das für Sergeant Wright, mich und achtundsiebzig weitere Rekruten bei der Marineinfanterie nun schon eine alte Bekannte war, Hey Baby kurz nach dem Zwischenfall auch noch den Laufpaß.

Er blieb nicht lange bei den Marines. Der Grund dafür waren seine Attacken auf Jorgeson, meinen Kumpel. Jorgeson war mein bester Freund, und Hey Baby fing an, ihn Jorgepussy zu nennen, schikanierte ihn und schubste ihn rum. Er war sauer auf Jorgeson, weil der jedesmal, wenn wir irgendeine neue Kampftechnik oder Taktik lernen sollten, vor sich hin murmelte: »Bei so was kann man sterben.« Oder: »Da gehst du doch gleich drauf, wenn du das machst.« Man konnte den Eindruck gewinnen, daß Jorgeson die Liebe zur amerikanischen Fahne und die Verteidigung der demokratischen Ideale in Südostasien nicht richtig ernst nahm. Er hatte mir auch erzählt, eigentlich würde er lieber ein Atelier im New Yorker Stadtteil SoHo bewohnen, mit einer Baskenmütze herumlaufen, altbackenes Stangenweißbrot mit Leberwurst essen, Tokaier trinken, kiffen, Bilder malen und den traurigen, klagenden Liedern der französischen Sängerin Edith Piaf zuhören, die auch der »Spatz von Paris« genannt wird.

Nach der ersten halben Stunde Grundausbildung wollten die meisten anderen Rekruten auch weg, aber die träumten eher von Surfbrettern, Corvettes und blonden Puppen. Jorgeson wollte ein Beatnik sein und mit Jack Kerouac und Neal Cassady rumhängen, bernsteinfarbenen Whiskey kippen, der ihm die Kehle verbrannte, und dazu hören, wie Charles Mingus echten Cool Jazz auf dem Baß spielte. Er wollte sich im Zen-Buddhismus üben und das I Ging werfen, Kuskus essen und astrologische Karten studieren. Für mich war das alles unbekanntes Gebiet. Ich war in Aurora, Illinois, aufgewachsen und hatte nie von solchen Dingen gehört. Jorgeson hatte eine scharfe Zunge und war so herablassend in seinen Äußerungen, daß ich nie wußte, ob ich sein Gerede wirklich ernst nehmen sollte, aber ich mochte seinen Sinn für Humor und glaubte auch, daß er die Sensibilität eines Künstlers besaß. Es war nicht bloß eine unbestimmte Sehnsucht bei ihm. Ich glaubte fest daran, daß er Maler werden könnte. Er wollte nicht mit Leib und Seele Marineinfanterist werden. Er war im Unterschied zu mir kein echter Gläubiger.

Einige Wochen nachdem Hey Baby angefangen hatte, Jorgeson zu piesacken, hielt Sergeant Wright seine beste Rede für uns: »Ihr werdet jetzt in den Krieg ziehen, Männer, das ist kein Zuckerlecken.« Und so weiter. »Wenn der Vietcong einen von euren Kameraden niederschießt, einen von euch Marines, dann werdet ihr euer Leben riskieren und den

Mann rausholen. Nicht weil ich euch das gesagt habe. Nein! Ihr werdet euren Kameraden rausholen, weil ihr Marines seid, also Angehörige der besten Elitetruppe der Welt, und der Mann, der da draußen liegt, ist auch ein Marine, und er ist euer *Kumpel.* Er ist euer Bruder! Wenn ihr mal Marines seid, dann seid ihr für immer Marines und laßt nie einen Kameraden im Stich.« Und so weiter. »Man kann einen Marine aus der Truppe nehmen, aber niemals die Truppe aus dem Herzen eines Marine.« Und so weiter. Damals fand ich das eine sehr gute Rede, und sie bewegte mich tief. Sergeant Wright war kein Schleimscheißer. Er war ein grundanständiger Kerl, und wenn er Gleichschritt kommandierte, dann klappte es immer. Mann, ich kriege einen Knoten im Hals, wenn ich daran denke, wie der Gleichschritt kommandierte. Ich glaube, abgesehen von Jorgeson waren alle Rekruten vom Platoon 263 auf Sergeant Wright stolz. Der Mann war echt. Richtig echt. Er war ein Prachtkerl von einem Marine.

Im Verlauf der Ausbildung schieden jede Menge Rekruten aus dem Platoon aus. Manche schafften den körperlichen Leistungstest nicht und mußten in ein Speziallager für Schwächlinge. Das war ein besonders schändlicher Makel, fast genauso peinlich wie Bettnässen. Andere Rekruten kriegten Lungenentzündung oder Angina, oder die Blasen an ihren Füßen entzündeten sich oder sonst irgendwas, und fielen deshalb zurück. Manche kamen bei der Schützenprüfung nicht durch. Einer brach sich das Bein. Ein anderer erlitt einen Nervenzusammenbruch (was auch sehr bedauerlich war). Ständig fielen Leute aus. Wenn der Rekrut seine Mängel behoben hatte oder wieder gesund war, konnte er in ein anderes Platoon einsteigen, das im entsprechenden Stadium der Ausbildung war. Auf diese Weise kamen Dutzende von neuen Rekruten zum Platoon 263. Wenn alles glattging, war man in zwölf Wochen durch. Das ist gar keine lange Zeit, aber es kam einem lang vor. Man sah die ganze Zeit keine Frau. Man sah keine Zeitung und auch keinen Fernseher. Man aß keinen Schokoriegel. Dafür hatte man ständig jemanden im Genick, der einen bei jeder Bewegung kontrollierte. Wenn »Rasieren, Duschen und Scheißen« angesagt war, hatte man bloß zehn Minuten, um alles zu erledigen, und dann waren überall sofort Schlangen. Die Appelle kamen so unregelmäßig, daß ich sehr viel Zeit, die sonst neutral oder schmerzfrei gewesen wäre, in der schrecklichen Angst verbrachte, mir in die Hosen zu pissen. Zum Essenfassen mußten wir *rennen*, und vom Dampf und Gestank des ranzigen, überhitzten Fetts konnte einem glatt schlecht werden. Trotzdem stürmten wir die Kantine mit mörderischem Appetit, würgten in wenigen Minuten gewaltige Portionen hinunter und rannten dann in geschlossener Formation zurück ins Gelände, wobei wir ständig Sodbrennen hatten, weil wir zuviel zu schnell aßen. Aber wehe, man verlor die Kontrolle und kotzte.

Wenn in den vorhergehenden Stunden alles gut gelaufen war, erlaubte Sergeant Wright uns nach dem Essen eine Zigarette. Von Jorgeson hatte ich gelernt, daß es klüger war, Pall Mall zu rauchen statt Camel – sie waren viel länger und stärker, und wenn wir unsere mattierten Chromfeuerzeuge aufklappten und die ersten Züge machten, genossen wir gemeinsam den Tabakrausch, der einen erfaßt, wenn man selten und sehr bewußt raucht. Das waren immer die besten Augenblicke des Tages – kurze Erholungspausen von der tyrannischen Unterdrückung des Trainings. Gegen Ende unserer Ausbildung machte Jorgeson immer ein kleines Spiel. Er sagte zu mir (während sich duftender blauer Rauch aus seinen Nasenlöchern emporkräuselte): »Wenn jetzt jemand sagen würde: ›Ich gebe dir zehntausend Dollar, wenn du das alles noch mal machst‹, was würdest du sagen?« »Kommt nicht in Frage!« Dann fing er an zu erhöhen, und wenn er mir am Schluß wie John Beresford Tipton, der Typ aus *The Millionaire*, einen Scheck über eine Million Dollar anbot, sagte ich: »Nein, für kein Geld der Welt.«

Während sie unter den verschiedenen Pressionen schmorten, wurden die Rekruten ziemlich scharf. Sie fingen an zu glauben. Sie fingen an, sich als Marines zu fühlen. Wenn man das hier überstand, so die Logik, dann würde man auch im Kampf nicht versagen. Ich erinnere mich, daß ich Tränen in den Augen hatte, als uns Sergeant Wright die wortreichen Geschichten vom tapferen Marineinfanteristen erzählte, der im Alleingang ein Maschinengewehrnest erstürmte oder sich auf eine Handgranate warf oder tat, was auch immer nötig war, um seine Kameraden zu retten – und doch war es mir peinlich, als Jorgeson mich dabei ertappte, wie ich sie wegwischte. Außer Jorgeson waren alle Rekruten nahe am Heulen. Er hatte diese ganz klaren, kobaltblauen Augen. Sie waren so auffällig, daß man Jorgeson ihretwegen in jeder Menschenmenge bemerkt hätte. Es lag in diesen Augen eine ungewöhnliche Schönheit und Kraft. Jorgeson hatte ein nettes Gesicht, aber abgesehen von diesen Augen war er klein und unauffällig. Wie auch immer, als er mich dabei ertappte, wie ich sentimental wurde, warf er mir einen Blick zu, der mir bis ins Innerste drang. Es war der eisige Blick absoluter Verachtung, und er führte dazu, daß ich an mir zweifelte. »Mann!« sagte ich. »Kannst du nicht auch mal mitmachen? Himmelarsch!«

»Ich bin nicht so wie du«, sagte er. »Aber ich bin voll dabei, mehr als du dir vorstellen kannst. Ich hab dir das nie gesagt, aber eigentlich bin ich Kal-El, geboren auf dem Planeten Krypton. Wenige Sekunden bevor meine Welt explodierte, wurde ich als Säugling in einer Rakete zur Erde geschossen. Als freundlicher Marineinfanterist verkleidet, werde ich meine Kräfte zum Besten der Menschheit einsetzen. Immer wenn Gefahr droht, werde ich in die grüne Uniform des U.S.M.C. schlüpfen, für Wahrheit und Gerechtigkeit sorgen und der Welt größter Held sein.«

Daraufhin wurde ich hochgradig sauer und redete ein paar Tage lang nicht mehr mit ihm. Dann, ungefähr zwei Wochen vor Ende der Grundausbildung – wir rannten gerade mit vorgehaltener Waffe, ganz Ellbogen und Arschlöcher, zum Exerzierplatz –, sah ich, wie Hey Baby ihm einen üblen Stoß mit dem M-14-Gewehr verpaßte. Hey Baby war ziemlich groß und stark und ließ an Jorgeson gern seine aggressiven Anwandlungen aus, aber so groß und stark wie ich war er nicht.

Jorgeson wäre beinahe gestürzt, während die anderen Rekruten auf den Exerzierplatz hinausrannten, und Hey Baby stieß ein bösartiges Lachen aus. Ich lief an Jorgeson vorbei und holte ihn ein; Hey Baby sah mich aus den Augenwinkeln, aber da war es schon zu spät. Ich hatte schon ausgeholt und knallte ihm die Stahlkante meines Gewehrkolbens mit voller Wucht an die Schläfe. Eine vorsätzliche Tat war das eigentlich nicht, aber ich hatte schon lange darauf gewartet, es ihm mal zu zeigen. Zuvor hatte ich bloß daran gedacht, ihn zu verprügeln, aber jetzt wollte ich Blut sehen. Ich war ein geschulter Boxer und wußte, daß die Schläfe ein verletzlicher Punkt ist; ansonsten ist der menschliche Schädel ziemlich hart, wenn man von der Schädelbasis mal absieht. Man hörte ein scheußliches Krachen, und Hey Baby fiel neben der Lagerstraße ins Eiskraut.

Die ganze Kompanie war längst auf dem Exerzierplatz, als der Hausmeister plötzlich losbrüllte und den stellvertretenden Ausbilder holte, der zum Tatort zurückrannte und Hey Baby in der Haltung eines Embryos im Eiskraut liegen sah. Ringsum war alles voll Blut. Nicht nur aus der Kopfwunde sickerte es, sondern auch aus Nase und Mund. Aus dem rechten Ohr tropfte Blut. Habe ich auch Gehirn und Knochensplitter gesehen? Es scheint mir fast so. Um die Wahrheit zu sagen, wäre es mir völlig egal gewesen, wenn ich ihn umgebracht hätte, aber wie die meisten Verbrecher hatte ich Angst davor, erwischt zu werden. Es wurde mir plötzlich klar, daß ich womöglich lange Zeit in den Bau kommen könnte. Das Herz schlug mir bis zum Hals. Der größere Teil von mir aber blieb ungerührt. Jorgeson war mein Kumpel, und ich würde nicht zulassen, daß jemand über ihn herfiel.

Das Platoon mußte antreten. Sergeant Wright kam aus seiner Baracke und übernahm das Kommando. Es wurde ein Krankenwagen gerufen, der auch sofort kam. Die Sanitäter hockten endlos neben dem Verletzten. Schließlich nahmen sie

Hey Baby mit einem Schädelbruch mit. Es war das letzte Mal, daß wir ihn sahen. Drei Abende später teilte uns der stellvertretende Ausbilder in unheilvollem Ton mit, Hey Baby habe das Bewußtsein wiedererlangt. Mehr sagte er nicht. Aber was bedeutete das? Ich war beunruhigt, weil Hey Baby mich gesehen hatte, aber wie sich dann herausstellte, hatte er den Zwischenfall und alle Ereignisse der letzten zwei Wochen vergessen, als er wieder zu sich kam. Retrograde Amnesie. Glück für mich. Ich wußte zwar, daß mindestens drei Rekruten gesehen hatten, was ich getan hatte, aber keiner zeigte mich an. Alle Angehörigen des Platoons wurden einzeln hereingerufen und von einem Team von bärbeißigen Captains und einem milden Colonel vom Criminal Investigation Detachment verhört. Man brauchte schon ein bißchen Schneid, um die anzulügen, aber keiner meiner Mit-Marines hat mich verpfiffen. Ich war eben beliebt, und Hey Baby nicht. Viele waren sogar der Ansicht, daß er genau das gekriegt hätte, was er verdiente.

Neulich – zufällig am Memorial Day – habe ich auf dem Dachboden aufgeräumt und bin dabei auf meine alte blaue Paradeuniform gestoßen. Eine schöne Uniform, mit Abstand die schönste bei den amerikanischen Streitkräften. Die tiefblaue Farbe erinnerte mich an Jorgesons Augen, nicht weil es derselbe Farbton gewesen wäre, sondern weil es beides so verblüffende Farbtöne waren. Die Uniformjacke hat natürlich keine Aufschläge, sondern einen Stehkragen mit roten Paspeln und den traditionellen Adler-Globus-und-Anker-Abzeichen links und rechts vom Verschluß. Die Knöpfe sind nicht protzig, auch wenn sie aus Messing sind. Sie haben einen wunderbaren Goldton, so wie Florentiner Gold. Am Ärmel sind meine rotgoldenen Stabsfeldwebelstreifen. Auf der linken Brustseite ist das Band für das Lametta, ein ganzer Regenbogen von Ordensbändern, darunter meine goldenen Scharfschützenabzeichen, sowohl für Gewehr als auch für Pistole.

Ich machte die große Sandelholzkiste auf und nahm meine Medaillen aus der Plastiktüte, in die ich sie gepackt hatte, damit sie nicht anliefen. Das Navy Cross und die beiden Silver Stars sind die besten; die sind so schön, die blenden einen richtig. Sogar ein paar Joints waren noch in der Kiste. Ich schnupperte ein bißchen und nahm die Gerüche von Saigon wahr: Huren, Rauschgift, Safran, Nelken, Jasmin und Patschuliöl. Ich legte die Joints zurück in die Kiste und dachte daran, daß dieses spezielle Zeug vor dreiundzwanzig Jahren mal dafür gesorgt hatte, daß ich drei Tage lang groggy war. Dann sah ich wieder meine blaue Paradeuniform an. Meine schönste Auszeichnung, die Krone des Ganzen, waren die Fallschirmjäger-Flügel. Auf die bin ich besonders stolz. Ich weiß noch genau, wie es war, als wir in Oceanside, Kalifornien, herumliefen – das Fallschirmjägerabzeichen und den kurzen Haarschnitt kannten alle Marines; sie bedeuteten, daß man zur Crème de la crème gehörte: zur Recon.

Die Recon war Jorgesons Idee. Nach der Grundausbildung hatten wir uns aus den Augen verloren. Ich wurde zur Funkerausbildung nach San Diego geschickt, wo ich den ganzen Tag in einer warmen Wolluniform herumsitzen und das Morsealphabet lernen mußte. Ich sorgte dafür, daß ich bei einer der Zwischenprüfungen durchfiel, und als man mir routinemäßig das Angebot machte, die Prüfung zu wiederholen, sagte ich dem Colonel: »Nein, bloß nicht, Sir. Ich will 003 machen – Infanterie. Ich will Soldat sein. Ich hab mich nicht gemeldet, um den ganzen Tag am Schreibtisch zu sitzen.«

Drei Tage später saß ich im Bus nach Camp Pendleton, und als ich dort ankam, traf ich Jorgeson wieder. Ich hatte viel an ihn gedacht. Er war Schreiber beim Hauptquartier. Sehr zu meiner Überraschung war er fünf Zentimeter größer und sieben Kilo schwerer geworden. Er gehe jeden Abend zum Gewichtheben, sagte er, aber vorher mache er noch einen Sieben-Meilen-Geländelauf in der Umgebung von Pendleton mit Kampfstiefeln, Marschgepäck und Gewehr. Nach dem üblichen Was-hast-denn-du-so-gemacht-Scheiß kam er plötzlich zur Sache und sagte: »Bei der Recon suchen sie Leute, was meinst du? Im Hauptquartier ist es scheißlangweilig.«

Ich sagte: »Recon? Fallschirmjäger? Willst du mich verarschen? Seit wann bist du so fanatisch, Mann?«

Und er sagte: »He, du warst doch so überzeugt damals. Jetzt mach du mir nicht schlapp, ja? Paß auf, wir bestehen den körperlichen Eignungstest, und dann schicken sie uns zur Springerschule nach Benning. Wenn wir da durch sind, dann sind wir dabei. Wir bestehen bestimmt. Bei der Infanterie ist doch nichts los. *Semper fi*, Junge! Das machen wir.«

Von Neal Cassady, Edith Piaf oder dem Atelier in SoHo war nicht mehr die Rede. Ich sagte: »Ach, wenn dich Sergeant Wright jetzt sehen könnte!«

Wir waren gerade drei Tage in Vietnam, da wurden wir auch schon irgendwo im Norden in der Nähe der entmilitarisierten Zone abgesetzt. Es war eine ganz routinemäßige Patrouille. Keine große Sache, sollte bloß der Akklimatisierung dienen. Am Morgen nachdem wir abgesetzt worden waren, näherten wir uns einer Lichtung. Ich weiß noch, daß ich ein komisches Gefühl dabei hatte, aber ich war noch zu neu, um meinem Instinkt ganz zu trauen. Damals war einfach *alles* noch unheimlich; ich war eben noch Frischfleisch, ein FNG – *Fucking New Guy*.

Ehe wir auf die Lichtung rausgingen, schickte unser Spähtruppführer einen Zeitsoldaten, Lance Corporal Hanes, als Vorhut über das Feld. Er hatte nur noch zwölf Tage bis zur Ablösung. Es war ein böses Omen, das wußten wir alle. Hanes hatte zwei Purple Hearts. Er befolgte den Befehl ohne Zögern und überquerte die Lichtung, ohne Feuer auf sich zu ziehen. Der Spähtruppführer signalisierte uns, wir sollten ausschwärmen. Mir befahl er, das Feld zu umgehen und durch den Wald vorzurücken. Ich sollte einen kleinen roten Erdhaufen erkunden, den er mit seinem geübten Blick ausgemacht hatte und den ich völlig übersehen hatte. Ich erinnere mich noch, daß ich dauernd fragte: »Wo?« Er zeigte auf einen Punkt, der etwa dreißig Meter entfernt lag, aber nicht gleich vorne am Waldrand, sondern drei Meter zurück in den Büschen. Wahrscheinlich war es ein Ameisenhaufen, aber man konnte nie wissen – es konnte auch der Eingang zu einem Tunnel der Nordvietnamesen sein. »Da drüben, verdammt«, zischte der Truppenführer. »Muß ich's Ihnen aufmalen?«

Ich bewegte mich zügig in Richtung des Erdhügels, während der Rest des Trupps sich noch einmal sammelte, um etwas zu diskutieren. Als ich nahe genug war, erkannte ich, daß es tatsächlich ein Ameisenhügel war, und als ich mich nach den anderen umdrehte, sah ich, daß sie die Lichtung schon halb überquert hatten. Sie bewegten sich ziemlich rasch.

Plötzlich hörte man ein unregelmäßiges Plopp-plopp-plopp und den Schrei: »Volle Deckung!« Sekunden später landeten die ersten Werfergranaten rings um den Ameisenhügel. Für den Bruchteil einer Sekunde wurde alles schwarz. Ich wurde zurückgeworfen und schwebte auf einem Kissen von heißer Luft. Zuerst war es wie auf dem Rummelplatz, aber dann folgte der gleiche stechende elektrische Schmerz, den man spürt, wenn man sich den Ellbogen prellt. Nur, daß er sich nicht auf den Ellbogen beschränkte. Ich spürte, wie er mir durchs Rückgrat und in alle vier Gliedmaßen schoß. Eine dicke Lage Sand und roter Lehm verstopften mir Nase und Ohren. Auch zwischen den Zähnen hatte ich Sand. Wenn ich nicht diese große Ray-Ban-Piloten-Sonnenbrille aufgehabt hätte, wäre ich wahrscheinlich erblindet – auch so hatte ich schon massenhaft Dreck in den Augen. (Später habe ich festgestellt, daß die feine rote Erde sogar unter das Glas meiner wasserdichten Rolex-Submariner gedrückt worden war, von meinen Poren, Fingernägeln und Zehennägeln ganz zu schweigen.) Sobald ich dazu in der Lage war, zog ich meine Feldflasche heraus und versuchte, mit Kool-Aid-Zitronenlimonade meine Augen zu spülen. Das half zwar, aber meine Augen brannten trotzdem wie Feuer. Ich spülte sie noch einmal und klapperte wie verrückt mit den Lidern.

Dann rollte ich mich auf den Bauch und brachte mein M-16 in Anschlag. Eine Kompanie brüllender nordvietnamesischer Soldaten stürmte ununterbrochen feuernd die Lichtung – ich sah, wie ihre grüne Leuchtspurmunition die Igelstellung eindeckte, auf die sich mein Spähtrupp blitzschnell zurückgezogen hatte, aber von unserer eigenen roten Leuchtspurmunition war nichts zu sehen. Einige von den Marines waren gleich von Werfergranaten getötet worden. Jorgeson hatte es überstanden, und ich sah, wie er einen nervösen Blick in meine Richtung warf. Dann wandte er sich dem Feind zu und schoß mit seinem M-16. Ich stellte mein Gewehr auf Dauerfeuer und drückte auf den Abzugshebel, aber das Gewehr war voller Dreck und feuerte nicht.

Abgesehen von Jorgeson schoß nur noch ein Amerikaner: Second Lieutenant Milton, der auch ziemlich neu war, eine »Jungfrau«. Er hatte sich auf das rechte Knie niedergelassen und feuerte aus seiner 45er Navy-Pistole, eine vollkommen zwecklose Übung. Ich vermute, sein M-16 hatte genauso versagt wie meins. Ich sah, wie die Kugeln aus den AK-47 seine kugelsichere Weste, seine Brust und seinen Tornister durchschlugen und wie ein Schwarm tödlicher Bienen in den Dschungel davonstoben. Ein paar Sekunden später hörte ich das Zischen einer Werfergranate. Sie streifte den Lieutenant an der linken Schulter, ohne zu explodieren, riß ihm den Arm ab und flog dann irgendwo in die Büsche. Einen Augenblick lang sah ich die weißen Knochen und Sehnen an seiner Schulter und das rote Muskelgewebe, das wirklich wie erstklassiges Rindfleisch aussah, schön marmoriert und umschlossen von einer feinen weißen Fettschicht, die rasch mit dunkelrotem Blut aufgefüllt wurde. Was für eine Menge Blut da war. Trotzdem feuerte Milton weiter. Als das Magazin seiner 45er leer war, machte er von seinem Koppel ein neues los und versuchte, die Pistole mit einer Hand neu zu laden. Er schien sehr lange mit dem neuen Magazin zu hantieren, ehe es ihm aus der Hand fiel, zusammen mit der Pistole. Der Kopf des Lieutenants sank langsam nach vorn, aber er blieb immer noch aufrecht auf einem Knie und zeigte mit seinem nach oben gedrehten verbleibenden Arm auf den Feind, als wolle er Al Jolsons seelenvolle Pose nachahmen, wenn er *Mammy* singt.

Ein Hagelschauer grüner Leuchtspurmunition ging um Jorgeson nieder, aber er erwiderte das Feuer gelassen, in kurzen, kontrollierten Stößen. Das dünne, blecherne Rattern seiner M-16 klang nicht sehr vertrauenerweckend, aber ich sah etliche nordvietnamesische Soldaten fallen. Rings um seine Füße wirbelten die Kugeln aus den AK-47 roten Staub auf. Jorgeson lag praktisch im Freien, und wenn jemals jemand ganz auf sich gestellt war, dann war er es. Er war totes Fleisch, und er mußte es wissen. Es war erstaunlich, daß er nicht sofort getroffen wurde.

Im Zickzack robbte Jorgeson zur Leiche eines großen Schwarzen, der ein MG-60 getragen hatte. Die meisten von uns hatten M-16-Gewehre oder leichte Maschinenpistolen; ein MG-60 war viel zu schwer, um schnell vorwärtszukommen, aber dieser Mann war sehr groß gewesen und außerdem paranoid. Ich hatte ihn unter allen in der Gruppe am wenigsten gekannt. Die ganzen drei Tage hatte er kein Wort mit mir gewechselt, wahrscheinlich weil ich ein FNG war und ihm das angst machte. Jetzt war er ja tatsächlich tot. Schopenhauer, dieser erhabene Wahrheitssucher, hatte schon recht: »Wir gleichen den Lämmern, die auf der Wiese spielen, während der Metzger schon eines und das andere von ihnen mit den Augen auswählt: denn wir wissen nicht, in unsern guten Tagen, welches Unheil eben jetzt das Schicksal uns bereitet – Krankheit, Verfolgung, Verarmung, Verstümmelung, Erblindung, Wahnsinn, Tod u.s.w. –«

Es war schwer zu beurteilen, wie rasch die Zeit verging. Trotz des Schocks durch die Werfergranaten waren meine Sinne geschärfter denn je, so paradox das auch klingt. Ich sah, wie Jorgeson sich das MG schnappte und eine eindrucksvolle Feuerzone vor dem Feind aufbaute. *Tak-tak-tak, tak-tak-tak, tak-tak-tak!* Ich sah weitere Körper fallen und fing schon an zu denken, es könnte doch noch alles gut ausgehen. Die nordvietnamesischen Soldaten gingen in Deckung, und manche drehten sogar um und rannten zum Waldrand zurück. Jorgeson verfeuerte einige Patronengurte, und einmal drehte er sich beim Wechseln kurz um. Er sah mich mit diesen blauen Augen an und lächelte und schien zu sagen: »Na, wie bin ich?« Dann hörte ich das blecherne Korkenknallen eines M-79-Werfers und sah die Granate in Jorgesons Unterleib explodieren, was ihn eine Art Salto rückwärts machen ließ. Sein MG flog senkrecht in die Luft. Der Lauf glühte wie ein heißer Schürhaken und feuerte in einer Art Ausverkauf weiter, bis der ganze Gurt durch war.

Ich hatte inzwischen eine Putzstange aus meinem Tornister gezogen und den Lauf meines M-16 damit bearbeitet. Aber als ich zu schießen versuchte, klemmte das verdammte Spielzeug noch immer. Erst als ich es schließlich hastig zerlegte, fand ich das Problem. Der Verschluß war voller Dreck. Überall Erde. Mit tauben Fingern zog ich den Schlagbolzen heraus, bearbeitete ihn mit einer Zahnbürste, ließ ihn in die rote Erde fallen, hob ihn wieder auf, machte ihn sauber und ließ ihn noch einmal fallen. Meine Finger fühlten sich an, als ob ich voller Novocain wäre, und obwohl ich in der Entfernung gut sehen konnte, fiel es mir schwer, die Dinge in der Nähe zu erkennen. Ich goß mir noch einmal Kool-Aid in die Augen. Es gelang mir einfach nicht, meine Waffe sauber zu kriegen. Was letzten Endes mein Glück war.

Die nordvietnamesischen Soldaten stürmten jetzt auf die Lichtung und stießen ihre Bajonette in die gefallenen Marines. Erst als einer von ihnen ihm einen Tritt gab, fiel Lieutenant Milton aus seiner knienden Stellung zu Boden. Dann durchsuchten die Nordvietnamesen die Ausrüstungsstücke der toten Marines. Ich kämpfte immer noch mit meiner Waffe, als mir plötzlich klar wurde, daß mich der Feind in der Erregung des Feuergefechts wahrscheinlich vergessen hatte. Ich fragte mich, was wohl aus Hanes geworden sein mochte und ob er es geschafft hatte. Ich bezweifelte es und stürzte mich auf mein SOS-Funkgerät, um einen Feuerschlag aus der Luft anzufordern. Aber gerade in diesem Moment erinnerte sich doch noch ein schlauer Nordvietnamese an mich und kam schnurstracks auf mich zu.

Mit festem Druck auf den Bügel zog ich den Splint einer Handgranate ab und lockerte mein Bajonett. In diesem Augenblick stieß Jorgeson einen schrecklichen Schrei aus – ein Bauchschuß ist schlimmer als alles andere. Oder schrie Jorgeson, um mir das Leben zu retten? Der nordvietnamesische Soldat, der sich in meine Richtung bewegte, drehte sich zu ihm um, musterte ihn einen Augenblick lang und stieß ihm dann sein Bajonett ins Herz. So sehr mich meine eigenen Augen auch schmerzten, ich sah zum letzten Mal Jorgesons Augen – ihren letzten strahlendblauen Blick, ehe sie zum starren, glasigen Grau des Todes verblaßten. Ich sicherte die Handgranate wieder und kroch auf allen vieren davon, bis ich schließlich aufstand, mit einer Handvoll nutzloser M-16-Teile in der Faust, und so schnell davonrannte, wie ich in meinem ganzen Leben nie wieder gerannt bin. Zwei Phantom-Kampfbomber F-4 kamen im Tiefflug über die Lichtung und warfen Napalm und Sprengbomben mit Zeitzünder ab. Ich spürte die nahezu unerträgliche Hitzewelle nach jeder neuen Explosion. Ich spüre sie heute noch, und riechen kann ich sie auch.

Was Lance Corporal Hanes angeht: Sie haben ihn später gefunden. Er war vom Napalm völlig verschmurgelt, aber es wurde mit Sicherheit festgestellt, daß er schon zuvor getroffen worden war. Genau wie der Rest von uns war er achtzehn, neunzehn oder zwanzig Jahre alt. Was wußten wir vom Leben? Vor Vietnam dachte Hanes nicht, daß er je sterben würde. Ich meine, ja, natürlich wußte er theoretisch, daß er sterben würde, aber er *fühlte* sich, als ob er ewig leben könnte. Ich weiß, daß ich mich so gefühlt habe. Hanes hatte nur noch zwölf Tage und einmal Wecken vor sich. Immer wenn andere Marines sahen, daß es einen kurz vor dem Ende der Dienstzeit erwischte, zerstörte das ihre Moral. Aber als ich sah, wie sie den Reißverschluß an Hanes' Leichensack zumachten, wurde ich stinksauer. Warum hatte ihn Milton nicht in die Etappe zum Scheißeverbrennen geschickt oder sonstwas, wenn er doch nur noch so kurz hatte? Nur noch zwölf Tage, und dann noch verwundet? Scheiß-Milton! Scheiß-Lieutenant!

Theagenes war der größte der Gladiatoren. Er war ein Boxer und kämpfte unter dem Patronat eines grausamen griechischen Fürsten, der blutige Schauspiele liebte. Obwohl das einige Jahrhunderte vor Sokrates, Plato und Aristoteles – diesen aufgeklärtesten aller Menschen – war und lange nach dem Ende der minoischen Kreter, ist es doch ein Höhepunkt der westlichen Zivilisation und Kultur. Es war ungefähr zur Zeit Homers, des größten Dichters, der je gelebt hat. Damals wie heute waren Gewalt und Leiden die Regel, und das Leben war nicht viel wert.

Die Art und Weise, wie Theagenes boxte, hatte nichts mit dem heutigen Boxen nach diesen kindergartenmäßigen Queensberry-Regeln zu tun. Den beiden Kämpfern wurde nicht die Bewegungsfreiheit eines Boxrings gewährt. Statt dessen wurden sie an flache Steine gebunden und standen sich direkt vor der Nase. Auf ein Zeichen hin schlugen sie aufeinander los, ihre Fäuste waren mit dicken Lederriemen umwickelt. Es war ein Kampf bis zum Tode. Vierzehnhundertfünfundzwanzigmal wurde Theagenes an den Stein gebunden, und vierzehnhundertfünfundzwanzigmal wurde er Sieger.

Vielleicht war Theagenes das Vorbild für die berühmte, nach einem älteren griechischen Original gefertigte römische Statue des *Ruhenden Faustkämpfers*. Ich habe ein grobkörniges Schwarzweißfoto davon in meinem Zimmer. Die Statue zeigt einen muskulösen Athleten mittleren Alters. Er hat einen dichten Bart und kurzes lockiges Haar. Abgesehen von der verräterischen gebrochenen Nase und den typischen Blumenkohlohren des Boxers hat der Faustkämpfer auch die schräg abfallenden, hängenden Brauen, die auf zerrissene Gesichtsnerven hinweisen. Die Stirn ist voller Narbengewebe. Wie zu erwarten, hat der Kämpfer die Muskulatur eines Boxers. Sein Nacken und sein Trapezmuskel sind gut entwickelt. Seine Schultern sind gewaltig, seine Vorderseite ist kräftig und flach, ohne die schwellenden Brustmuskeln der Bodybuilder. Seine Rücken- und Bauchmuskeln heben sich deutlich ab, und er besitzt auch eine der Stärken des modernen Boxers: stämmige Beine. Die Arme sind breit, besonders die Unterarme, die durch die Lederriemen des mit Eisenstücken gepanzerten Handschuhs verstärkt werden. Er hat den Körper eines kleinen Schwergewichtlers: nicht wuchtig, sondern geschmeidig, aber trotzdem sehr kräftig: ein Jack Johnson oder Dempsey, könnte man sagen. Wenn man die Statue selbst sieht, im Thermenmuseum in Rom, erkennt man, daß der sitzende Boxer tatsächlich nicht mehr als ein Halbschwergewicht ist. Die Leute waren damals nicht groß. Der entscheidende Punkt sind die vollendeten Proportionen.

Der Faustkämpfer sitzt auf einem Stein und stützt die Unterarme auf die Schenkel. Daß er sitzt und nicht herumtänzelt, läßt vermuten, daß er das alles schon oft mitgemacht hat. Er spart seine Kräfte. Sein Kopf ist zur Seite gedreht. Als ob ihm gerade jemand etwas zugeflüstert hätte, blickt er über die Schulter. Darin zeigt sich die »Kunst« der Statue. Hat man den Faustkämpfer gerade in die Arena gerufen? Er sieht ein bißchen verwirrt aus, aber es gibt keine Spur von Furcht in seinem Gesicht. Es hat den Anschein, daß er loslegen will, daß er keine Schwierigkeiten machen oder Verzögerungen verursachen will, auch wenn sein Leben gleich auf dem Spiel steht. Abgesehen von den Entstellungen liegt auch ein Hauch von Müdigkeit und Resignation auf seinem edlen Gesicht. *Die ganze Welt ist Bühne, und alle Fraun und Männer bloße Spieler.* Genau! Das hat er schon zweitausend Jahre vor Shakespeare gewußt. Wie kam er gerade zu dieser Zeit an diesen Ort? Wäre er vielleicht lieber irgendwo auf dem Land? Ein namenloser, stinkender Bauer, der hinter einem Maultier den Pflug führt? Wäre das besser? Oder genießt er seine Rolle? Vielleicht hat er es früher einmal getan, aber jetzt sicher nicht mehr. Ist es der große Theagenes oder einfach ein gewöhnlicher Kämpfer, ein ehemaliger Sklave oder Verbrecher, den einer der zahlreichen Unternehmer gekauft und monatelang für einen kurzen Augenblick in der Arena trainiert hat? Ich frage mich, ob Marc Aurel den Faustkämpfer auch so geliebt und davor meditiert hat.

Ich ergriff die Flucht und rannte davon, damals auf diesem Feld in Vietnam. Ich habe gelesen, daß Davy Crockett, der Held des Wilden Westens, sich unter dem Bett versteckt hat, als General Santa Anna und seine Soldaten den Alamo stürmten. Was ist die Wahrheit? Jack Dempsey hatte manchmal solche Angst vor seinen Kämpfen, daß er sich in die Hosen machte. Aber Willard und Luis Firpo, den Pampas-Stier, hat er so fertiggemacht, daß es beinahe Totschlag genannt werden muß. Was ist Mut? Was ist Feigheit? Selbst der großartige Roberto Duran sagte irgendwann: *»No más«*, aber wer hatte ein größeres Kämpferherz als Duran?

Ich überwand den ersten Schrecken und sah, daß ich etwas ganz anderes war, als ich gedacht hatte. Hey Baby war nur eine Vorübung gewesen, zum Aufwärmen, das zeigte sich jetzt. Es gab ein ganzes Reservoir von Bösartigkeit, Gift und Sadismus in meiner Seele, und in den Dschungeln und Reisfeldern Vietnams ergoß es sich ungehindert. Ich verlängerte zweimal die Dienstzeit. Ich wollte es ihnen für Jorgeson heimzahlen. Ich trauerte um Lance Corporal Hanes. Ich trauerte um mich selbst und um das, was ich verloren hatte. Ich beging unsägliche Verbrechen und bekam Orden dafür.

Es war nur fair, daß ich mir eine Kopfverletzung holte. In Vietnam kriegte ich zwar keinen Kratzer ab, aber in Pendleton fing ich mir beim Boxen was ein. Ich kämpfte gegen einen beinharten Halbschwergewichtler von der Artillerie. Kein Mensch wollte gegen den antreten. Er konnte echt boxen. Hatte alle Tricks drauf. Aber vor allem konnte er zuschlagen – und zwar mit beiden Händen. Man sagte, seine Schlagschnelligkeit sei überragend. Ich hatte mindestens einen halben Kasten Hamm's geleert, ehe ich mit ihm in den Ring stieg und Kopftreffer einsteckte, die ich nicht einmal kommen sah.

Die Leute hatten recht. Seine Schlagschnelligkeit *war* überragend.

Ich war siebenundzwanzig, rauchte zwei Päckchen Zigaretten am Tag und war praktisch Alkoholiker. Ich hätte nicht gegen ihn antreten sollen – das wußte ich –, aber er hatte Streit gesucht. Vor langer Zeit einmal war ich Mittelgewichtsmeister der 1. Marineinfanteriedivision gewesen. Ich war ein sogenannter Kriegsheld gewesen. Ich war Marine bei der Recon gewesen. Aber jetzt war ich Garnisonssoldat und komplett außer Form.

Er schlug mich sofort nieder, und als ich wieder aufgestanden war, hatte ich schreckliche Angst. Mir war eng um die Brust, und ich konnte nicht atmen. Es kam mir so vor, als ob er mir mit einem Vorschlaghammer ins Gesicht schlagen würde. Es kam mir so vor, als würde er in meinem Gesicht Glühbirnen zertrümmern. Statt eines Gegners sah ich drei. Ich war fest davon überzeugt, seine Handschuhe wären gespickt, und eine Welle von Selbstmitleid überlief mich.

Ich fing an, mich zu bewegen. Er machte den Fehler, mich schnell ins Land der Träume schicken zu wollen, und verbrauchte dabei viel Energie. Ich hatte nicht die Absicht, noch einmal zu Boden zu gehen, und ich wußte, daß ich auf den Beinen bleiben würde. Meine Kumpel sahen zu, und ich mußte ihnen was bieten. Ich hatte zwar Angst, aber ich war auch euphorisch; seit Vietnam hatte ich mich nicht mehr so lebendig gefühlt. Es gelang mir, ein paar schnelle Jabs mit der Linken zu landen, und auf diese Weise hielt ich seinen bulligen Angriffen stand. Ich hoffte, er hätte sein Pulver bald verschossen, aber am Anfang war er unermüdlich. Ich muß ihm an die vierhundert Jabs verpaßt haben. Allmählich kam es dahin, daß ich ihn treffen konnte, wann immer ich wollte, mit beiden Fäusten, aber er konterte, drängte mich in die Seile und hämmerte auf mich los. Er hatte mehr Schlagkraft und tat mir echt weh, aber ich machte Punkte, und allmählich ging die Initiative auf mich über. Ich brachte ihn immer wieder ins Stolpern. Die Marines am Ring verlangten, daß ich ihn k.o.

schlagen sollte, aber sosehr ich es auch versuchte, ich schaffte es nicht. Obwohl ich am Ende kaum noch stehen konnte, tat es mir leid, als der Kampf schließlich aus war. Wer hatte gewonnen? Der Schiedsrichter riß meinen Arm hoch und erklärte mich zum Sieger, aber ich denke, es war mehr ein Unentschieden. Einen Boxkampf zu beurteilen ist eine sehr subjektive Geschichte.

Als sich ungefähr eine Stunde nach dem Kampf der Adrenalinspiegel wieder gesenkt hatte, wurde mir bewußt, daß ich schreckliche Kopfschmerzen hatte. Es wurde immer schlimmer, und schließlich lief ich aus dem NCO-Club davon, in den ich mit meinen Freunden gegangen war, um mich zu besaufen.

Ich stolperte, nach Atem ringend, hinaus und rannte aus dem Gelände der Kompanie davon auf den Sheepshit Hill zu, einen der vielen niedrigen braunen Hügel in der Umgebung. Es war wie bei einem Hund, der allein sterben will. Dann drehte sich plötzlich alles, und ich fiel in die Büsche.

Fast eine Stunde lang war ich bewußtlos, und die nächsten zwei Wochen lang lief ich wie betrunken herum und sah alles doppelt. Ich hatte ständig Kopfweh und schien über Nacht alt geworden zu sein. Meine Gesundheit war dahin.

Ich wurde ein sehr ängstlicher Mensch. Ich fing an, mich selbst zu beobachten. Ich fragte mich, was mich hatte tun lassen, was ich getan hatte. Warum hatte ich im Krieg meine Mitmenschen getötet, ohne jedes Gefühl, ohne Bedauern und Reue? Und als der Krieg vorbei war, warum hatte ich da weiter getrunken, herumgeprahlt und mich auf Prügeleien eingelassen? Warum fügte ich anderen so gerne Schmerzen zu, und warum freute ich mich am Leiden der anderen? War ich verrückt? Hatte ich zuviel Testosteron? Frauen tun doch so etwas nicht. Der räuberische Wille zur Macht verlor seine Gewalt über mich. Plötzlich nahm ich an den Sorgen und am Leiden aller Lebewesen teil. Wenn man seine Gesundheit verliert, fängt man an, so zu denken.

Sind die Menschen seit den Zeiten von Theagenes irgendwie

besser geworden? Die Welt ist voller Schlechtigkeit. Ich meine gar nicht die alten Geschichten mit der Spanischen Inquisition, dem Holocaust, Jossif Stalin, den Roten Khmer und so weiter. Es passiert im eigenen Hinterhof. Das Amerika des zwanzigsten Jahrhunderts ist eine der reichsten Nationen in der Geschichte. Aber gehen Sie mal in ein amerikanisches Gefängnis, ein Pflegeheim, eine Krebsstation oder die Slums, wo die Obdachlosen in Pappkartons wohnen. Gehen Sie mal zu einem Treffen der Vietnamveteranen, der Anonymen Alkoholiker oder der Overeaters Anonymous. Hier erkennt man sofort, *daß das Leben keinen wahren echten Gehalt hat, sondern bloß durch Bedürfnis und Illusion in Bewegung erhalten wird: sobald aber diese stockt, tritt die gänzliche Kahlheit und Leere des Daseins zutage*. Ist die Welt nicht eine Hölle, wie Schopenhauer sagt, dieser Seher mit dem kühlen Kopf, der mir geholfen hat, mein Leiden zum Gegenstand der Betrachtung und des Verstehens zu machen? Sie haben ihn einen Pessimisten genannt und damit abgetan, aber ich habe Frieden und Selbsterneuerung in seinen Schriften gefunden.

Ungefähr ein Jahr nach meinem Kampf mit dem Kerl von der Artillerie fingen die Anfälle an. Ich litt an linksseitigen Schläfenlappen-Anfällen, die manchmal Dostojewskis Epilepsie genannt werden. Die Krankheit kommt so selten vor, daß sie fast unbekannt ist. Freud, der sich lange mit Hirnanatomie beschäftigte, hat die These vertreten, daß Dostojewski ein hysterischer Epileptiker war und seine Anfälle nicht von einem Hirnschaden, sondern von seelischen Ursachen herrührten. Dostojewski hatte seinen ersten Anfall erst mit fünfundzwanzig, als er Gefangener in Sibirien war und mit fünfzig Peitschenhieben bestraft wurde, weil er sich über das Essen beschwert hatte. Freud vermutete, daß Dostojewski nach der Scheinhinrichtung, nach den vier Jahren Sibirien, seiner qualvollen Kindheit, der Ermordung seines tyrannischen Vaters und anderen seelischen Traumata alle Voraussetzungen zur Hysterie hatte. Und die Besonderheiten eines psychomotorischen Epileptikers hatte Dostojewski schon lange vor seinem ersten Anfall gezeigt. Heutzutage behaupten die Ärzte, eine »epileptische Persönlichkeit« gebe es nicht. Ich glaube aber, das sagen sie nur, um den Leidensdruck des Epileptikers durch eine solche Stigmatisierung nicht noch zu vergrößern. Privat glauben sie durchaus an solche Merkmale. Dostojewski war nervös und depressiv, ein zerquälter Hypochonder, der zwanghaft und besessen über religiöse und philosophische Themen schrieb. Er phantasierte, er litt unter Sprechzwang und so weiter. Seine Spielleidenschaft ist bekannt. Er war in vieler Hinsicht eine kranke Seele.

Das Besondere an seiner Epilepsie war, daß er in den Sekundenbruchteilen vor den Anfällen – in der Aura, die ein fester Bestandteil der Anfälle ist – ein Glücksgefühl, ein ekstatisches Wohlbefinden erlebte, wie es sich ein gewöhnlicher Sterblicher gar nicht vorstellen kann. Es war das Gefühl des Satori. Nicht das billige Satori eines Abraham Maslow, sondern das höchste. Er sagte, er würde auf dieses Gefühl nicht verzichten, auch wenn man ihm zehn Lebensjahre dafür schenkte, und da ich das Gefühl auch kenne, muß ich ihm zustimmen. Ich kann es nicht erklären, ich verstehe es auch nicht – sobald es vorbei ist, wird es ungreifbar. Aber ich habe es bis ins Innerste meines Wesens gespürt: Ja, Gott existiert! Aber dann rutscht es weg, und ich verliere es wieder. Ich werde zum Zweifler. Selbst Dostojewski, dieser leidenschaftlich gläubige Christ, entwickelt in der Legende vom Großinquisitor in den *Brüdern Karamasow* einen nahezu unwiderleglichen Beweis für die Nicht-Existenz Gottes. Es ist vielleicht die großartigste Passage der ganzen Weltliteratur, und sie treibt einen auf die Seite des Atheismus. Das widerfährt einem, wenn man sich Ihm mit dem Verstand zu nähern sucht.

Man vermutet, daß der heilige Paulus auf dem Weg nach Damaskus einen Schläfenlappen-Anfall hatte. Und im Ersten Korintherbrief warnt er uns, Gott werde alle Intellektuellen verdammen. Es ist bekannt, daß Mohammed den Koran nach epileptischen Anfällen verfaßte. Ehe er seine große Büffel-Vision hatte, machte Schwarzer Elch ebenfalls Anfälle durch. Man vermutet, daß auch Jeanne d'Arc eine linksseitige Schläfenlappen-Epileptikerin war. Für sie alle zerrissen die schrecklichen Blitze eines Gehirngewitters den trüben Schleier der Illusionen, der sich über allem ausbreitet. Die Schuppen fielen auch mir von den Augen. Man nennt es die heilige Krankheit.

Aber was für ein Preis. Ich verlasse kaum noch das Haus. Um Sturzverletzungen zu vermeiden, trage ich immer meinen alten Kopfschutz vom Boxen. Den Mundschutz habe ich in der Tasche. Statt jener Aura, bei der »Gott in jedem gewöhnlichen Busch brennt«, habe ich meist nur die typisch epileptische Aura, die aus einem Gefühl des Schreckens und bevorstehenden Unheils besteht. Wenn ich die Nerven behalte und noch Zeit genug ist, schiebe ich mir den Mundschutz zwischen die Zähne und vermeide es auf diese Weise, mir in die Zunge zu beißen. Einmal hatte ich schon die Hälfte abgebissen, und als sie mir wieder angenäht wurde, schwoll sie gewaltig an, wie eine riesige Blutwurst. Zwei Wochen lang konnte ich meinen Mund nicht mehr zumachen.

Die Anfälle kommen immer öfter. Ich bin bis oben hin vollgestopft mit Depaken, Phenobarbital, Tegretol, Dilantin und wie das Scheißzeug sonst heißt. Eine Krankenschwester von der Veteranenfürsorge hat ein Paar Staffordshire-Terrier für mich gekauft und so abgerichtet, daß sie mich im Schlaf bewachen, falls ich einen Anfall habe und am Bettzeug zu ersticken drohe. Was für eine köstliche Gesellschaft sind diese Hunde! Der eine davon, Gloria, ist besonders furchtlos und intelligent. Jedesmal, wenn ich wieder zu mir komme, stelle ich fest, daß die Hunde mich in die Küche geschleift und auf den Rücken gedreht haben, weit weg von allen Decken, Kissen, Teppichen und anderen Dingen, die mich ersticken könnten. Und Gloria steht vor mir und bellt mir ins Gesicht. Ist das nicht unglaublich?

Kurz vor Weihnachten hat meine Schwester einen Neurochirurgen zu mir in die Wohnung gebracht – keinen dieser Schlächter von der Veteranenfürsorge, sondern einen Typen von der Universitätsklinik. Eleganter Bursche in einem Neunhundert-Dollar-Anzug. Er stürzte sich auf mich wie ein Gebrauchtwagenhändler. Er will in meinem Gehirn eine kleine Stelle in einem Nervenbündel zerstören. »Es ist keine Lobotomie«, sagte er, »sondern eine *Cingulotomie*.«

Rücksichtslose, verzweifelte Psycho-Chirurgie ist auch in äußersten Notfällen immer noch ziemlich undenkbar beim medizinischen Establishment. Deshalb kam er auch zu mir in die Wohnung. Es war ein richtiger Hausbesuch. Setzte sich ein bißchen in Szene, um sich Autorität zu verschaffen. »Sehen Sie die Flasche Thorazin da?« sagte er. »Die können Sie gleich wegschmeißen«, sagte er. »Alles Gift. Und dieses Amitriptylin. Das ist Dreck, können Sie auch wegtun.« Er sagte: »Erklären Sie mir bloß, wie Sie all diesen Mist schlucken und dabei immer noch rumlaufen können?« Er sagte: »Was Sie an Medikamenten nehmen, reicht, um einen Elefanten umzuschmeißen.«

Er will unbedingt schneiden. Er sagt, die Schuldgefühle, das Gefühl der Wertlosigkeit und die Schwermut, die von einem schwarzen, sündigen Herzen ausgehen, würden verschwinden. »Es ist *keine* Lobotomie«, hat er gesagt.

Ich mag den Kerl nicht. Ich traue ihm nicht. Ich bin nicht überzeugt, aber so weitermachen wie jetzt kann ich auch nicht. Wenn ich keinen Panikanfall habe, bin ich verstrickt in qualvolle, niemals endende Depressionen. Eine tödliche Melancholie hat mich überwältigt; ich bin unfähig, etwas zu tun. Ich hatte meinen Kumpeln was bieten wollen! Ich verdammter Idiot. Was bin ich doch für ein Idiot!

Ich habe sechs Monate gebraucht, um meine Gedanken zu ordnen, aber das wollte ich unbedingt – für den Fall, daß ich nach der Operation debil werden sollte. Ich weiß, daß mein Kumpel Jorgeson ein richtiger amerikanischer Held war. Ich wünschte, er hätte überlebt und was anderes sein dürfen, wenn schon kein Maler, dann doch irgendein Versager mit einem Fabrikjob und vier Scheidungen, der Offenbarungseide leisten und Gefängnisstrafen absitzen muß. Das hätte er sein sollen. Ich wünschte, er wäre *irgendwas* anderes gewesen als ein richtiger amerikanischer Held. Um so besser, wenn ich nach der Operation dem Leben gegenüber etwas *gleichgültiger* bin. Wenn nicht, dann nicht.

Wenn ich einen etwas konventionelleren Sinn für Moral hätte, würde ich die blaue Paradeuniform wegschmeißen und Jorgesons Bruder das Navy Cross schicken. Jorgeson hat es verdient, er war derjenige, der da oben in Khe Sanh die John-Wayne-Nummer abgezogen und mir das Leben gerettet hat, auch wenn ich gelogen und behauptet habe, die ganzen toten nordvietnamesischen Soldaten gingen auf mein Konto. Er hatte einen fabelhaften Body-count geschafft – zwar mit Theagenes nicht zu vergleichen, aber dafür hatte Jorgeson ja auf dem Kriegsschauplatz auch nur insgesamt zwölf Minuten.

Das Oberkommando hätte mir beinahe die Medal of Honor gegeben, aber es gab keine Zeugen für das, was ich angeblich getan hatte, und ich hatte auch niemandem das Leben gerettet. Wenn ich es mir überlege, war mein Bericht vielleicht damals schon nicht so glaubwürdig, wie ich dachte. Ich war schließlich erst neunzehn und hatte keine besondere Übung im Lügen. Ich glaube, wenn sie mir wirklich die Medal of Honor gegeben hätten, dann hätte ich mich in Camp Las Pulgas in Pendleton in den Ring gestellt und von diesem Halbschwergewichtler von der Artillerie einfach totschlagen lassen.

Jetzt denke ich, ich könnte ja Hey Baby mal anrufen und fragen, wie es ihm geht. Echt, zwei Nervenkranke wie wir haben womöglich sehr viel gemeinsam. Ich könnte mich entschuldigen bei ihm. Aber bei meinen Anfällen hab ich gelernt, daß man das gar nicht muß. Gut und Böse sind nur Illusionen. Dennoch frage ich mich manchmal, ob meine Vision der Höchsten Wahrheit tatsächlich wirklicher war als die Dämonen, von denen Schizophrene und Irre heimgesucht werden.

Ist es alles nur ein blöder neurochemischer Zufall? Gibt es überhaupt keinen Gott? Das menschliche Herz rebelliert gegen diesen Gedanken.

Wenn sie die Operation versauen, kann ich hoffentlich meine Hunde behalten – vielleicht, wenn ich bei meiner Schwester wohne. Wenn sie mich ins Irrenhaus schicken, verliere ich die Hunde bestimmt.

Im Purpurfeld

Abgesehen von Sergeant Ondine saßen alle Mitglieder des Recon-Teams *Break on Through* in Camp Clarke in der Baracke, wo die Verhöre durchgeführt wurden, und warteten darauf, daß unser Anführer aus der Kommandobaracke zurückkam. Es verlautete, daß wir zu einem kurzen *Sneak-and-peak*-Einsatz ins Landesinnere geschickt werden sollten. Außer Mason, unserem Sanitäter, waren wir alle nach fünf Tagen Urlaub in China Beach verkatert und übernächtigt.

China Beach, wo es Alkohol und Drogen, Klimaanlage und richtige Toiletten im Haus gab, war Captain Barnes' besonderes Geschenk nach acht Wochen Frontdienst für uns gewesen – irgendwo im Niemandsland im Norden am Ende der Regenzeit, wo die Nächte so kalt und meine Finger so klamm waren, daß ich den Sicherheitshebel immer in Feuerposition lassen mußte, wenn ich in den geisterhaft dahintreibenden Nebel über meinem Schußfeld hinausstarrte.

Als ich mit meinem CAR-15 im Schoß auf dem Boden der Baracke hockte, überlegte ich angestrengt, ob es während eines alkoholischen Alptraums in China Beach oder während einer der letzten Nächte im Dschungel gewesen war, daß ich diese Vision eines Mannes im Trenchcoat gehabt hatte, der wie Humphrey Bogart mit Filzhut, Burberry und Pfeife aus dem Nebel gekommen war, bis er den Kopf hob und das Gesicht Luzifers zeigte. Ich erinnerte mich genau, daß ich wie gebannt zugesehen hatte, als er einen hirschledernen Handschuh abstreifte, unter dem Adlerkrallen statt Finger hervorkamen. Dann hatte er wie ein Mannequin eine abrupte Wende vollzogen und den Mantel gehoben, als wollte er mir mit einem albernen Grinsen den Arsch zeigen, aber statt dessen zeigte er mir seinen Schwanz als Beweis, daß er tatsächlich Luzifer war. Der Kopf drehte sich um volle hundertachtzig Grad, und ich starrte seinen muskulösen, purpurroten, dicht mit Stacheln bewehrten Schwanz an, während er auf Bocksbeinen im Nebel verschwand.

Kurz nach der Vision war direkt vor meinem Gesicht eine Python durchs Gestrüpp geglitten. Ich spürte ihr Gewicht auf der Erde, und ich weiß noch, daß ich gedacht habe: »Das kann doch nicht sein.« Es war viel zu kalt für Schlangen in dieser Nacht.

Es war natürlich ein Riesen-Panikfaktor, aber ich habe nicht durchgedreht. Ich hatte ein paar Minen in meinem Schußfeld gelegt, und außer einem Geist konnte niemand so leise auftreten, daß er an ihnen vorbeikam. Ich feuerte also weder auf die Erscheinung noch auf die Schlange, obwohl ich fest überzeugt war, daß etwas sehr Böses in der Luft lag und bei diesem Einsatz nichts Gutes herauskommen konnte. Ich fühlte mich eigenartig isoliert, und ich hatte Angst, aber als die Schlange vorbeigeglitten war, wurde die schwarze Nacht plötzlich purpurn, und ich fühlte mich so stark, daß ich am liebsten mein Gewehr beiseite gelegt und einen Schamanentanz getanzt hätte. Ich wußte, daß mich bei diesem Einsatz nichts umbringen würde.

Wenn man in das Purpurfeld eintritt, entwickelt man einen sechsten Sinn, ein feineres Ohr, ein Auge, das alles wahrnimmt, was nicht so ist, wie es sein sollte, eine Nase, die den Vietcong riechen kann. In den dunkelsten Nächten der Erde besaß ich sogar die Fähigkeit, Charley zu *sehen*. Ich spürte seine Anwesenheit, *sah* die Energieströme, die von ihm ausgingen, brachte sie unter Kontrolle und war beim Töten der erste. Ich brauchte kein Nachtsichtgerät. Die Purpurkraft war kein Voodoo, sondern völlig real, und wenn man sie nicht zu nutzen verstand, passierte einem nichts weiter – nur daß man am Ende tot war. Ich hatte mich schon oft gefragt, ob sie ein Geschenk Satans war. Hatten wir einen Vertrag abgeschlossen? Und wenn ja, welchen Preis mußte ich zahlen? Ich hatte von MasterCard keine Rechnung bekommen. War er in dieser Dschungelnacht speziell zur mir gekommen? Hatte ich ihm irgendwie meine Seele verkauft?

Ich überprüfte mein CAR-15 und fand es vollkommen sauber. Ich mußte es unmittelbar nach dem letzten Einsatz geputzt haben, instinktiv. Erinnern konnte ich mich daran nicht. Gedächtnislücken. Das war eben so bei der Recon, man war so oft wie möglich high oder betrunken; das war obligatorisch, wenn man nicht gerade eine Null war, wie Mason. Es gehörte dazu, und als ich in der Verhörbaracke auf Ondine wartete, begann ich Captain Barnes fast für die Party zu hassen, die er uns geschenkt hatte.

Gerber, unser MG-Schütze, studierte einen kleinen Archie-und-Veronica-Cartoon auf dem Wachspapier einer Kaugummipackung. Er wickelte Kaugummi aus, stopfte sich einen nach dem anderen in den Mund, las die Cartoons, verteilte Kaugummi und kaute wie ein Verrückter. Mindestens fünf Stück gleichzeitig. Nerven, Schmetterlinge im Bauch. Er wollte mir den Cartoon zeigen, aber als er sah, daß ich in irgendwelche düstere Gedanken versunken war, lachte er zynisch, wandte sich ab und gab den Comic strip Baggit, der ihn einen Moment lang studierte und dann laut lachte: *»Yaawwh!«*

Baggit war ein SEAL von der Navy, der über das Phoenix-Programm zu *Break on Through* gekommen war. Er war ein paar Tage vor unserem letzten Einsatz aufgetaucht, in einer adretten Seemannsuniform, verängstigt wie ein richtiger Frischling, aber als wir ein paar Tage später zur Inspektion angetreten waren, entdeckte der Major über seiner Brusttasche plötzlich das Abzeichen mit den fünf weißen Sternen und salutierte. Wo er denn die Medal of Honor herhabe, fragte er Baggit. *Die Medal of Honor!* Baggit erwiderte den Gruß und sagte: »Vietnam – irgendwo beim III. Korps … glaube ich.«

Ich sah den Gesichtsausdruck von Ondine, der so ungefähr besagte: »Ach du Scheiße! Da haben wir so ein kleines Arschloch, das gerade erst drei Tage im Land ist und das Abzeichen der Medal of Honor auf seiner Brust trägt, das er bei irgendeinem Pfandleiher gekauft hat.« Wir hätten es natürlich alle längst gesehen haben können, ja sogar sehen sollen, es war ja ganz offensichtlich, aber es hatte einfach niemand geglaubt. Unsere Augen hatten es gesehen, aber unsere Gehirne hatten es nicht registriert. Und jetzt würde Ondine fürchterlich Krach kriegen, weil es sein Job war, solche Dinge zu sehen. Gleich nach der Inspektion zerrte er Baggit in die Kommandobaracke, aber es stellte sich heraus, daß die Geschichte stimmte.

Unten beim III. Korps war Baggit mit einer Ranger-Kompanie tief in die Scheiße geraten. Sein Platoon hatte das meiste abgekriegt, und Baggit hatte, selbst schwer verwundet, Sanitäter gerufen, Artilleriefeuer gelenkt, Bunker gestürmt, zwei Männer mit bloßen Händen erwürgt, als sein Gewehr versagte, eine Feindwaffe erbeutet und eingesetzt, eine Ladehemmung der MGs beseitigt und damit gefeuert, und als schließlich Verstärkung eintraf, stellten sie fest, daß nicht etwa ein ganzes Platoon Ranger die Kompanie Vietcong gestoppt hatte, sondern ein einzelner Mann. Eine Woche später erhielt Baggit noch im Krankenhaus vom Chef des MACV persönlich die Medal of Honor.

Ondine sagte, sie hätten mit dem Kerl geredet und gleich gewußt, daß die Geschichte stimmte. Und als ein paar Tage später Baggits Personalakte eintraf, stellte sich heraus, daß er nicht nur die Medal of Honor, sondern auch zwei Silver und drei Bronze Stars hatte, alle für Tapferkeit vor dem Feind – und das schon nach ungefähr vier Monaten Vietnam.

Aber es kommt noch besser! Dieser Baggit war ein Sergeant First Class, der einen Marineoffizier umgebracht hatte. Man hatte ihn des Mordes für schuldig befunden, ihm seinen Rang und alle Auszeichnungen aberkannt und ihn ins Long-Binh-Gefängnis in Saigon gesteckt, und dort wartete er darauf, nach Fort Leavenworth, Kansas, geschickt zu werden ... wo er gehängt werden sollte.

Phoenix hatte uns schon öfter Sträflinge beschert, aber noch nie jemanden, der direkt aus der Todeszelle kam, was andererseits aber erklärt, warum Baggit bei der Inspektion so verwirrt und blaß und ängstlich war und so weiter. Ondine sagte er, er finde es nicht fair, daß er Amerikas höchsten Orden wieder hergeben solle, den er schließlich unter größter Gefahr erlangt habe. Er habe den Phoenix-Typen gesagt, sie könnten ihm ruhig seine Streifen wegnehmen, aber er würde lieber nach Leavenworth in die Todeszelle gehen, als seine Orden herzugeben.

Es war kaum zu glauben, aber diese Irren vom Phoenix-Programm hatten Baggit Straferlaß versprochen, wenn er sich bewährte. Aber kaum daß er bei unserer Truppe und die Sache mit der Medal of Honor geklärt war und er wußte, daß er nicht zurück in den Knast mußte, verlor seine Panik sich rasch. Bald stolzierte Baggit in einem getigerten Kampfanzug mit Fallschirmjägerabzeichen und SEAL-Plakette herum und machte alle Leute an, einschließlich Ondine, und ich dachte noch: *Prima! Soll er sich nur mit Ondine anlegen.* Ich wußte, daß Ondine ihn schneller kleinkriegen würde als ein Maulvoll Rasierklingen. Baggit war ein Irrer, aber Ondine war ein schlauer Irrer. Ondine war gefährlich mit großem G.

Wir saßen in der Verhörbaracke, Baggit betrachtete Gerbers Comic und sagte dann: »Die würd ich nicht von der Bettkante stoßen. Und du, *Ahab*?«

Damit gab er den Cartoon Dang Singh, der ihn gründlich studierte. Baggit wußte, daß bei dem Wort *Ahab* die rote Lampe flackern würde, er wollte ausprobieren, wie weit er bei Singh gehen konnte. Aber Singh überhörte die Provokation. Er war ein gemütlicher Bursche, solange man nicht zu weit ging. Dann wurde er tödlich; der gefährlichste Mann in der Truppe.

»Mir gefällt die Blonde, Betty«, sagte er. »Die ist süß, aber Veronica hat das Geld.« Er machte eine Pause, als müßte er über ein echtes Dilemma nachdenken. »Archie mag Veronica, er will den sozialen Aufstieg und reich werden.«

»Stimmt nicht«, sagt Gerber. »Wenn Archie so ein Streber wäre, warum sollte er dann mit diesem Jughead rumhängen?«

»Stimmt«, sagt Singh. »Jughead ist eine gesellschaftliche Belastung.«

Baggit warf den Kopf zurück und röhrte: *»Yaaawww!«*

In der Mitte der Verhörbaracke stand ein großer Lehnstuhl aus Mahagoni mit Armlehnen. Es war ein sehr großer, massiver Sessel mit viel Platz für Hüften und Schenkel. Man konnte sich Orson Welles oder den späten Marlon Brando gut darin vorstellen. Ein Sessel, der auch die schwersten Männer tragen konnte. Wie er je nach Vietnam gekommen war, kann ich nicht sagen, aber wie er da so als einziges Möbelstück mitten im Raum stand, festgeschraubt an einer schweren Palette, sah er genau wie der elektrische Stuhl aus. Ich dachte, er müßte Baggit nervös machen. Aber für einen Mann, der nur um Haaresbreite an der Todeszelle vorbeigeschrammt war, fand ich, war Baggit auch in schwierigen Situationen äußerst belastbar, doch vielleicht war er auch einfach nur zu dumm und zu verrückt, um Angst zu haben, und das widerum machte mir angst. Machte mir mehr angst als die verrückten Dinge, die er in China Beach angestellt hatte, wo er dauernd das Messer gezogen und anderen Scheiß gemacht hatte, Karateübungen auf offener Straße und so, Löcher in Hotelwände schlagen und Prostituierte verprügeln. Das war normal bei unserer Truppe. Eigentlich Standard. Aber ich wollte nicht raus an die Front mit einem Spinner, der sich für unverwundbar hielt oder mich genauso kaltblütig umbringen würde wie Charley.

Baggit ließ uns bald wissen, daß er das Marine Corps für einen jämmerlichen Verein hielt und die SEALS der Recon weit überlegen waren, aber es hatte niemand Lust, deswegen mit ihm zu streiten. *Break on Through* war ein gemischter Haufen. Lediglich Gerber, unser MG-Schütze, und ich hatten in den Staaten eine reguläre Recon-Ausbildung gemacht, mit Liegestützen und Gewaltmärschen – eigentlich richtiger Mickymaus-Kram.

Einer unserer besten Leute dagegen, Jack Jensen, war ursprünglich Koch in der Etappe gewesen, ein Schwergewichtsboxer, den ich in Pendleton kennengelernt und mit dem ich auch gelegentlich ein Sparring gemacht hatte. Jensen hatte keinerlei Gefechtsausbildung, außer den üblichen vier Wochen Infanterie, aber er war sehr gut im Feld draußen – ein Naturtalent. Als Baggit mit seiner SEAL-Angeberei daherkam, sagte deshalb niemand sehr viel. So etwas war bis zu einem gewissen Grad erlaubt, auch wenn Baggit es übertrieb; am ersten Tag wäre er mit Jensen fast aneinandergeraten. Warum ihn das Hauptquartier nicht zurück zu den SEALS, sondern zum Marine Corps geschickt hatte, wurde nie richtig klar. Ich nehme an, der ermordete Offizier hatte viele gute Freunde bei der Navy.

Ein paar Tage nach seiner Einweisung hängte Baggit ein Paar nasse Socken an Jensens Bettgestell, und ehe wir's uns versahen, ging eine Rangelei los. Die ersten Schläge fielen, aber ehe der Kampf richtig anfing, kam Captain Barnes in die Baracke und las den beiden Männern die Leviten, vor allem Baggit. Er drohte, Baggit zurück ins Gefängnis zu schicken. Das beruhigte die Gemüter für eine Weile, aber ich wußte, daß Baggit und Jensen sich so lange piesacken würden, bis die Hackordnung feststand. Ich wußte, daß jeder von uns Baggit auf seine Weise zur Räson gebracht hätte, wenn er so weitergemacht hätte, jeder auf seine Weise. Wenn ich so zurückdenke, glaube ich, daß wir so ziemlich zu den gefährlichsten Typen gehörten, die in Vietnam unterwegs waren.

Dang Singh war über Bombay-London-Kanada-Los Angeles zu den Marines gekommen. Er wollte mit Hilfe des Marine Corps amerikanischer Staatsbürger werden und hoffte, eines Tages einen Lebensmittelladen in Los Angeles zu haben, das er seine Heimatstadt nannte, obwohl er bisher noch nicht mal volle zwei Monate dort gelebt hatte. Singh war ungefähr siebenundzwanzig Jahre alt, so wie Ondine, und unter Feuer genau wie Ondine sehr kaltblütig: beherzt, aber nicht tollkühn. Singh hatte mir zweimal das Leben gerettet. Er blödelte gern herum, aber er war ein guter Marine. Der Humor war seine Methode, um mit Vietnam fertig zu werden.

Für einen Inder war Singh ziemlich groß, fast ein Meter achtzig, schlank und von heller Hautfarbe. Er hatte ein hübsches Gesicht und sah sehr vornehm aus in seinem gutsitzenden getigerten Kampfanzug und seinem roten Barett, einer Uniform, die er ganz persönlich zusammengestellt hatte. Das war möglich bei der Recon, man konnte eine Uniform eigener Wahl tragen und alle kleinlichen Mickymaus-Vorschriften ignorieren, mehr als sonst in Vietnam.

In der Baracke legte Singh sein Barett ab und schmierte sich eine süßlich duftende Pomade, die er in Saigon gekauft hatte, in sein langes blauschwarzes Haar. Sie hieß Christopher-J's-Tiger-Rose-Pomade. »Hält Moskitos ab, versuch's mal, dann kommst du gar nicht mehr davon los!«

Gerber, den Mund voll Kaugummi, sagte: »Singh hat wirklich eine *Masse* Haar auf dem Kopf!«

»Ein Otterpelz ist das, das kann ich dir sagen; höllisch heiß in einer Gegend wie der hier. Verdammt mühsam, wenn man den ganzen Tag über schön bleiben will«, erklärte Singh. »Aber wenn ich es kurz schneide, so mit Entenschwanz, dann halten mich alle Leute für Elvis. ›Ach, Elvis, bist du schön braun! Was machst du denn in Vietnam? Ach, Elvis, kannst du uns ›Heartbreak Hotel‹ singen? Elvis, schenkst du mir einen Cadillac El Dorado? Elvis, wie geht's denn dem Colonel?‹ Dabei kann ich Elvis gar nicht leiden. Es ist ein Fluch, das kann ich euch sagen. Frag Hollywood.« (Hollywood war mein Spitzname, weil ich die Grundausbildung in San Diego gemacht hatte. Es war eine tückische kleine Stichelei. Sie erweckte den Eindruck, man wäre kein *richtiger* Marine, wenn man seine Grundausbildung nicht in Parris Island gemacht hatte.)

»Von wegen Elvis«, sagte Baggit. »Du siehst aus wie der verdammte *Ahab the Arab*.«

»Und du siehst aus wie Jerry Lee Lewis«, sagte Singh, weil ihn der Spitzname Ahab nun doch nervte. »Und warum sagst du eigentlich dauernd ›Yaaawww‹? Das geht einem ganz schön auf die Nerven.«

»Also, wenn dir das irgendwie hilft«, sagte Baggit. »Euer blödes ›Aahh-ru-ga!‹ habe ich ziemlich satt. Was soll denn der Quatsch?«

»Das gehört zur Recon«, sagte Gerber. »Sei damit ja vorsichtig!«

»Genau. Das ist unser Schlachtruf. Das ist wie *Geronimo!*« sagte Jensen richtig hitzig.

»Na schön«, sagte Baggit. »Bei den SEALS hatten wir eine Einrichtung, die nannten wir ›Höllenwoche‹. Ich hab gehört, dich haben sie auf die Küchenbullenschule geschickt, Mister Super-Obergefreiter. Yaaawww!«

»Hör auf zu lachen«, sagte Singh. »Jensen hat ein echtes Examen. Die Urkunde ist in seiner Kiste. Jensen weiß, wie man Rühreier macht. Stimmt's?«

»Und dann erst meine *Salami*«, sagte Jensen. »Die solltest du mal versuchen –«

»Schluß jetzt! So was Kindisches hab ich ja lange nicht mehr gehört«, sagte Ondine, der plötzlich im Eingang der Baracke stand. Er hatte seinen Tornister auf und eine großkalibrige halbautomatische Remington in der Hand. »Wir haben nur fünf Minuten! Bewegung!«

Jensen schüttelte ein paar Amphetamine aus einem Glasröhrchen und gab sie Ondine. »Das wird Ihnen guttun. Sie sind so ein übellauniger Brummbär, wenn Sie einen Kater haben.«

»Jensen hat recht, Ondine. Sie sind Mr. Grouchy Bear«, sagte Singh.

Ondine grinste ein bißchen. Jensen gab mir das Glasröhrchen, und ich schluckte ebenfalls zwei von den Kapseln. Ich hatte nicht an die Greenies gedacht, aber ich wußte aus Erfahrung, daß sie die einzige sichere Kur gegen einen Kater waren. Ich war so dankbar, daß ich Jensen eine Extra-Flasche Insektenschutzmittel gab. Er bot mir noch einmal zwei Greenies an und ließ das Röhrchen dann rumgehen. Das war die Regel – alles wurde geteilt, jedem wurde getraut. Du konntest fünfhundert Dollar auf deiner Pritsche liegenlassen und ins Feld gehen, und wenn du nach sechs Wochen zurückkamst, lag das Geld noch genauso da, unberührt, mit feinem rotem Staub bedeckt.

Zuletzt kam das Röhrchen zu Baggit, und wir sahen, wie er sechs Kapseln auf einmal schluckte. Das hatte es noch nie gegeben. Singh lachte und sagte: »Baggit braucht keinen Hubschrauber, der fliegt ganz von selbst.«

Baggit lachte ebenfalls. »Yaaawww!«

Bald lachten wir alle, sogar Ondine. Sechs Greenies waren eine ernste Sache. So ernst, daß es schon wieder komisch war.

Mason, unser Sanitäter, schüttelte ungläubig den Kopf. Mason war ein »wiedergeborener« Christ und, was fast noch schlimmer war, er liebte die Beach Boys. Aber der Hauptgrund, warum wir ihn nicht mochten, war die Tatsache, daß er unter Feuer zur Drückebergerei neigte, und wenn jemand schrie: »Sani!«, bewegte er sich ziemlich langsam. Mason wußte es wohl nicht, aber er hatte von *Break on Through* mehr zu befürchten als von Charley. Er hatte die Lebenserwartung eines Moskitos.

»Nach so viel Speed wirst du Herzrhythmusstörungen kriegen«, sagte Mason. Alle lachten, und Mason zuckte die Achseln. »Was soll ich sonst sagen?« Er begann damit, die großen, orangefarbenen »wöchentlichen« und die kleinen, weißen »täglichen« Malariatabletten zu verteilen. Dann verteilte er Salztabletten. Ich ging raus und schluckte meine mit einer halben Büchse schalem Budweiser. Dann kamen die Vögel. Ich hielt mit einer Hand meinen Dschungelhut fest, rannte zum Chopper, sprang als letzter an Bord und setzte mich hin. Ich hoffte, die Wirkung der Speedpillen würde schneller als die Angst einsetzen. Die Maschine hob vom Landeplatz ab, legte sich schräg und erfaßte die üppige grüne Vegetation der Umgebung – Königspalmen, Bananenstrünke und noch mehr so botanisches Zeugs. Im kühlen Inneren des Hubschraubers, wenn du so runtergeschaut und es nicht besser gewußt hast, konntest du denken, du wärst im Paradies und nicht in der Hölle.

Baggit saß neben mir und blödelte mit den Piloten herum. Singh und Gerber, mir gegenüber, sahen aus, als wären sie zu allem entschlossen. Sie waren es, die beim letztenmal den Gefangenen gemacht hatten. Ich erinnere mich noch gut an den Mann und auch daran, wie sie ihn bei der Rückkehr aus dem Hubschrauber gestoßen, in die Verhörbaracke geschleppt und auf dem Mahagoniestuhl festgeschnallt hatten. An der Art und Weise, wie sie ihn mißhandelten, konnte ich sehen, daß er sie entweder beleidigt hatte oder besonders vielversprechend war, ein Offizier oder so was. Es war eine der seltenen Gelegenheiten gewesen, wo ich Dang Singh außer Kontrolle gesehen hatte, und der Anblick war nicht sehr erfreulich gewesen.

Ich sah zu, wie Singh mit seinen Haaren herummachte. Er kämmte sie alle nach vorn, drehte sie zu einem Knoten und band sie mit einem Gummi zusammen. Dann setzte er sein Barett auf und machte es mit einer langen Hutnadel fest. Die ganze Zeit über formte er kleine rosa Bubblegumblasen mit den Lippen, die er dann wieder einsaugte und zerplatzen ließ. Das waren die Nerven. Christopher-J's-Tiger-Rose-Pomade roch so stark, daß sogar mein Kaugummi ihren Geschmack annahm. Ich warf ihn zur Einstiegsluke hinaus und sah zu, wie er in das jadegrüne Dschungelmeer hinabsegelte.

Immer wenn wir draußen einen Gefangenen machten, kümmerte sich Singh um den Mann. Er redete beruhigend auf ihn ein und versprach ihm, einen Kit-Carson-Scout aus ihm zu machen, wenn er zu uns überlief und *Chieu Hoi* ging. Durch diese freundliche Behandlung versuchte Singh rauszukriegen, ob der Gefangene mit uns zusammenarbeiten oder lügen würde, ob er ein Hundertprozentiger war oder bloß ein Unschuldiger, der in einen Krieg verwickelt worden war, der ihm nichts bedeutete.

Sobald der Gefangene in die Verhörbaracke gebracht worden war, änderte sich die Behandlung. Keiner der Marines aus der Gruppe wollte was damit zu tun haben, nicht mal Ondine. Für gewöhnlich machten die ganze Drecksarbeit unsere Vietnamesen – verprügelten die Gefangenen nach Strich und

Faden, bis sie jeden Widerstand aufgaben, noch ehe Dang Singh überhaupt angefangen hatte.

Die Gefangenen wurden so fest an den Morris-Sessel gefesselt, daß jede Bewegung unmöglich wurde. Sie festzubinden war gar nicht einfach, weil die meisten von ihnen winzig klein waren und der Stuhl wirklich riesig, aber das war letzten Endes gar nicht so schlecht, weil sie sich dann noch mickriger und unbedeutender vorgekommen sein müssen. Am besten funktionierte ein Strick um die Brust, den Hals, die Stirn, die Beine und Ellbogen, während die Handgelenke mit Leukoplast festgeklebt wurden.

Dang Singh verhörte die Gefangenen gern als erster, um »heiße« Informationen aus ihnen herauszupressen, ehe die Leute vom Nachrichtendienst sich an ihnen versuchten. Er zog die Hutnadel aus seinem Barett und schob sie dem Gefangenen unter den Daumennagel bis hinunter zum Halbmond. Das machte er langsam, ließ sich minutenlang Zeit – manchmal, so hab ich gehört, sogar eine Stunde. Er machte sich gar nicht die Mühe, irgendwelche Fragen zu stellen, aber ich habe erlebt, daß sie freiwillig alle möglichen Informationen heraussprudelten, wenn die Nadel ein paar Millimeter tief drin war. Wenn das Schreien zu schlimm wurde, verklebte einer der Ranger von der südvietnamesischen ARVN dem Mann den Mund. Manchmal legten sie dem Gefangenen auch ein nasses Handtuch übers Gesicht und bespritzten es aus einer Feldflasche. Das verursachte ein ähnliches Gefühl wie Ertrinken, hieß es.

Erst wenn Singh mit seiner Nadel im Nagelbett angelangt war, begannen die Fragen, und wenn die Antworten nicht befriedigend waren, nahm Singh ein Bajonett und klopfte damit auf die Nadel. Er war kühl und methodisch, beinahe freundlich bei seinem Job, aber was auch immer der Mann gewesen sein mochte – Kommunist, Patriot, Soldat, Ehemann, Vater oder Sohn –, all das entwich durch die Tür, bis er nur noch ein Gefäß des Schmerzes und ihm nur noch eines auf der Welt wichtig war: daß der Schmerz aufhörte. Singh holte die

»heißen« Informationen schneller und sauberer aus ihnen heraus als jeder andere. Wenn der Gefangene brav war und was Gutes ablieferte, schenkte ihm Singh eine Marlboro, die er rauchen durfte, ehe wir ihn den Nachrichtendienstleuten in Da Nang mit ihrem Natriumphenthothal, Lügendetektor und Tonbandgerät übergaben. Unser letzter Gefangener hatte ganz schön was ausgespuckt, aber erst nachdem Singh eine Feile rausgeholt und dem Gefangenen die unteren Schneidezähne bis aufs Zahnfleisch abgefeilt hatte. Nach einer dreistündigen Sitzung zogen sie ihn mit vollgeschissener Hose aus der Baracke, ließen ihn im Dreck hocken und ein halbes Päckchen Marlboros rauchen, ehe ein Lastwagen kam und ihn nach Da Nang schaffte. Er war ein zäher kleiner Bursche, und Singh zollte ihm, wenn auch widerwillig, Respekt.

Als unsere Choppers ins Landesinnere flogen, erblickten wir steile Bergketten mit funkelnden Wasserfällen in allen Regenbogenfarben und den Dschungel mit seinem dreifachen Blätterdach in sieben verschiedenen Grüntönen. Ich genoß den Flug und hoffte, er würde nie aufhören, aber da zeigte der Pilot auch schon auf das Tal, wo wir hinsollten, und ich sah, wie der erste Hubschrauber unser Ziel einmal umkreiste, ehe er hinabtauchte und schließlich aufsetzte.

Unser Kit-Carson-Scout, Ondine, Jensen und zwei vietnamesische Ranger sprangen raus und rannten durchs hohe Gras. Dann waren wir dran. Ich war mir nicht sicher, ob in meinem Gehirn das Amphetamin oder bloß das Adrenalin hämmerte, aber ich war froh, als ich aus dem Vogel raus war und das Gewicht meines Gewehrs in der Faust spürte. Die Hubschrauber erhoben sich aus dem Tal und entfernten sich mit scharf und schwer schlagenden Rotorblättern von uns – *wopp-wopp-wopp, sap-sap-sap.* Los geht's, dachte ich. Eins, zwei drei, *tsch, tsch, tsch*. Na komm schon, Baby!

Der Feind wartete schon auf uns, und innerhalb weniger Sekunden wurden wir mit MG-Feuer eingedeckt. Auf die Hubschrauber feuerte Charley mit Raketen, und ich wußte, wenn sie Raketen hatten, dann waren es viele. Ich hatte schon viele heiße Landezonen gesehen, aber so was noch nie.

Mason wurde genau in dem Moment getroffen, als wir die Büschel von Elefantengras hinter uns ließen, die von den Rotorblättern flachgelegt worden waren. Ich lief direkt hinter ihm, und sein heißes, klebriges Blut klatschte mir ins Gesicht. Ich packte ihn am Handgelenk und zerrte ihn, so schnell ich konnte, ins hohe Gras. Er hatte nicht das tote Gewicht einer Leiche, er war federleicht.

Die Nordvietnamesen hatten einen L-förmigen Hinterhalt gelegt, aber unsere Gruppe entfernte sich augenblicklich davon in Richtung unserer zweiten Landezone. Wir hofften, die Hubschrauber könnten uns rausholen. Blut pulsierte aus einer saugenden Wunde in Masons Brust. Ich klatschte die Zellophanhülle einer Camel-Packung auf das Ausschußloch und legte einen Notverband an.

Ich erinnere mich, daß mir Mason mal abends, als wir im Feld unsere Zelte aufbauten, erzählt hat, sein Kopf könne nicht an Gott glauben. »Mein Kopf kapiert es einfach nicht«, sagte er, »aber mir blutet das Herz wegen Jesus.« Während der Rest von uns sich in China Beach betrank und rumpöbelte, war Mason im vollklimatisierten Freizeitzentrum der Basis geblieben und hatte Hamburger mit Fritten gefuttert, während er *Wissenschaft und Gesundheit: Ein Schlüssel zur Heiligen Schrift* las. Jetzt zappelte er in den Klauen des Todes. Er erstickte an seinem eigenen Blut und schrie meinen Namen: »Hollywood!« Dann starb er. Ich besann mich auf meine Purpurkraft und spürte, wie sie mich überflutete. Ich weiß noch, wie ich gedacht habe, was das für eine komische Welt ist, in der Gott seine Gläubigen nicht am Leben zu halten vermag, wohl aber der Teufel.

Die Maschinengewehrkugeln vom Kaliber .31 flogen überall um mich herum. Nicht in Salven, sondern ununterbrochen. Einige Minuten lang ging das so. Ich hatte Angst, mich zu rühren. Ich erinnere mich, daß ich bei der Landung zum letztenmal auf meine Rolex geschaut hatte, und als ich jetzt im hohen Elefantengras lag, spürte ich das Brennen der zahlreichen kleinen Schnitte an meinen Händen und im Gesicht, die von den rasiermesserscharfen Grashalmen stammten. Wie wenn man sich an Papier schneidet.

Die Zeit spielte mir tolle Streiche. Mir schien, die Sonne sei hinter den Bergen untergegangen und ich hätte eine Nacht durchgemacht, die Sonne sei wieder auf- und untergegangen, eine neue Nacht sei gekommen, und das wieder und immer wieder, aber plötzlich hörte das MG auf zu feuern, und mir wurde klar, daß der Schütze in seinem Übereifer, uns festzunageln, den Lauf überhitzt hatte. Als ich auf meine Uhr sah, stellte ich fest, daß lediglich sieben Minuten vergangen waren. Ich hob den Kopf und sah eine Kolonne Nordvietnamesen, die sich daranmachten, unser Team einzukreisen; ich sprang auf und raste los. Ich wußte, daß Mason tot war, und es war mir egal. Ich wollte bloß weg. Ungefähr zweihundert Meter vor mir gab es einen Dschungel mit dreifachem Blätterdach, aber die Nordvietnamesen bewegten sich ebenfalls in diese Richtung. Ich mußte unbedingt zuerst dort sein. Hinter mir hörte ich das dumpfe *Bapp-bapp-bapp* einer AK-47, und während ich wegrannte, hoffte ich, daß ich, wenn es schon sein mußte, keinen elenden Brustdurchschuß abkriegen würde wie Mason, sondern einen sauberen Schuß in den Hinterkopf, der mich erledigte, ohne daß ich ihn hörte oder spürte.

Dann spielte die Zeit mir erneut einen Streich, diesmal den anderen: Zeitlupe. Bei vollautomatischem Dauerfeuer verspritzt eine AK-47 sechshundert Schuß in der Minute, aber ich konnte jeden einzelnen mitzählen! *Purple haze all in my eyes, don't know if it's day or night – tomorrow or the end of time?* Das Purpurfeld. Die Sicherheit im Purpurfeld. Ich erreichte den Waldrand fast an der Talsohle und mußte anschließend sofort den Berg hoch. Charley war überall, obwohl der Dschungel so dicht war. Auf einem schmalen Trampelpfad sah ich fünf Soldaten vorbeihuschen. Ich lag auf einem kleinen Hügel, den Hintern hoch in der Luft, und hatte ein Mordsglück, daß sie mich nicht sahen. Das war der Riesenvorteil der getigerten Kampfanzüge: wenn man sein Gesicht vollgemalt hatte, brauchte man nur noch drei Meter weit in den Dschungel zu gehen und ganz ruhig stehenzubleiben, dann sah einen keiner. Ich drehte mich um, so leise wie möglich, und begann wegzukriechen. Aber als ich den Blick hob, sah ich drei Soldaten, die sich mit Macheten einen Weg durchs Unterholz bahnten – direkt auf mich zu. Zwischen ihnen und dem Trampelpfad war ich gefangen.

Abschießen konnte ich sie nicht, dazu war das Unterholz viel zu dicht, aber dann entdeckte ich zwischen dem ersten und dem zweiten Blätterdach eine Lücke, durch die ein Sonnenstrahl auf mich herabfiel. Ich griff nach einer Handgranate und einer Nebelkerze und schaute zugleich auf die Uhr – vor zwei Stunden hatten wir noch darüber diskutiert, ob man die Comic-Veronica ficken sollte, und jetzt saß ich allein im Dschungel, hunderttausend Kilometer weit von allem entfernt, wo ich sein wollte.

Ich warf die Handgranate den Sonnenstrahlen entgegen, und als sie zerplatzte, zündete ich die Nebelkerze und flitzte auf den Dschungelpfad zurück. Ich rannte ein paar Schritte nach links – die feindliche Patrouille war in die andere Richtung gegangen –, warf mich ins Unterholz neben dem Trampelpfad und hob mein Gewehr. Die drei Soldaten, denen die Handgranate keinerlei Schaden zugefügt hatte, sprangen fast gleichzeitig auf den Pfad. Jedem von ihnen setzte ich mit meinem CAR-15 eine Kugel in die Brust. Dann sprang ich auf und kehrte genau an die Stelle zurück, wo ich zuvor gewesen war. Und ehe ich's mich versah, legte ich auch schon mit viel Sachverstand und Geduld eine Claymore-Mine. Den Zünddraht beschmierte ich mit Tarnfarbe aus der Tube und legte Zweige und Blätter darüber, bis er unsichtbar war.

Eine eigenartige Ruhe hatte sich auf mich herabgesenkt, und als ich meinen Sonnenstrahl suchte, sah ich die Sonne wie einen flammenden orangefarbenen Ball am Horizont leuchten. Es war wie auf der High-School bei meinen Golden-Glove-Kämpfen. Die ersten Schläge waren vorbei, die Schmetterlinge im Bauch waren weg, meine Angst hatte ich unter Kontrolle und spielte Wellenreiten mit ihr, benutzte sie zu meinem Vorteil. Es war wie im Kino. Unwirklich.

Ich war froh, daß ich die Mine los war. Ein Stück weniger, das ich herumschleppen mußte. Ich war verblüfft, daß meine Nebelkerze immer noch zischte. Ich war ganz im Hier und Jetzt, und gleichzeitig saß ich auf dem Schoß meiner Großmutter in ihrem Lebensmittelladen am südlichen Ende von Aurora in Illinois. Es war zehn Uhr abends, wir saßen ganz vorne im Laden, und jedesmal, wenn ein Auto vorbeifuhr, drehte sich meine Großmutter arthritisch um und blickte zu Lombardo's Store auf der gegenüberliegenden Seite der Lake Street hinüber, um zu sehen, ob Anthony Lombardo womöglich mehr Kunden hatte.

Meine Großmutter. Sie war nur ungefähr eins sechzig groß. Ihre Hände und Ellbogen waren mit derben Schwielen bedeckt. Ihr Haar war dünn und grau, und sie roch immer leicht nach Ben-Gay. Alle nannten sie »Mag« und behaupteten, zu ihrer Zeit wäre sie ein richtig gutaussehendes Mädchen gewesen und hätte auch gern getanzt. Den Eindruck einer Tänzerin machte sie auf mich nicht. Für mich war sie »Gram«. Fünfundvierzig Jahre lang stand sie jeden Morgen um fünf Uhr auf und schleppte ihren schmerzenden Körper zur Arbeit. Der Laden öffnete um sechs.

Als erstes kam der Rainbow-Mann mit duftendem, warmem Brot in bunten Plastiktüten. Dann kamen der Milchmann mit seinem hohen, eisgekühlten Wagen, in dem die Milchflaschen klirrten, und der Fleischer, der aussah wie Groucho Marx, einen blutbespritzten, knielangen Kittel trug und immer eine starke Zigarre im Mund hatte; und schließlich strömten die Kunden herein, in einer endlosen, regelmäßigen Prozession – alle sah ich sie vor mir. Ich sah sie, hörte, schmeckte und roch sie.

Es war alles ganz gegenwärtig für mich. Wie für Proust seine Madeleines. Hier und jetzt – ganz real. Ich sah den ebenso vergnügten wie versoffenen Francesco Sacco auf seinem Weg zu einer zehnstündigen Schicht bei Durabuilt durch die Hintertür kommen. Er ließ seine Bulldogge Pete auf der hinteren Veranda warten, während er sich durch die Vordertür davonmachte und mit seinem Eßgeschirr in der Hand die Jericho Road hinaufschlenderte, im Einklang mit sich und der Welt. Der Hund bewachte Mags Hintertür jahrelang.

Die Leute kamen zum Einkaufen, aber auch zum Schwatzen. Damals gab es noch kein Fernsehen. Man hatte keine Eile. Mag war nicht nur eine hart arbeitende Ladenbesitzerin, sondern auch eine gute Unterhalterin. Die Arbeit wurde nebenbei erledigt: Regale wurden aufgefüllt, das Feuer im Kohlenofen geschürt, die Wäsche gewaschen und auf dem Parkplatz hinter dem Haus auf die Leine gehängt, Essen wurde gekocht, vier Töchter und zahllose Enkel großgezogen, sogar ein Waisenkind, das eines Tages tränenüberströmt von der Straße hereinkam und sofort zum Familienmitglied gemacht wurde. Den Anblick von Hunger und Leid konnte Mag nicht ertragen. Sie sah die Große Weltwirtschaftskrise kommen und gehen, und sie sah zu, daß ihre Nachbarn was zu essen hatten. Rechnungen wurden gestundet und Lebensmittel verschenkt. Selbst die schmutzigsten Landstreicher kriegten in ihrer Küche was Warmes zu essen. Weil er in der Nähe des Güterbahnhofs lag, war ihr Laden allen Vagabunden des Landes bekannt – er war fast rund um die Uhr geöffnet. Vor elf Uhr abends machte Mag den Laden nicht zu. Anschließend setzte sie sich immer in die dunkle Küche und aß Kekse mit Milch. Ein Nachtlicht lud die Leute ein, an die Tür zu hämmern. Ich erinnere mich, wie ich einem hartnäckigen Betrunkenen in einer schwülen Julinacht noch gegen eins ein paar Koteletts verkauft habe. Wenn ihre lange Tagesarbeit endlich vorbei war, humpelte Mag die Treppen hoch ins Bett, wo sie ihre Beine mit Ben-Gay einrieb und in ihrem Gebetbuch las, bis sie einschlief.

Mag hatte den Laden mit einer achtjährigen Ausbildung in einer deutschsprachigen Schule und einem Kapital von fünfzig Dollar begonnen. Sie liebte die Arbeit, und sie liebte die Kunden. Ich wiederum half ihr, so gut ich konnte. Ich schaufelte die roten und weißen Kartoffeln in Zehn-Pfund-Säcke. Ich färbte Margarinefässer und füllte Erdnußbutter pfundweise ab. Ich half meiner Großmutter, im Keller Hühner zu schlachten. Ich erschlug die großen Spinnen, die aus den Bananenkisten aus Mittelamerika sprangen. Ich fegte den Laden und trug in dunklen Nächten Limonadenflaschen die Kellertreppe rauf und runter – immer in Furcht vor dem schwarzen Mann. Ich sehnte mich danach, den Laden irgendwann selbst führen zu können. Ich dachte, das wäre meine Berufung.

Das Beste war immer, wenn wir, nach den Keksen mit Milch, zusammen ins obere Stockwerk hochgingen. Ich knipste das Nachtlicht an, während sie langsam die Treppe hinaufhumpelte. Und während sie ihre Beine einrieb, sich ins Bett fallen ließ und ihr Gebetbuch aufschlug, lag ich unter der Bettdecke und steckte meine Nase in ein Mickymaus-Heft oder einen anderen Comic.

»Gram, wenn wir sterben, kommen wir dann wirklich in den Himmel?«

»Nein. Wenn wir sterben, dann sterben wir einfach.«

»Warum liest du dann jeden Abend in deinem Gebetbuch?«

»Weil ich an Gott glaube.«

»Ich hab dich lieb, Gramma. Ich hoffe, daß du nie stirbst.«

»Du wirst es ihnen zeigen, Tommy. Eines Tages bist du erwachsen, und dann wirst du's allen zeigen.«

Ich warf einen Blick auf meine Rolex. 20:46. Sechs Minuten vorbei. Es wurde rasch dunkel. Millimeterweise bewegte ich mich zu einem roten Erdhaufen, wo ich mich anlehnen und meinen Tornister abstützen konnte. Ich holte etwas Insektenschutzmittel aus meiner Brusttasche und begann, die Blutegel auf meinen Händen, meinem Gesicht und meinem Hals damit zu beträufeln. Sobald sie einen Tropfen von dem Zeug abkriegten, krümmten sie sich, zogen ihre Köpfe aus meiner Haut, schrumpften zusammen und fielen herunter.

Ich hörte ein leises Rascheln und griff nach meinem Gewehr, aber es war nur eine weitere riesige Python, die an mir vorbeizischte. Sie bewegte sich mit fünfzehn Meilen pro Stunde, so schien es. Nicht schon wieder! Ich wollte den Teufel nicht sehen, aber das Purpurfeld brauchte ich dringend.

Die Nacht war schwarz wie Tinte, beherrscht von den Geräuschen des Dschungels, in die nur gelegentlich entferntes Granatwerferfeuer einen Akzent setzte. Ab und zu hörte man ein paar Salven aus den AK-47, die prompt von Gerbers MG-60 mit dumpfem Rattern beantwortet wurden. Es klang sehr weit weg. Ich hörte ein paar kleine Explosionen, dann erneut das MG und dann Schweigen. *Das ist gut,* dachte ich. *Erledige sie, Gerber, mach ein paar kalt, Mann; du bist wirklich ein knallharter Bursche.*

Willard G. Kegly alias Gerber. Wir nannten ihn »Gerber«, weil er aussah wie das Kind auf den Karottengläsern für Babys. Als ich Gerber in China Beach von meiner Teufelserscheinung erzählte, erzählte er mir von einem Traum, in dem er gesehen hatte, wie beim nächsten Einsatz sein Fahrschein gelocht wurde. Einen Moment lang dachte ich, er würde losheulen, aber dann gab er sich ganz unbekümmert. »Ist mir scheißegal«, sagte er. So mußte das sein. Man heulte und jammerte nicht. Das war nicht erlaubt. Man mußte es einfach hinnehmen wie in den Cowboyfilmen.

Mason, der so oft gesagt hatte, er sei bedeckt mit Jesu Blut und gekleidet in die Rüstung des Herrn, und dabei die ganze Gruppe mit seiner Angst in Gefahr gebracht hatte, war tot. Gerber, der sein Leben längst aufgegeben hatte und dem alles egal war, hatte unwahrscheinliches Glück. Es war das Purpurfeld. Gerber hatte es gefunden. Er sagte es nicht, aber ich wußte, daß er es hatte, und ich hoffte, er würde es behalten. Und ich hoffte, ich würde es auch behalten und *Break on Through* es jetzt und immerdar bekennen. Immer, wenn wir richtig in der Scheiße steckten, sagten die Leute: *»Diesmal nicht, Herr. Lieber Gott, laß es nicht dieses Mal sein!«* Niemand sagte: »Dieses Jahr«, »Diesen Monat« oder »Diese Woche«; immer sagten sie: »Dieses Mal.«

Das MG-60 ratterte weiter, weit weg. Ich wußte alles über Gerber. Das erste Mädchen, das er geküßt hatte. Das erste Mal, daß er mit einem Mädchen im Bett war. Ich wußte von seinen besten Freunden, seinen Eltern und seiner Familie, daß der Sportwagen, auf den er so stolz war, in Wirklichkeit seinem Bruder gehörte, während er selbst mit einem Morris Minor herumfuhr, den ihm sein Vater vermacht hatte. Ich wußte auch, was er sich aussuchen würde, wenn er sein Leben lang immer dasselbe essen müßte: Cheeseburger mit Pommes frites und Schokoladen-Shake. Ich wußte, wie er im zivilen Leben sein Haar trug und was für Klamotten: Dobie Gillis; ich kannte seine sämtlichen Schulnoten, ich wußte, worüber er lachte, was ihn wütend machte, wovon er träumte. Ich wußte alle diese Dinge über Gerber und liebte ihn, hätte mein Leben für Gerber geopfert und alles für ihn getan – aber irgendwie *mochte* ich ihn nicht so richtig. Draußen in der Welt hätte ich ihn vielleicht sogar gehaßt. Aber bei diesem Einsatz, in dieser Nacht war das Rattern von Gerbers MG das schönste Schlaflied, das ich je gehört hatte. »Los, mach sie kalt, Gerber!«

Plötzlich ging die Claymore hoch, und ich hörte einen unterdrückten Schrei. Ich wirbelte herum und verfeuerte vollautomatisch zwei Magazine, die ich zusammengeklebt hatte. Ich warf eine Handgranate in Richtung der Explosion, wechselte das Magazin und rannte auf dem Trampelpfad in Richtung von Gerbers MG.

Alles schien ganz weit weg. Plötzlich war ich zu Hause, auf dem Spielplatz. Ich erinnerte mich an Carlo Cesare, meinen ersten Freund, und wie schön es war, mit ihm befreundet zu sein. »Gott segne dich, Carlo, wo immer du sein magst; ich hoffe, du bist nicht in diesem Scheiß-Vietnam.«

Im Sommer ging ich morgens mit meinem großen Baseballhandschuh aus dem Laden, marschierte die Straße rauf zu seinem Fenster und klopfte ans Gitter. Er kam zur Tür und ließ mich rein. Ich wartete, bis er seine Haferflocken gegessen hatte, und dann gingen wir zusammen zum Spielplatz. Mario Vittorio, Peter Perillo und alle anderen Ballspieler waren schon da. Einmal fragte mich Vittorio, ob ich ihm die Mandeln zeigen könnte, so als machte er eine medizinische Untersuchung, und als ich den Mund aufmachte, spuckte er mir einen Rotzfladen direkt in den Hals. Dann rannte er lachend davon. Ich holte ihn ein, nahm ihn in den Schwitzkasten und riß ihn zu Boden, bis er anfing zu heulen. Dann kam sein Bruder Paolo, der zwar jünger, aber fett und energisch war, und stieß mich weg. »Laß meinen Bruder in Ruhe!« Daraufhin schmierte ich Paolo auch eine und knuffte ihn ein bißchen herum, aber er war völlig rasend und spürte den Schmerz nicht. Er duckte sich unter meinen Schlägen weg und umklammerte mich. Ich riß mich los und boxte. Er grabschte nach mir, kratzte mich und machte mir angst.

Ich war der schnellere Läufer. Ich schaffte es bis zum Laden, aber Vittorio hatte die Frechheit, mir nachzukommen und mich zu verprügeln. Mag mußte ihn wegjagen. Onkel John hörte davon und kam mit seinem alten Sandsack und einer Schnapsfahne vorbei.

»Boxen ist die Wissenschaft, seine Furcht zu beherrschen. Es ist keine absolute Wissenschaft, leider, aber ich werde dir zeigen, wie man seine Furcht beherrscht. Los geht's. Hoch die Fäuste. Kampfstellung. Deine Füße sind zu nah beieinander. Okay, so ist es besser. Und jetzt laß es mal knallen. Schlag zu und beweg dich, Baby. Mit den Ellbogen. Jab. Damit fängt alles an. Vergiß das nicht. Na los! Jab, kräftig! Kinn runter, du hältst ja den Kopf viel zu hoch. So ist es besser. Jab. Es gibt nichts, wovor du Angst haben müßtest. Ist bloß ein Boxkampf. Bloß ein Kampf.«

»Onkel John, war mein Vater ein guter Boxer?«

»Dein Vater? Na ja, er war sehr gut. Ein Boxer, sehr geschmeidig und mutig. Nummer fünf auf der Weltrangliste. Das ist nicht schlecht, wenn man bedenkt, daß er bloß ein et-

was überdimensioniertes Halbschwergewicht war, oder? Er hat oft betrunken gekämpft. Auf seine Art ziemlich gut, aber Quatsch ist es trotzdem.«

»Er hat gesagt, Joe Louis hätte ihm mal einen Kampf versprochen.«

»Ja, auf diese Weise wurde er Nummer fünf. Sie haben seine Kampfkraft geschätzt, damit es so aussah, als ob der Kampf seine Berechtigung hätte. Ich meine, Joe Louis war eben sein Freund und wollte ihm Gelegenheit geben, mal ordentlich Kasse zu machen, mehr nicht.«

»Er hätte also gar keine Chance gehabt?«

»Tom, er hätte keine Chance gehabt. Selbst wenn Joe Louis in Handschellen geboxt hätte. Selbst in der schlechtesten Nacht seines Lebens hätte ihn Joe Louis geschlagen, das macht deinen Vater nicht schlechter. Selbst in seinen besten Zeiten hat er nicht die Schnelligkeit und Schlagkraft gehabt, um es mit einem Joe Louis aufzunehmen, aber ich glaube nicht, daß er Angst hatte. Ich glaube nicht, daß der Hundesohn vor irgendwem Angst hatte.«

Auf dem Trampelpfad kommen mir Stimmen entgegen. Schnell in die Büsche. Ruhe jetzt, Tommy; dein Herz klopft, Tommy, jeder verdammte Gook im Dschungel kann's hören, Tommy; und wenn dich Charley nicht hört, Tommy, dann riecht er deinen fauligen Fleischgeruch, den Gestank des weißen Mannes.

Oh, Scheiße, da kommen sie schon. Wie viele sind es? Fünf? Ich glaub, ich hab fünf gesehen.

Ich ziehe meine letzte Handgranate ab. *Eins, zwei, drei, popp-tschok-tschok.* Los, wirf sie jetzt! Bumm! Okay, spring raus und knall die Scheißkerle ab!

Popp-popp-popp-popp-popp-popp ...

Okay, gut, neues Magazin rein, gut, jetzt losrennen. Komm schon, schnapp sie dir, schnapp sie dir, schnapp sie dir, leg sie um, leg sie alle um. Los, Bewegung!

Auf geht's, renn.

Bumm-bumm-bumm-bumm-bumm! Ondines Schrotflinte.

Gut, sie zu hören. Mach sie kalt, Ondine! Mach sie kalt, du Motherfucker!

Ondine zwischen Bariton und Falsett: »Mann, Hollywood, wenn du das Wort nicht richtig sagen kannst, dann laß es doch lieber. Drei Jahre Vietnam, und du kannst noch nicht mal Motherfucker sagen! Komm, machen wir ein Tänzchen, schau, ja? Sieh es dir an.«

Ondine greift sich an die Eier, die Hand ein Stück weit rechts daneben, den Daumen voll drauf. Mit rollenden Schultern und Kopfnicken hüpft er zum Rhythmus von »Crawling Kingsnake« in der Baracke herum. Den linken Fuß zieht er nach. Er schnippt mit den Fingern. Die Doors. »Kein Problem, wenn du tanzen kannst, Hollywood. Mutherfucker!«

»Mutherfucker«, sage ich.

Lauf!

Sag mal, du Arschloch, wie lange willst du eigentlich noch auf diesem Trampelpfad rumtrödeln? Runter, Mann! Spring in die Büsche, solange du kannst!

Nein, renn weiter! Bloß weg hier!

Verlier nicht den Kopf. Verlier bloß nicht den Kopf. Bleib ganz cool.

Renn weg!

Charley wird hier gleich überall sein. Renn weiter. Wie lange noch? Charley kommt hier den Weg rauf und reißt dir den Arsch auf, Tommyboy. Was willst du dagegen machen?

Renn einfach weg. Hast du dir in die Hosen geschissen? Reingepißt? Ganz egal. Renn. Renn einfach weiter. Hast du Angst, Tommyboy?

Nein, ich hab keine Angst. Die ganze Scheiße hier ist bloß ein einziger großer Film. Das passiert gar nicht wirklich, und wenn es doch passiert, kann ich's aushalten. Ich schaff das.

Ich kam zu einem Bach und beschloß, ihm hangabwärts zu folgen, wieder hinunter ins Tal. Am nächsten Tag versteckte ich mich, schlief sogar zeitweise. Der Crash nach den Greenies war übel. Am Abend aß ich einen Zwieback aus meiner

C-Ration und fühlte mich danach schrecklich satt. Vorsichtig machte ich mich erneut auf den Weg.

Morgendämmerung. Der Bach wurde breiter und mündete in einen kleinen Fluß. Zwei Gooks in schwarzen Pyjamas entdeckten mich und nahmen mich aus hundert Meter Entfernung unter Feuer. Ich rannte am Flußufer entlang, stolperte und rutschte.

Ich stehe in der Northwest Armory im Halbfinale der Chicago Golden Gloves im Ring, ziemlich groß für einen Mittelgewichtler, mit langen Armen, einem ganz passablen linken Jab und einer trockenen rechten Geraden. Viel mehr als das hatte ich nicht – bloß diese zwei Schläge. Aber es war so leicht, sie mit der linken Hand dahin zu bringen, wo ich sie haben wollte, daß sie mir beinahe leid taten, die kleinen Kerle, die gegen mich antraten, zähe Burschen, hart wie Hydranten, aber ganz ohne Chance. Ich konnte sie mit der Linken mühelos auf Distanz halten. Sie mit linken Jabs malträtieren und dann die Rechte loslassen. Ich war sauer auf mich, wenn ich sie zu schnell umlegte. Es gefiel mir, wenn es dauerte, wenn ihre Schmerzen und ihre Angst länger vorhielten. Sie sollten wissen, wie es ist. *»Eines Tages, Tommy, zeigst du es ihnen allen.«*

Was zum Teufel tu ich denn in Vietnam? Die Gooks sind mir dicht auf den Fersen. Ich lasse mich fallen und feure eine Runde in ihre Richtung. Sie teilen sich auf. Der eine bleibt am Flußufer, während der andere nach Westen krabbelt, um mich in der Flanke zu packen. Ich muß Munition sparen. Wenigstens hatte ich Verstand genug, Masons Reservemunition mitzunehmen. Ich gebe auf jeden der beiden Gooks einen Schuß ab, springe auf und renne davon. Ich frage mich, ob ich meinen Tornister abwerfen soll. Aber das wäre keine gute Idee.

Die Abteilung für geisteskranke Kriminelle im Oregon State Hospital: Ich komme direkt von der Grundausbildung, um da meinen alten Herrn zu besuchen. Zu zehn Jahren ist er verurteilt. Alles, was er wissen will und was er mich fragt, ist:

Was kosten Marlboros in den Läden? In der Krankenhauskantine bescheißen sie mich, sagt er. Ich zeige ihm ein Bild meiner Mutter. »Wer ist denn das?« fragt er. Es ist ihm egal, es ist ihm alles ganz scheißegal.

Ein Stück weiter unten am Fluß war wieder Dschungel, ich versteckte mich und erwischte die beiden Schlitzaugen innerhalb von fünf Minuten. Ich ließ sie an mir vorbeilaufen, dann verpaßte ich jedem von ihnen einen Schuß in den Hinterkopf. Einer von den beiden hatte einen Tornister der nordvietnamesischen Armee, und den nahm ich ihm ab. Der war um Klassen besser als der USMC-Tornister. Ich freute mich wie ein kleiner Junge an Weihnachten über diesen Tornister. Ich packte meine Ausrüstung um und war damit so beschäftigt, daß ich kaum noch in Deckung gehen konnte, als ich plötzlich das metallische Klappern beim Abfeuern eines Granatwerfers hörte. Die Granate segelte über mich hinweg und ging hoch. Eine AK-47 und ein M-16 bellten fast gleichzeitig los. Eine große Hand legte sich auf meinen Mund, und ich spürte ein scharfes Messer an meiner Kehle. »Du bist ein toter Mann«, sagte jemand. Dann sah ich Baggits Stiefel auf meinem Gewehr, und als er mich losließ, drehte ich mich um und sah zu ihm hoch. »Marines«, sagte er. »Recon. Scheiße.« Und genausoschnell, wie er gekommen war, verschwand er wieder im Dschungel. Ich stand auf und durchkämmte die Umgebung. Abgesehen von den beiden, die ich erschossen hatte, lagen da sieben tote nordvietnamesische Soldaten. Alle mit abgeschnittener Nase und einem Pik-As im Mund, auf dessen Rückseite das SEAL-Emblem prankte. Baggit hatte meine Haut gerettet, und ich hätte ihn dafür umbringen können, aber er war nicht mehr da. Ohne Zweifel ging er davon aus, daß er ohne mich sicherer war. Als ich mit meinem neuen Tornister losmarschierte, klapperte es, als ob zwei Gerippe auf einem Blechdach ficken würden. Am Waldrand mußte ich anhalten und umpacken. Als ich in die Sonne kam, verdampfte die Feuchtigkeit aus meiner Uniform und meiner Ausrüstung, aber was nicht verdampfte, war die Schande, daß ich mich wie ein Anfänger aufgeführt hatte. Fast wünschte ich mir, Baggit hätte mich in die Granatwerferstellung hineinstolpern lassen. Ich hätte wahrscheinlich überhaupt nichts gespürt.

Zwei Tage lang folgte ich dem Fluß, dann fühlte ich mich endlich so sicher, daß ich meinen Hunger spürte. Meine C-Rationen bestanden aus Limabohnen und Schinken, aber zum Glück hatte ich eine scharfe Soße dazu und schönes kaltes Wasser mit Chlorgeschmack. Es war die beste Mahlzeit, die ich je gegessen habe. *Besser als Kekse mit Milch in der dunklen Küche zu Hause im Laden?*

Ja, besser.

Am vierten Tag entdeckte ich einen Sendemast an einer Biegung des Flusses. Jemand hatte einen Deich gesprengt, um die Felder zu überfluten und in hüfthohen Schlamm zu verwandeln. Mit meinem Feldstecher konnte ich im Wachturm einen U.S.-Marineinfanteristen erkennen, der mich durch sein Fernglas beobachtete. Er lächelte mir zu und machte das V-Zeichen. Ich nahm das Gewehr in eine Hand und gab das V zurück. Dann watete ich durch das überflutete Feld, und es schien ewig zu dauern.

Als ich näher kam, sah ich, daß es ein kleiner, von Stacheldraht umgebener Außenposten war. Im Inneren der Umzäunung standen ein paar halbvergrabene, mit Sandsäcken geschützte Container. Der wachhabende Marineinfanterist signalisierte mir, ich solle am Flußufer bleiben, und dann kamen zwei südvietnamesische Soldaten und führten mich durch die Minenfelder. Ich sagte ihnen, ich würde gern noch mal schnell in den Fluß tauchen, um den stinkenden Schlamm abzuwaschen,

Baggit, Gerber, Singh, unsere ARVN-Ranger und unser Kit-Carson-Scout waren schon innerhalb der Umzäunung. Sie waren ungefähr eine Stunde vor mir gekommen. Baggits Daumen war teilweise abgetrennt worden, und ich hatte kaum meine Ausrüstung abgelegt, da bat er mich schon, ihn ganz abzuschneiden. Jeder in unserem Team hatte eine Spezialität – Handfeuerwaffen, Sprengstoff, Funktechnik, Kartographie oder dergleichen –, und jeder von uns hatte bestimmte Hilfsfunktionen erlernt. So hatte ich mir bei Mason ein bißchen »Hackfleisch-Chirurgie« abgeschaut.

»Schneid das verdammte Ding weg. Ich halt's nicht mehr aus. Ich brauch's nicht mehr. Schneid es ab.«

Mir wurde bewußt, daß Baggit nach Hause kommen würde, wenn ich ihm den Daumen abschnitt. Ich war total erschöpft und hielt mich gerade noch mit den letzten Adrenalinresten aufrecht, aber ich hatte ja immer noch Masons medizinische Notausrüstung, also zog ich sie aus meinem Tornister und untersuchte den Inhalt. Ich hätte mir fast in die Hosen gemacht, als ich ein Pfund Marshmallows und zwei Schachteln Sugar Pops darin fand. Dann untersuchte ich das medizinische Gerät.

»Ich kann die Wunde saubermachen«, sagte ich. »Ich kann ihn dir wieder annähen.«

»Scheiß drauf. Schneid ihn ab. Ich brauch das verdammte Ding nicht. Ich will's nicht«, sagte Baggit.

»Dann schneid ihn dir selber ab«, sagte ich. »Aber wenn du den Knochen durchsägst, kommen erst die richtigen Schmerzen. Knochenschmerzen sind schlimm.«

Ein Captain der Marines kam zu uns herüber und fragte mich: »Gehören Sie zu diesen Leuten?«

»Jawohl, Captain.«

»Sind Sie Sanitäter?«

»Unser Sani ist tot. Wir mußten flüchten. Charley ist in Massen da draußen, Sir, und ich fürchte, der Posten hier steckt tief in der Scheiße.«

Ich nahm die Morphinspritzen aus der Tasche. Sie sahen aus wie kleine Zahnpastatuben mit Nadeln. Jede enthielt zweihundertfünfzig Milligramm Morphinsulfat. Ich nahm drei davon heraus und legte sie auf der Leinwandtasche zurecht. Außerdem suchte ich noch Malariatabletten und eine Anzahl von Kotex-Binden heraus, die sich gut für Notverbände eignen. Ich stellte eine Flasche Betadine auf die Tasche. Ich nahm die Nadeln und eine Flasche mit einem Antibiotikum heraus. Ein paar von den Tabletten schüttete ich auf meine Hand und gab sie Baggit. »Die mußt du nehmen, dann kriegst du keine Entzündung«, sagte ich.

Wie ein kleiner Junge gehorchte mir Baggit.

»Ich werde jetzt eine Vene abbinden und dir das Morphin spritzen. Die Spritzen sind ziemlich klein, aber wenn du Spritzen nicht magst, dreh den Kopf weg. Sobald du die Wirkung spürst, fang ich an zu nähen –«

»Recon«, sagte der Captain und kaute auf dem Wort herum, als wäre es ein Scheißhaufen. »Ihr denkt anscheinend immer, ihr macht eure eigenen Gesetze.«

»Captain«, sagte ich. »Die ganze Gegend wimmelt von Nordvietnamesen. Ich würde das Gelände sichern, Sir ...«

»Ich glaube, wir haben es ganz gut im Griff, Schütze. Flèchettes, Minen, Scheinwerfer. Und natürlich die Felder mit hüfthohem Schlamm.«

»Die Nordvietnamesen haben Pioniere, Sir, das sind absolute Fliegengewichte. Die marschieren über den Schlamm wie Jesus über das Wasser. Ich wiege hundertsiebzig Pfund. Charley auf seinen Gummisandalen bewegt sich ganz anders. Ich weiß es aus eigener Erfahrung, sie haben mich vier Tage lang gejagt. Die können ganz schön flitzen.«

Baggit seufzte ein bißchen, als die Spritze zu wirken begann, und ich drückte die letzten Tropfen heraus. Er warf den Kopf zurück und ließ ihn dann auf die Brust sinken.

»Ich werde jetzt die Wunde säubern«, sagte ich.

Sobald ich anfing, Baggits Hand abzubürsten, zog er sie zurück. »Scheiße!«

Eine Morphinspritze in die Armvene würde genügen, um die meisten Leute umzubringen, aber ich hatte gesehen, wie Baggit in China Beach Whiskeys kippte und dabei Heroin rauchte. Ich hatte zugesehen, wie er vor dem Einsatz sechs Greenies geschluckt hatte, und ich wußte, seine Verträglichkeit gegenüber Drogen war absolut überirdisch. Ich nahm die zweite Morphinspritze, entleerte sie in Baggits Oberschenkel und wartete. Neben einem der Container lag Ondine. Es war früher Nachmittag, die Sonne knallte nur so herunter, und ich wußte, daß Ondine in dieser Gluthitze keine wirkliche Erholung finden würde, ganz egal, wie lange er da lag.

»Was zum Teufel hast du getrieben, Hollywood? Und wo ist Mason?« fragte Gerber.

»Ja, wo ist er?« fragte Singh.

»Mason hat's gleich erwischt, als wir reinkamen. Die haben uns mit ihrem MG festgenagelt. Die Typen waren so scharf auf mich, daß sie den Lauf verheizt haben.«

»Oh, Mann, der Stoff ... ist ja ... echt Klasse!« Baggits Kopf fiel vornüber.

Während sich Baggit im Dämmerzustand befand, reinigte ich die Wunde, so gut es ging. Ich sah, daß zwar das meiste Fleisch von seinem Daumen weggerissen worden war, die kleinen Blutgefäße auf der anderen Seite aber noch heil waren. Ich zog Fleisch und Haut über die Stelle, wo der Knochen frei lag, und nähte alles zusammen. Der Anblick des frei liegenden, elfenbeinweißen Knochens ging mir an die Nieren. Eine Sekunde lang hatte ich Angst, ich könnte ohnmächtig werden. Ich beeilte mich, und als ich mit dem Nähen fertig war, zog ich eine Mullbinde über die Wunde und befestigte sie mit Leukoplast. Baggit sank in einen Drogenschlaf, und Gerber, Singh und ich trugen ihn zu einem Splittergraben, den wir mit einer Zeltplane abdeckten, damit er etwas Schatten hatte. Mehr konnten wir nicht für ihn tun, und wir waren froh, daß wir ihn so weit hatten.

Singh, Jensen, Gerber und ich reinigten unsere Waffen, und danach schliefen wir in der brütenden Nachmittagshitze alle ein. Wir waren viel zu erschöpft, um uns irgendwas zu erzählen.

Ich erwachte, als bei Anbruch der Dunkelheit schwerer Artilleriebeschuß einsetzte. *Kaa-rump! Kaa-rump! Kaa-rump!* Plötzlich waren überall Explosionen. Singh schüttelte mich und sagte. »Wir müssen raus, vor den Zaun. In diesem verdammten Container ist Munition.«

Nein, Tommy, wenn du stirbst, dann stirbst du einfach.

Ich sprang auf und folgte Singh. Wir rannten aus der Umzäunung und nahmen in einem tiefen Schützengraben Deckung. Im selben Augenblick gingen auch schon die Leuchtraketen hoch und tauchten das Reisfeld in ein geisterhaftes Licht. Von überall her rannten nordvietnamesische Soldaten in beigen Uniformen auf uns zu, lösten Minen aus und sprengten sich damit die Eingeweide aus dem Leib, aber dahinter kamen immer noch mehr. Baggit und Gerber sprangen auch noch zu uns in den Graben auf der falschen Seite des Zauns, und wir feuerten auf die menschliche Angriffswelle. Ich wartete auf die Flèchettes, aber als ich mich umdrehte, sah ich, daß die südvietnamesischen Soldaten alle vor Angst platt auf dem Bauch lagen. Die einzige erkennbare Bewegung kam von der Handvoll Marines.

Ich drehte mich um und schoß Gooks ab. Sie hatten angefangen, mit Bambusraketen Löcher in den Stacheldraht zu schießen. Ein Mann, den ich für einen der Unsrigen hielt, sprang in den Graben und stieß Gerber sein Bajonett in den Rücken. Singh sah es im gleichen Augenblick wie ich, griff nach seiner .45, die er am Rand des Grabens abgelegt hatte, drehte sich um und feuerte dem Mann ins Gesicht. Der Angreifer trug einen Helm, deshalb riß ihm der Explosionsdruck das ganze Gesicht weg. Gerber hatte Glück. Er trug seine kugelsichere Weste, und der Soldat hatte nur einen Armstoß geführt. Hätte er sein ganzes Gewicht in den Angriff gelegt, hätte er Gerber das Bajonett bis zum Heft hineinstoßen können. So aber schien Gerber die Verletzung kaum zu bemerken, obwohl ich sah, wie ihm das Blut herunterlief und seine Hosen durchtränkte.

Es passierte viel zuviel gleichzeitig, als daß man irgendwas hätte tun können außer schießen. Gooks überrannten uns, stürmten die Stacheldrahthindernisse und wurden von den Marines innerhalb der Umzäunung mit MGs beschossen. *»Tom? Hier ist Onkel John. Setz dich lieber; ich muß dir was Schlimmes sagen. Dein Vater hat sich aufgehängt in der Klapsmühle.«*

Nach einiger Zeit kamen die Phantoms mit Phosphorbomben und, was noch besser war, ein Kampfhubschrauber der Air Force: »Puff the Magic Dragon.« Dessen Maschinenkanonen feuerten so rasant, daß die Leuchtspurmunition wie Wetterleuchten zuckte.

Als es längst zu spät war, ließen die Südvietnamesen ihre Flèchettes los, die wie Peitschenhiebe über das Feld zischten. Auch lange nachdem der Captain befohlen hatte, das Feuer einzustellen, blieben wir in Deckung liegen. Ich packte eine Kotex-Binde auf Gerbers Wunde und legte mit dem letzten Leukoplast einen Druckverband an. Gerber sagte, daß er keine Schmerzen habe. Das einzige, was ihn störe, sei das Blut, das in seinen Stiefeln quietschte. »Ist es schlimm, Hollywood? Ich mag gar nicht hinsehen.«

»Gerber, du bist zäh wie Leder. Fast wie Ondine. Du brauchst dir keine Sorgen zu machen. Es blutet auch nicht mehr.«

Als die Morgendämmerung kam, kehrten wir in die Stellung zurück, und ich sah Ondine und Jensen in einem Schützengraben stehen, der die Flußseite abdeckte. Ich rief zu ihnen hinüber, und sie drehten sich zu mir um. Beide hatten einen Spiegel und ihren Rasierapparat in der Hand, und ich mußte lachen, als ihre glattrasierten Gesichter mich ansahen.

Gegen sieben schickte das Marine Corps einen Sanitäts-Hubschrauber, und wir ließen Gerber und einen von den anderen Marines ausfliegen, der ein Schrapnell abgekriegt und ein Auge verloren hatte. Baggit hätte auch noch Platz gehabt, aber er sagte, es gehe ihm gut und er wolle lieber beim Team bleiben. Für uns gab es keinen Hubschrauber, wir erhielten statt dessen Befehl, ein »befreundetes« Dorf aufzusuchen, vier Kilometer flußabwärts, wo Fahrzeuge für uns bereitstünden. Wir waren alle ziemlich fertig, aber nachdem der Captain uns zwei Flaschen Jack Daniel's und ein Dankeschön spendiert hatte, machten wir uns auf den Weg.

Das Dorf erreichten wir noch vor Mittag, und wir machten uns an den Whiskey. Ich hatte C-Rationen mit Corned beef und Kartoffeln dabei, doch obwohl ich seit Tagen nicht viel gegessen hatte, hatte ich keinen Appetit darauf. Singh, der Vietnamesisch konnte, gab einer alten Frau Geld, damit sie uns etwas kochte. Sie grillte uns ein paar Ratten am Spieß und servierte sie mit matschigem Reis. Baggit sagte, das Fleisch schmecke köstlich, und fragte, was es denn sei. Wir starrten ihn an, als wollten wir sagen: Stell keine Fragen, aber dann platzten wir doch laut heraus. Schließlich war es Singh, der ihm sagte, daß er Ratte gegessen hatte.

Baggit rannte aus der Hütte und kotzte, was wirklich ein Jammer war, denn er ganz allein hatte mindestens ein Drittel des Whiskeys getrunken. Ich wunderte mich ein bißchen über seine Zimperlichkeit, denn draußen im Dschungel hatte er sich aufgeführt wie ein richtiger Urmensch. Plötzlich hörte ich, daß er draußen einen Mordskrach machte und die alte Frau schrie. Ich ging raus in die Sonne und sah, daß Baggit zwei Gänsen den Kopf abgeschnitten hatte. Dann erschoß er mit seiner .45 ein Schwein und zerhackte es mit der Machete, und als die alte Frau ihn aufzuhalten versuchte, erwischte sie seinen kaputten Daumen und ließ nicht eher los, als bis er ihr mit dem Lauf der Pistole ins Gesicht geschlagen hatte.

Ondine befahl ihm, den Unsinn zu lassen, was er auch eine Zeitlang tat. Er marschierte vor der Hütte auf und ab und schüttete Whiskey in sich hinein, als wäre es Eistee. Dann stürzte er sich auf einen einarmigen alten Mann und schubste ihn mit der flachen Hand vor sich her. Der alte Mann bedeutete mir nichts. Baggit hätte ihn erschießen können, und es wäre mir wahrscheinlich egal gewesen. Ich war es nicht gewohnt, viele Dörfler zu sehen, und wenn es doch einmal vorkam, war zwischen uns eine solche Wand, als wären sie gar keine Menschen.

Der Schwergewichtsboxer Jensen stoppte Baggit mit einem Schlag in die Seite, und der alte Mann lief davon.

»Schluß jetzt. Das reicht, Baggit. Er ist ein unschuldiger alter Mann. Diese Leute sind *friendlies.* Was zum Teufel ist mit dir los?«

Ich fragte mich, ob Jensen sich wirklich für den alten Mann interessierte oder ob er bloß den Zeitpunkt für gekommen hielt, die Sache auszukämpfen. Er hatte kaum ausgesprochen, als Baggit auch schon *»Yaaawww!«* brüllte und Jensen mit einem gedrehten Karate-Fußstoß am Kopf traf. Jensen fiel aufs rechte Knie, und ehe er aufstehen konnte, ließ Baggit einen geraden Tritt ins Gesicht folgen. Er setzte erneut zu einem weit ausholenden Karate-Kick an, aber diesmal erwischte ihn Jensen am Fuß und zog ihn zu Boden. Sie rollten auf der Erde herum und verfluchten sich gegenseitig, bis Baggit auf Jensens Brust hockte und ihm sowohl mit seiner gesunden als auch mit seiner kaputten Hand ins Gesicht schlug. Jensen hatte die Arme gehoben, und ich sah, wie er hin und her rollte, um den Schlägen auszuweichen, aber Baggit richtete ihn doch böse zu.

Ondine trat mit einer raschen Bewegung von hinten an Baggit heran, packte ihn an seinem verletzten Daumen, drehte ihm den Arm auf den Rücken und führte ihn gewaltsam von Jensen weg. »Schluß jetzt, Mann! Hast du kapiert?«

»Lassen Sie mich los!«

»Hast du verstanden?«

»Ja, ja. Verstanden.«

»Reiß dich bloß zusammen, sonst mach ich dich alle!«

Sobald Ondine Baggits verletzte Hand losgelassen hatte, stieß Baggit ihm seinen Kopf ins Gesicht und versetzte ihm mit der gesunden Faust drei schnelle Schläge. Ondine fiel verwirrt auf den Hintern, hielt sich mit glasigen Augen die Nase und versuchte, das Blut aufzufangen, ehe es ihm auf die Uniform tropfte.

Jensen kam ihm zu Hilfe. Er packte Baggit am Hemd, stieß ihn mit dem Gesicht auf den Boden, und jedesmal, wenn Baggit hochzukommen versuchte, verpaßte ihm Jensen einen Schlag ins Genick. Baggit kam immer bloß bis zu einer Art Liegestütze, ehe Jensen ihn wieder flachlegte.

»Yaaawwwhhh!« brüllte Baggit, rappelte sich schließlich doch wieder auf und nahm Karatehaltung ein. Aber Jensen stürzte sich sofort wieder auf ihn und ließ seine Fäuste auf Baggits Kopf prasseln. Baggit senkte die Stirn, und die beiden Männer knallten mit den Köpfen zusammen. Es klang, als ob zwei Bowlingkugeln aneinanderstießen, und Jensen blieb benommen stehen. Es sah so aus, als würde Baggit ihm einen Fußtritt verpassen, aber dann ging er an ihm vorbei und hielt sich an der Bambusstange fest, die das Vordach der Hütte abstützte. Würgend richtete Jensen sich auf und zog sein durchschwitztes Hemd aus, als wäre es zu schwer, um darin zu kämpfen. »Los, Baggit, war das schon alles?«

Baggit hielt sich an der Bambusstange fest. »Scheiß drauf, du hast gewonnen«, sagte er. »Ich hab genug.« Baggit sank in die Knie und fing an zu kotzen, aber Jensen stürzte sich auf ihn und überfiel ihn mit einem solchen Hagel von Nackenschlägen, daß ich dachte, er würde ihn umbringen. Er stieß Baggit mit dem Gesicht in die heiße, glitschige Kotze und sagte: »Aufgeben kannst du, wenn ich dir's erlaube, du Schwanzlutscher!«

Schließlich griffen Ondine und ich ein. »Jesus, Jack, du bringst ihn ja um!« sagte ich, brachte Baggit zum Dorfbrunnen und goß ihm Wasser über den Kopf und die Schultern. Er versuchte, meine Hilfe abzuwehren, aber ich sagte: »He, Mann, du hast mir da draußen den Arsch gerettet. Du bist im Team, Bruder. Ist alles ganz cool. Ihr SEALS seid wirklich knallharte Burschen.«

»Nicht schlecht, was?«

»Echt knallhart. Mach dir keine Sorgen wegen Jensen und Ondine. Das krieg ich schon hin.«

Baggit hob den Kopf und sah mich an. Es war nicht der Blick eines Irren. Es war ein sehr menschlicher Blick voller Dankbarkeit und ehrlicher Überraschung. »Das würdest du für mich tun?«

»Wir könnten Kumpel sein. Ich muß noch viel lernen –«

»Ich dachte, ich wüßte Bescheid über dich. Wie es scheint, hab ich dich falsch eingeschätzt.«

»Du hast mir das Leben gerettet. Was soll ich mehr sagen?«

Kurz darauf kamen zwei Lastwagen mit einem Platoon Marines, die zu dem Außenposten geschickt worden waren. Der Fahrer unterhielt sich kurz mit Ondine, der sein Nasenbluten mit dem grünen Handtuch gestoppt hatte, das er immer unter seinem Tornister trug, damit er nicht drückte. Ondine sagte uns, die Lastwagen kämen bald wieder. Es stellte sich heraus, daß wir viel weiter nördlich waren, als ich gedacht hatte, in der Nähe von Dong Ha. Wir saßen in der Hütte und tranken den Rest des Whiskeys. Ondine hatte Baggits Gewehr und Pistole an sich genommen und behielt ihn scharf im Auge. Baggit saß ganz allein vor der Hütte unter dem Vordach.

Auch Jensen ging hinunter zum Dorfbrunnen, um sich zu waschen. Er war noch damit beschäftigt, als die Lastwagen zurückkamen. Ondine gab Baggit Befehl, sich auf die Ladefläche des vorderen Wagens zu setzen, und sprang dann hinter ihm auf, während wir anderen auf dem zweiten mitfahren sollten.

Als wir im Camp Clarke waren, sagte uns Captain Barnes, wir sollten duschen und ein bißchen schlafen, am nächsten Tag müßten wir wieder raus. Das galt für alle, außer für Baggit und Gerber, die erst zum Sanitätsposten und dann ins Lazarett kamen. Als wir nach sechs Wochen im Dschungel zurückkamen, war Gerber wieder dienstfähig und wartete schon auf uns. Baggit, sagte Gerber, hatte seinen Daumen verloren und wartete drüben in den Staaten auf seine Entlassung wegen Dienstunfähigkeit. Ein paar Wochen später, als wir ihn schon beinahe vergessen hatten, schickte uns Baggit eine Postkarte aus Salinas in Kalifornien, wo er in der Karosseriewerkstatt seines Vaters arbeitete. Er schrieb, die Navy habe ihm alle seine Medaillen und auch seine Streifen wiedergegeben. Man habe ihm den ehrenvollen Abschied und eine Pension zuerkannt. Wegen seiner Medal of Honor habe sogar eine Parade zu seinen Ehren stattgefunden. Er wünschte uns alles Gute. Er sei stolz darauf, den Ehrentitel eines Marineinfanteristen zu tragen und so weiter. Niemand in der Gruppe sagte damals viel darüber. Ich glaube, irgend jemand meinte, für jemanden, der eigentlich in die Todeszelle gehörte, habe er sich ganz tapfer geschlagen oder dergleichen. Ich weiß noch, daß sich niemand daran erinnern konnte, wie er mit Vornamen hieß. Angesichts seines kindlichen Gekritzels mußte man annehmen, daß Baggit nicht gewohnt war, Briefe zu schreiben. Vielleicht war es die einzige Postkarte, die er überhaupt je geschrieben hatte, aber ich wußte, Baggit *mußte* sie schreiben. Er wollte sich für seine Rettung bedanken. Er war zwei Schritte vorm Abgrund gewesen, als Jensen ihn mit seinen Nackenschlägen eindeckte. Jensen hatte ihn fast zu Tode geprügelt, aber in den wenigen Zentimetern, die ihn davon noch trennten, lag eine zeitweilige Rettung. Und vielleicht hatte auch Ondine während der Fahrt zurück nach Camp Clarke einen gewissen Druck auf ihn ausgeübt. Wie auch immer, Baggit war auf etwas gestoßen, was härter war als er selbst, und hatte auf diese Weise für einige Zeit die nötige seelische Stabilität wiedergefunden. Deshalb glaube ich, daß er sich bei uns bedanken und uns sagen wollte, daß er jetzt okay sei. Er wollte sich für den Schrecken bedanken, den wir ihm eingejagt hatten. Für die Prügel, die er gekriegt hatte. Ich hatte beim Boxen selbst genug in der Art gesehen, um zu wissen, daß es einem Burschen manchmal sehr gut tat, wenn er ordentlich Prügel bezog, aber zugleich wußte ich auch, daß es für einen wie Baggit keine dauerhafte Heilung gab. Ein paar Monate nachdem *Break on Through* wieder nach Pendleton zurückverlegt worden war, kam Baggit auf die erste Seite der *Los Angeles Times*. Er hatte sich vierzehn Stunden lang mit seiner getrennt lebenden Frau in einem Schönheitssalon in Salinas verbarrikadiert, ehe er zunächst sie und dann sich selbst erschoß. Als die Polizei in das Gebäude eindrang, wo sie außer den beiden Leichen eine Tüte Heroin, ein Spritzbesteck und eine blutbefleckte Medal of Honor fand, sang in Mrs. Baggits Radio Jim Morrison von den Doors gerade »The End«, stand in der Zeitung. Es war der 9. Juli 1971, der Tag, an dem die Welt erfahren hatte, daß James Douglas Morrison tot war, und auf den Ätherwellen hörte man überall nur die Doors. Morrison selbst war aber schon in der Dichterecke des Friedhofs Père Lachaise in Paris begraben worden. Ich erinnere mich an diesen Tag viel deutlicher als an den Tag, als Kennedy erschossen wurde; denn damals war ich noch ein grünschnäbliger Gefreiter, der gerade seine Grundausbildung beendet hatte, und hatte keine Ahnung vom Leben. Der Tod von Jim Morrison, der am 9. Juli 1971 bekanntgegeben wurde, an einem heißen, klaren Tag in Pendleton, hat mir viel mehr weh getan und schmerzt bis zum heutigen Tag. Innerhalb weniger Tage verlor *Break on Through* seine Daseinsberechtigung und einen Mann, der in den Straßen von Amerika nicht viel wert war, aber über die Purpurfelder mehr wußte als jeder andere, den ich kannte. Ich glaube, es war eine gute Sache, daß der Krieg endlich aus war, könnte man sagen.

Die schwarzen Lichter

Den unvermeidlichen Spitznamen »Adlerschnabel« oder »Adler« erhielt Commander Andy Hawkins, Chef der Neuropsychologischen Abteilung in Camp Pendleton, bei seinem ersten Einsatz in Vietnam, als ein durchgedrehter Marine aus heiterem Himmel über ihn herfiel und ihm die Nase abbiß. Ein ernstes medizinisches Problem wurde das, als Commander Hawkins eine hartnäckige Staphylokokkeninfektion in den Nebenhöhlen entwickelte, die sich rasch auf sein Gehirn ausdehnte – was bei Gesichtswunden stets eine Gefahr ist. Was die Dinge noch komplizierte, war die Tatsache, daß Hawkins allergisch gegen die ersten Antibiotika war, die man ihm gab, und einen anaphylaktischen Schock erlitt. Als der schließlich wieder unter Kontrolle war, versagten die Nieren, und Hawkins brauchte ständige Dialyse, während die Infektion sich in seinem Körper ausbreitete. Er entwickelte ein rasendes Fieber und mußte zwei Tage lang in Eisdecken eingepackt werden. Ein paar Wochen später fingen sein Immunsystem und seine Nieren wieder einigermaßen an zu arbeiten, aber dafür kriegte er eine Hepatitis B und starb fast daran. Er quittierte den Dienst, praktizierte eine Zeitlang überhaupt nicht mehr und ging zur Menninger Foundation in Kansas, um zu arbeiten – an sich selbst. Ehe er sich eine Privatpraxis aufbaute, wollte er wieder etwas Mitgefühl für seine Mitmenschen entwickeln, aber seine Träume von einer zivilen Karriere scheiterten daran, daß er keine Nase mehr hatte. Er trug eine von einem vietnamesischen Bauern geformte Blechnase an einem Gummiband im Gesicht, aber das führte nur dazu, daß man ihn auslachte, daß sich seine Frau von ihm scheiden ließ und er sich prompt bei der Navy zurückmeldete, wo es egal war, wie man aussah, wenn man nur den entsprechenden Rang hatte. Gesellschaftlich hatte es Folgen – im Offiziersklub und so –, aber bei der Arbeit war es egal.

Commander Hawkins versuchte es mit einer Plastikprothese, aber die war leicht zu erkennen, und so beschloß er, das Beste aus seiner bösen Lage zu machen, seine Blechnase zu tragen und dazu auch zu stehen. Stets beeilte er sich, allen Leuten zu zeigen, daß er besser als jeder andere wußte, wie absurd diese Behinderung war, und tatsächlich gelang es ihm, den Spott über seine Blechnase damit stark zu vermindern. Was ihn allerdings quälte, war die Vorstellung, die Leute könnten heimlich darüber spotten, wenn er nicht dabei war. In dieser Hinsicht war er geradezu paranoid.

Pendletons Neuropsychologische Abteilung – dieses öde, düstere Irrenhaus – mußte ich aufsuchen, einige Wochen nachdem ich bei einem Amateurkampf in Camp Las Pulgas meinen Titel als Mittelgewichtsmeister der 1. Marineinfanteriedivision verloren hatte. Durch eine K.-o.-Niederlage. Meine Verletzungen verursachten einen erschreckenden Gewichtsverlust, Kopfschmerzen, Doppelsichtigkeit und merkwürdige, überirdische Visionen. Gehirnstrommessungen im Krankenhaus deuteten darauf hin, daß bei einem Kopftreffer, der mich über eine Stunde lang völlig außer Gefecht gesetzt hatte, mein linker Schläfenlappen verletzt worden war. Ich hatte über hundertfünfzig Kämpfe hinter mir und eine Menge Treffer eingesteckt, aber dieser letzte Schlag war der härteste, den ich je abgekriegt hatte, und der erste, der mich auf die Bretter schickte. Nach manchen Schlägen hatte ich Sterne gesehen; manchmal auch Feuerräder; aber nach diesem Treffer an die Schläfe hab ich das Schlimmste gesehen, was man beim Boxen überhaupt sehen kann – ich habe die schwarzen Lichter gesehen.

Tagsüber saß ich in einer Uniform aus Bademantel und Schlafanzug auf den lindgrünen Fußbodenkacheln in einer Ecke des Aufenthaltsraums neben einem kleinen, verkrümmten Katatoniker namens Joe, der ständig ein Handtuch über der Schulter trug. Hier in der Ecke, in diesem abgelegensten Winkel der Station, befand sich eines der wenigen Fenster.

Gelegentlich drehte jemand durch und stürzte sich auf diese Öffnung. In der Regel sprang er dann aufs Fensterbrett, rüttelte am Sicherheitsgitter und brüllte: »Ich will sterben!« oder: »Ich halte das nicht mehr aus, laßt mich hier raus!« In solchen Fällen bewegte sich Joe manchmal. Damit meine ich, daß er ein bißchen nach links rutschte, um Platz für den Schreier zu machen. Abgesehen von mir und einem der Krankenpfleger ließ Joe sich von niemandem berühren, füttern oder umziehen.

Joe trug, wie gesagt, ein Handtuch über der Schulter. Er sabberte ununterbrochen, grunzte aber stets dankbar, wenn ich ihm den Mund abputzte. Joe verströmte einen intensiven Geruch. Schizophrene haben immer so einen Geruch, und man gewöhnt sich daran. Manchmal wurde es aber so schlimm, daß ich geschworen hätte, Joe verströme Farben – Blau, Rot und Lila. Dann stand ich auf, um von ihm wegzukommen, und ging zu dem an der Wand befestigten Zigarettenanzünder – einem speziellen elektrischen Gerät mit einer Heizspirale, ähnlich wie ein Zigarettenanzünder im Auto. Das Krankenhauspersonal ließ uns nicht mit offenem Feuer, Rasierklingen oder dergleichen umgehen.

Ich saß neben Joe und rauchte eine Camel nach der anderen, bis mich das Thorazin und das Phenobarbital, die mir Eagle verschrieben hatte, um meine Übererregung zu dämpfen, in schwere Träume sinken ließ oder bis ich einen Anfall hatte und dann irgendwann mit vollgeschissenen und vollgepißten Hosen aufwachte – mutterseelenallein und vernachlässigt, ein Paria. Derselbe Krankenpfleger, der Joe frische Sachen anzog, machte in solchen Fällen auch mich sauber. Die anderen ließen dich in deinem Schmutz liegen, bis ein Arzt oder eine Schwester vorbeikam und verlangte, sie sollten sich um dich kümmern.

Im ersten Monat hatte ich zehn bis zwanzig Anfälle am Tag und war so deprimiert, daß ich mich weigerte, mit irgend jemandem zu reden, vor allem wenn ich in ausgewachsene Grand-mal-Zustände geriet, die große Scham und Verwirrung bei mir verursachten. Ich weigerte mich, die Kumpels von meiner Einheit zu sehen, die mich besuchen wollten, ich beantwortete meine Post nicht und nahm keine Telefonanrufe von meiner Familie entgegen. Als ich mich an das Thorazin gewöhnte, kam ich besser mit meinen Anfällen zurecht und blieb nicht mehr so lange bewußtlos. Ich rasierte mich wieder regelmäßig, putzte mir die Zähne und mischte mich unter die restliche Bevölkerung der Neuropsychiatrie. Mit Eagle als lebendem Vorbild beschloß ich, das Beste aus meine bösen Lage zu machen; ich würde mich daran gewöhnen und mein Leben fortsetzen.

In der Regel waren ungefähr dreißig Männer auf unserer Station – der geschlossenen Abteilung, wo sie die verrücktesten, unberechenbarsten Marines von ganz Pendleton eingesperrt hatten. Eagle schien mich für besonders explosiv zu halten, obwohl ich damals alles andere war. Er hielt mich immer auf Abstand, obwohl er sich sonst mitten unter den allergefährlichsten, ausgeflipptesten und unheimlichsten Typen herumtrieb. Ich nehme an, daß er Angst vor mir hatte, weil ich dreimal in Vietnam bei der Recon gewesen war und obendrein Boxer. Aber andererseits war er der Doktor, und seine professionelle Vorsicht gab mir zu denken.

Eines Tages kam ein großer Schwarzer namens Gothia auf unsere Station. Ich war damals ungefähr seit zwei Monaten da, und er war der erste Neuzugang, den ich beobachtete. Er war extra groß, extra schwarz, extra muskulös und extra verrückt. Gothia hatte gerade eine manische Phase und quasselte wie rasend: Draußen vor der Tür warte ein Buick mit einem General, der zusammen mit Gothia zum Vatikan fliegen würde, denn der Papst brauchte dringend Gothias fachmännisches Urteil hinsichtlich der bevorstehenden Apokalypse. Ständig wiederholte er: »Wie ein Dieb in der Nacht – sie kommt wie ein Dieb in der Nacht!«, bis tatsächlich alle fast überzeugt waren, das Ende der Welt stünde unmittelbar vor der Tür. Gothia gefiel mir auf Anhieb. Er machte die Dinge interessanter in der Abteilung. Als mein Haar länger wurde, verabredete Gothia mit seinen schwarzen Brüdern, daß ich eine besondere Frisur kriegen sollte, eine Art Pompadour. Es sah beschissen aus, aber ich fühlte mich geschmeichelt, daß ich in die Bruderschaft aufgenommen werden sollte, was ja gar nicht so einfach war für einen Weißen, der obendrein noch Sergeant und Berufssoldat war.

Ein paar Wochen nach seiner Ankunft sprang Gothia unbeobachtet mit einem Fosbury Flop über den mit Stacheldraht gekrönten Zaun im Hof und kam mit einem kalten Sechserpack Malt Liquor zurück. Ich trank auf leeren Magen drei Büchsen davon, so schnell ich nur konnte, und hatte meinen ersten billigen Satori. Ob es eine Folge des Alkohols oder der Epilepsie war, ist schwer zu sagen. Ich saß an den Zaun gelehnt in der warmen, goldenen Sonne, und als ich die vierte Büchse Bier leerte, wurde mir klar, es stand alles zum besten. Jahre später las ich dann bei Nietzsche, was sich mir in diesen fünfzehn Sekunden offenbart hatte: »Aus dem Krieg des Entgegengesetzten entsteht alles Werden ... und gerade dieser Streit offenbart die ewige Gerechtigkeit ... Gibt es Schuld Ungerechtigkeit Widerspruch Leid in dieser Welt? Ja, ruft Heraklit, aber nur für den beschränkten Menschen, der auseinander und nicht zusammen schaut, nicht für den contuitiven Gott; für ihn läuft alles Widerstrebende in eine Harmonie zusammen ...«

Merkwürdig. Wenn ich nachts schlief, spürte ich unter meinem Bett die Anwesenheit eines Riesenkaninchens. Ein sieben Fuß großes Kaninchen mit braunem Fell und Hautausschlag, das lange, rasselnde Atemzüge machte. Gegen meinen Willen mußte ich dauernd aufstehen und nachsehen. Schließlich kam Gothia, der überhaupt nie schlief, und fragte, was los wäre. Als ich ihm von dem Kaninchen erzählte, lachte er verständnisvoll. »Hey, Mann, da ist kein Kaninchen. Entspann dich und schlaf, Baby. Ist es zu fassen? Kaninchen. So ein Quatsch.« Aber nach und nach gingen ihm meine zwanghaften Kaninchenjagden doch auf die Nerven, und eines Nachts kam er zu mir herüber und sagte: »Ich hab dir doch gesagt, da ist kein Kaninchen unter dem Bett. Wenn du mit dem Quatsch nicht aufhörst, werd ich dich festbinden.« Er sagte es wohl ein bißchen lauter, als er gedacht hatte, und der diensthabende Krankenpfleger kam mit seiner Taschenlampe angerannt und sagte, er würde Gothia ins Wachbuch eintragen, wenn er nicht sofort wieder ins Bett ginge. Danach lag ich dann in der Dunkelheit und hörte zu, wie das Kaninchen asthmatisch vor sich hin keuchte. Schließlich mußte ich doch wieder nachsehen. Gothia richtete sich in seinem Bett auf, zeigte mit dem Finger auf mich und brüllte: »Da ist kein gottverdammtes Kaninchen, verdammt! Hör mit dem Quatsch auf!«

»Das Kaninchen vom Sirupglas ist es!« brüllte ich. »Von der Br'er Rabbit-Melasse. Das Kaninchen mit den Schnallenschuhen! Mit Querbinder. Und gelben Zähnen! Gelben Zähnen, gelben!« Dafür wurden wir beide mit Spritzen bestraft und in Einzelzimmer gesperrt. Ich kam zum erstenmal in die Zwangsjacke, und ich hätte beinahe den Verstand verloren. Ich zwang mich, still zu liegen, obwohl ich das Gefühl hatte, mein Schädel wäre mit Sägemehl gefüllt, und Tausendfüßler, Kakerlaken und anderes Ungeziefer würde darin herumkrabbeln. Braunes Kaninchenfell hatte ich zwischen den Zähnen. Ich hatte schreckliche Angst, das Kaninchen könnte hereinkommen, sich auf mein Gesicht legen und mich ersticken.

Nachdem ich einen Tag lang isoliert gewesen war, kam so eine Knastratte zu mir, ein weißer Marineinfanterist namens Rouse. »Hey, sag mal, machst du diesen ganzen Quatsch absichtlich, damit sie dich entlassen, oder was!« fragte er. Rouse war ein Schreibstubenhengst, ein S-1 »Remington Raider«, der in Saigon heroinsüchtig geworden war. Er hatte violette Schnittwunden an den Unterarmen und zeigte mir immer wieder eine halbe Rasierklinge, die er in seiner Brieftasche mit sich herumtrug. Ich dürfte sie gern benutzen, bot er mir an und schlug gelegentlich vor, wir könnten sie ja gemeinsam benutzen. Rouse hatte eine Menge Sold angespart und bestellte immer Süßigkeiten und Zigaretten in der Verkaufsstelle und Unmengen von Flugzeugmodellen aus Plastik. Er behauptete ständig, eine verstopfte Nase zu haben, und ließ sich jede Menge Wicks-Inhalierstifte kommen, in denen damals noch Benzedrin war. Er knackte sie auf, holte die Watte heraus und schluckte sie runter. Dann kippte er sich Klebstoffverdünner auf einen Waschlappen, rollte ihn zusammen und nuckelte daran. Einmal machte ich dabei mit und wurde auch high, aber das Benzedrin machte mich so unruhig, daß ich ein paar von den Typen, die ihre Beruhigungsmittel nicht schluckten, sondern in den Backentaschen aufbewahrten, bis die Medizinausgabe vorbei war, um ihr Thorazin bitten mußte.

In einer Hinsicht irrte sich Rouse: Ich hatte nichts zu verbergen, und ich simulierte auch nicht. Ich wollte damals gar nicht raus. Das Marine Corps war meine Heimat. Bei der Gruppentherapie erklärte ich immer wieder, daß meine Krankheit ein unkomplizierter Fall von Epilepsie sei, und wurde dafür sowohl von meinen Feinden unter den Insassen verspottet als auch von Angehörigen des medizinischen Personals. Als ich sah, daß ich nicht weiterkam, weigerte ich mich, bei den Sitzungen überhaupt noch etwas zu sagen, und hörte statt dessen trübsinnig zu, wie sich alle einen Monat lang um einen alten Plattenspieler stritten, den einer der Ärzte mitgebracht hatte, um den Aufenthaltsraum attraktiver zu machen. Die Schwarzen mochten Smokey Robinson und die Miracles; die Kriegsveteranen wollten die Doors, die Rolling Stones und Credence Clearwater Revival. Vor lauter Mangel an Bewegung wurde ich fett – obwohl das Essen immer kalt war und beschissen schmeckte und obwohl ich jeden Freitag fastete, weil es donnerstags Kaninchen gab. Angesichts der Tatsache, daß ich jede Nacht das Sirup-Kaninchen unter meinem Bett keuchen hörte und spürte, wie es zwischen seinen gelben Zähnen verzweifelt Luft einzusaugen versuchte, um weiterleben zu können, verschlug mir der Anblick von Kaninchenbraten immer für volle vierundzwanzig Stunden den Appetit.

Als ich ungefähr sechs Monate auf der Station war und meine Anfälle besser unter Kontrolle hatte, wurde ein Patient namens Chandler eingeliefert. Chandler war Akademiker. Er hatte Französisch studiert. Er war dem Marine Corps beigetreten, um Jagdflieger zu werden, an der Flugschule aber durchgefallen und auf einer Sechsjahresverpflichtung als Infanterist sitzengeblieben, was ganz unerträglich für ihn war. Ob er sich nur deshalb wie eine Tunte aufführte, weil er eine Entlassung nach Paragraph acht wollte, oder ob das normal bei ihm war, war nicht ganz klar. Niemand nahm es ihm übel. Im Gegenteil, eine ganze Reihe von Borderline-Patienten wurden bald seine Gefolgsleute. Sie übernahmen seine neckischen Handbewegungen und gezierten Gesten und rauchten Chandlers Lieblingszigaretten: Salem. Rouse war der erste, der Chandler nachahmte, mit Tüchern, Schals und improvisiertem Make-up. Rouse änderte sogar seinen Namen und nannte sich Tallulah.

Aber Chandler war keine dämliche Tunte. Er war gebildet und belesen und hatte gute Manieren. Er war in Europa gewesen. Chandler brachte mich auf Kafka und Paul Valéry. Er kannte sich mit der Bibliothek aus, und bald stellte ich fest, daß mir die Station kaum noch etwas ausmachte, wenn ich ein gutes Buch hatte.

Unter Chandlers Einfluß gelangte Gothia zu der Überzeugung, er sei Little Richard. Aber nachdem ich zum fünfhundertsten Mal gehört hatte, wie Gothia »It's Saturday night and I just got paid« röhrte, woraufhin Chandler unweigerlich sagte: »Schon viel besser, aber ein bißchen mehr Pep!«, war ich froh, als uns Gothia verließ. Er wurde zu einer Langzeitbehandlung in eine Anstalt in North Carolina verlegt. Eigentlich war Gothia als Little Richard sehr gut. Jedenfalls war er besser als Chandler, wenn der Bette Davis oder Marlene Dietrich nachmachte – obwohl ich das nicht wirklich vergleichen konnte, denn ich hatte Marlene Dietrich noch nie gesehen.

Eines Nachmittags, als wir im Aufenthaltsraum herumsaßen und Chandler bei einem seiner »großen Auftritte« zusahen (eine kleine Pirouette mit Schmollmund und ein leises, schwüles »Hallo, meine Süßen«), sagte ich zu Rouse, daß ich Eagle im Verdacht hätte, ein heimlicher Schwuler zu sein. Kurz darauf wurde ich zu einem der seltenen Termine in Eagles Arbeitszimmer zitiert. Rouse hatte mich offensichtlich verpetzt. Ich sagte Eagle, ich hielte ihn deshalb für einen Homosexuellen, weil er diese Surfing-Poster in seinem Büro habe. Dann sah ich zu, wie er darüber drei Seiten Aufzeichnungen machte. Eagles Schreibtisch war überladen, und in seinem Büro war es fürchterlich heiß, trotz der beiden 12-Zoll-Ventilatoren, die vor sich hin ratterten, als ob sie dringend einen Schluck leichtes Haushaltsöl brauchten. Ich fing an zu schwitzen, als ich Eagle beim Schreiben zusah. Er bot einen spektakulären Anblick – ein hochgewachsener Mann, leichenhaft dünn, die langen, eckigen Beine eng übereinandergeschlagen, den Hintern knapp auf der Stuhlkante, kettenrauchend, mit der einen Hand ständig Asche in den überfüllten Aschenbecher schnipsend, mit der anderen auf seinem Notizblock herumkritzelnd, den er im Schoß hielt. Er blätterte Seiten um, steckte eine Zigarette an der an der anderen an, kritzelte, schlug die Seite um, schien mich völlig vergessen zu haben, sah dann plötzlich hoch und konfrontierte mich mit seiner unglaublichen Blechnase. »Wissen Sie eigentlich, daß Sie schwitzen?«

»Es ist heiß.«

»Es ist heiß«, wiederholte er. Er sah auf seinen Notizblock hinunter und kritzelte weiter wie ein Weltmeister.

Mittlerweile war ich in Schweiß gebadet und geriet allmählich in Panik. Ohne aufzublicken, sagte Eagle: »Sie hyperventilieren.«

Vor mir drehte sich alles. Eagle drückte seine Zigarette aus, griff in seine Schublade und zog eine fleckige McDonalds-Tüte heraus. »Hier«, sagte er. »Atmen Sie da rein.«

Ich nahm die Tüte und blies hinein. »Es funktioniert nicht«, sagte ich zwischen zwei Atemzügen.

»Warten Sie eine Minute, machen Sie weiter. Haben Sie früher schon mal hyperventiliert?«

»Oh, Gott, nein.« Ich hatte das Gefühl zu sterben.

Eagle rutschte auf seinem Stuhl zurück und legte seine Hand auf die Knie. »Hier sind nicht bloß epileptische Anfälle am Werk«, sagte er. »Das ist ein psychopathologisches Krankheitsbild, was ich hier sehe.«

»Es ist diese Scheißnase«, sagte ich keuchend. »Ich dreh durch.«

»Meine Nase gefällt Ihnen nicht?« sagte Eagle. »Ja, glauben Sie denn, mir gefällt meine Nase? Was soll ich Ihrer Meinung nach machen? Auf eine einsame Insel gehen wie Robinson Crusoe und mich verstecken?«

»Nein, nein«, sagte ich. »Es ist bloß –«

»Sie ist so verdammt komisch, Sergeant, nicht wahr?«

»Ja, Sir«, sagte ich. »Das heißt, normalerweise nicht, aber ich stehe unter all diesen Medikamenten. Sie müssen die Dosierung verringern. Ich komme damit einfach nicht klar.«

»Ich mache Ihnen ein Angebot. Ich reduziere die Medikamente, aber Sie müssen auch was für mich tun.«

Endlich fing das Tüten-Atmen an zu wirken, und die Umgebung kam wieder zur Ruhe. »Und was?«

Eagle nahm einen Notizblock und einen Bleistift von seinem Schreibtisch. »Nehmen Sie das mit. Ich möchte, daß Sie sich jeden Tag Notizen über Ihre Gefühle machen. Das bleibt ganz unter uns. Ich meine, Sie können schreiben, was Sie wollen. Zum Beispiel, wenn Sie Frühstücksflocken wären, was wären Sie dann für eine Sorte? Cornflakes? Haferflocken? Rice Krispies? Count Chocula?« Eagle lehnte sich auf seinem Stuhl zurück, zog eine Lucky Strike heraus und steckte sie an – mit den gleichen weibischen Gesten wie Chandler seine Salems, fand ich. Dafür, daß er so dünn war, hatte Eagle sehr breite Schultern. Die Ärmel seiner Tropenuniform waren bis über die Ellbogen aufgerollt. Er strich sich die wenigen Haarsträhnen, die er noch hatte, mit den Fingern über die schimmernde Platte. Seine Nase zu ignorieren war unmöglich. Er sah aus wie ein riesiger Aasgeier, und obwohl ich wußte, daß ich ihn in Stücke hätte brechen können, machte er mir angst und bange. Er nahm einen tiefen Zug und stieß den Rauch durch seine Blechnase aus. »Oder ein – Wheatie?«

»Lassen Sie mich bloß in Ruhe!« protestierte ich, zerknüllte die Tüte, stand auf und stolzierte aus Eagles Zimmer. Aber am Abend, als ich ins Bett ging, fand ich Notizblock und Bleistift auf meiner Kiste.

Um Eagles Theorie zu widerlegen, daß ich ein Borderline-Psycho sei, fing ich an, ganz gewöhnliche und alltägliche Dinge aufzuschreiben, von denen ich annahm, sie würden beweisen, daß ich geistig völlig gesund war. Zum Beispiel: »Ein guter Tag. Gelesen, Volleyball gespielt und gemütlich mit den Brüdern geraucht. Eine Menge über die Gruppe gelernt. Lieblingsfrühstück: Corned beef auf Toast. Zweihundert Liegestütze. Glücklich, glücklich, glücklich!« Ich fand das Schreiben so wohltuend, daß ich ein eigenes, geheimes, echtes Tagebuch anfing. Ich hab es neulich mal wieder angeschaut und festgestellt, daß meine Schreibkünste recht wackelig waren.

11. Januar 1975: Übelkeit.

13. Januar 1975: Übelkeit. Mühsam ein bißchen Schopenhauer gelesen.

15. Januar 1975: Lesebrille ausgeliehen und Cioran gelesen. Tödliche Übelkeit. Am Abend besser. Verstopfung. Das Essen ist schrecklich. An den Wänden und durch das Sägemehl in meinem Schädel kriecht Ungeziefer herum. Bricht meine Persönlichkeit zusammen? Habe ich einen Nervenzusammenbruch? Komischerweise habe ich den »Schizophrenie-Geruch« nicht.

14. März 1975: Schwindelgefühle. Doppelsichtigkeit. Übelkeit. Kann nichts essen.

18. März 1975: Da ist ein Geruch. Wie nach Mäusen.

34. April 2007: Ich bin ein Boxer mit preisgekrönter Abstammung, die bis ins späte 19. Jahrhundert zurückreicht, als die Zucht in Deutschland einen Höhepunkt erreichte. Ich habe ein kurzes, glattes Fell, dessen goldbraune Grundfärbung von dunklen Streifen überzogen ist. Mit fünfundsiebzig Pfund bin ich ziemlich schwer für ein Weibchen. Meine breite, anmutige Schnauze gibt dem Kopf Symmetrie und Balance. Im Ruhezustand oder beim Nachdenken ist mein Gesicht der Inbegriff edler Gleichgültigkeit.

40. April: Mein Unterkiefer ist etwas länger als der Oberkiefer und leicht nach oben gebogen, ganz wie es sein soll. Er ermöglicht maximale Kraftanwendung beim Zupacken und Festhalten (aber ganz ohne den übertriebenen Unterbiß, den man oft bei minderen Züchtungen sieht oder infolge von Inzucht). Wenn meine Kiefer einmal etwas gepackt haben, kann es nicht mehr entkommen.

Meine ganze Schnauze ist schwarz. Meine Nase ist vollkommen schwarz, die Nüstern sind weit und gebläht. Meine Augen sind tiefbraun und sitzen tief im Schädel. Diesen weichen feuchten Spanielblick habe ich nicht, sondern selbstbewußte Augen, die recht bedrohlich und unheilvoll aussehen können, wenn ich ärgerlich bin. Das passiert besonders dann, wenn ich meinen durchdringenden Blick auf mein Ziel richte. Ich kann Löcher durch Stahl brennen und diesem Mickymaus-Gefängnis jederzeit entkommen, wenn ich will. Und sobald ich mich ausgeruht habe, werde ich das auch tun. Wuff!

55. April: Vor meinem Unfall bin ich Zirkuskünstler gewesen, mit dem naiven animalischen Bewußtsein des Hier und Jetzt. Daß ich ein Zirkusheld war – der Hund, der aus Kanonen geschossen wurde, der von einer fünfzig Fuß hohen Plattform in ein seichtes Wasserbecken sprang und auf ungesattelten Pferden Galopp ritt – daß ich Boris der Große war, Mütterchen Rußlands gefeierter Held, geliebt von meinen Zeitgenossen und Landsleuten, bedeutete mir … gar nichts.

Eagle holt mich wieder in sein Büro und konfrontiert mich nicht nur mit meinem falschen Tagebuch, sondern auch mit dem echten. Ich bin sauer, daß sie meine persönlichen Sachen durchwühlt haben.

»Ich möchte da etwas klären«, sagte Eagle. »Sie behaupten, Sie wären dieser Zirkushund in Rußland gewesen und Sie hätten sich eine Hirnverletzung geholt, als Sie *aus einer Kanone geschossen wurden*?«

»Ich hatte vergessen, meinen Helm aufzusetzen.«

»Und daraufhin hat ein berühmter Neurochirurg Ihr Gehirn wieder zusammengeflickt und Sie ins Sanatorium geschickt –«

»Das war ein Sanatorium nur für VIPs. Nikita Ch. zum Beispiel. Den hab ich gekannt. Tänzer und Tänzerinnen vom Bolschoi-Theater. Armeegeneräle. Hohe KGB-Beamte. Schachgroßmeister.«

»Und Sie ... ein Hund.«

»Ich war nicht bloß ein Hund. Ich war der Rin Tin Tin von Rußland.«

»Sie sind sehr klug und gut informiert. Woher wissen Sie all diese Dinge?«

»Weil es wahr ist«, sagte ich.

»Was würden Sie davon halten, wenn ich Sie in Arrest schicke?«

»Prima. Arrest wäre prima. Ich bin ein heulender Wolf. Sperren Sie mich in einen Käfig, oder lassen Sie mich laufen, was anderes gibt's nicht.«

Eagle trommelte mit den Fingern auf dem Schreibtisch herum, in wechselndem Rhythmus. »Sagen Sie mir doch mal, was bedeutet Ihnen dieses Sprichwort: Wer im Glashaus sitzt, soll nicht mit Steinen werfen?« Fingertrommeln. »Na?«

»Ich weiß nicht –«

»Wer rastet, der rostet. Was bedeutet das?«

»Weiß nicht.«

Eagle fing wie rasend an zu schreiben.

»Warum sollte irgend jemand in einem Glashaus sitzen?

Da wäre es doch fürchterlich heiß drin«, sagte ich. »Und jeder könnte einen sehen.«

»Ich höre, Sie lesen Kafka. Das ist ziemlich schwere Kost für einen jungen Mann. Sie sind sehr intelligent. Haben Sie je ein Buch über abnorme Psychologie gelesen?«

»Hey, Mann, lassen Sie mich einfach aus dieser Scheißkiste hier raus. Ich gehe hier ein. Lassen Sie mich auf eine normale Station, zu einem richtigen Doktor.«

»Ich werde darüber nachdenken«, sagte er. »In der Zwischenzeit möchte ich, daß Sie das hier mal lesen.« Er klopfte mir auf die Schulter und reichte mir eine Ausgabe von *Love Against Hate* von Karl Menninger.

Logbuch Janufeb 2010: »*Gate is straight / Deep and wide / Break on through to the other side ...*«

Im Aufenthaltsraum stand ein altes Klavier. Als einer von den Marines durchdrehte und den Plattenspieler kaputtmachte, fing Chandler an, Klavier zu spielen, Tag und Nacht, und machte mich damit völlig verrückt. Immer und immer wieder »Canadian Sunset«! Eines Nachts rieb ich mir zur Tarnung jede Menge Zigarettenasche ins Gesicht, robbte im Ranger-Stil in den Aufenthaltsraum und knipste die ganzen kleinen Hämmerchen im Klavier ab. Das Gesicht von Chandler hättet ihr sehen sollen, als er wieder losklimpern wollte! Das war kein verrücktes Verhalten. Ich wußte, ich war nicht wirklich verrückt. Ich war ein ganz normaler Feld-Wald-Wiesen-Epileptiker, der ein bißchen von der Rolle war. Ein bißchen durcheinander vom Krieg. Ich lachte und sagte zu Chandler: »He, Mann, wie klingt das Ein-Hand-Klatschen?«

Nachdem ich das Klavier außer Gefecht gesetzt hatte, fiel mir auf, daß Chandler stark abnahm. Sie hatten ihm irgendwelche neuen Medikamente verschrieben. Er benahm sich auch nicht mehr tuntig, sondern stürzte sich mit einem gequälten Sprung in die Dunkelheit seiner Seele. Er wurde sehr still und saß den ganzen Tag neben dem Katatoniker Joe in der Ecke. Ein schwarzer Marine, ein dicker, sehr energischer Mörder aus South Carolina namens Bobby Dean Steele, wurde zur Beobachtung auf unsere Station geschickt und begann sehr stark zu dominieren. Trotz der gegen ihn laufenden Anklage war er stets fröhlich und gut gelaunt. Er ging oft zu Joe in dieEcke und sagte: »Joe-be-doe, wie geht's? Was ist los mit dir, Mann? Du hast viel Scheiße erlebt in Nam drüben, was? Na, macht nichts. Wir bringen das wieder in Ordnung – nicht diese Ärzte, sondern wir, deine Kumpel. Wir helfen dir. Ich weiß, du verstehst mich. Ganz locker, Mann.«

Bobby Dean Steele massierte Joe den Rücken, wischte ihm das Gesicht ab, und geführt von Bobby Dean Steele, ging Joe innerhalb weniger Tage in der ganzen Abteilung herum, wenn auch mit etwas steifen, schlurfenden Schritten. Auch die anderen Patienten scharten sich um ihn, und alle klopften ihm auf die Schultern und ermunterten ihn. Einer der Krankenpfleger warnte mich und sagte, daß Katatoniker oft mit plötzlichen, sehr gewaltsamen Handlungen aus ihrer Lähmung erwachten. Auch Eagles Nase, sagte er, habe ein Katatoniker abgebissen.

Während Bobby Dean Steeles Aufenthalt entwickelten sich meine Schläfenlappen-Halluzinationen zeitweise immer mehr zu epileptischen Grand-mal-Zuständen. Unmittelbar vor den Anfällen hatte ich jetzt keine überirdischenVisionen mehr, sondern nur noch Angst, und was ich sah, waren die schwarzen Lichter des Boxens. Ich hatte sehr heftige Anfälle. Bei einem davon biß ich mir fast die Zunge ab, und danach saß ich zwei Wochen lang mit Chandler bei Joe in der Ecke, vollgepumpt mit krampflindernden Mitteln. Mein Krankenpfleger kam mit einer kleinen Sprühdose vorbei und besprühte damit meine Zunge. Sie war so geschwollen, daß ich den Mund nicht mehr schließen konnte, und sie stank. Sie stank schlimmer als Schizophrenie, und sogar die Schizos beschwerten sich darüber. Wegen der Zunge kam es zu einem Faustkampf zwischen mir und Bobby Dean Steele, und ich war überrascht, wie fit ich noch war. Denn als er ankam, mich beschimpfte und mich mit seinen Dusch-Sandalen zu treten versuchte, war ich erst einmal völlig apathisch. Aber dann stand ich auf und holte ihn mit einem linken Haken von den Füßen. Als sein fetter Körper auf die Fliesen fiel, klang es, als hätte man ein halbes Dutzend angefaulte Melonen auf Beton fallen lassen. Bobby Dean Steele mußten sie in die Isolierzelle tragen, aber ich wurde nicht eingesperrt und auch nicht mit Spritzen ruhiggestellt. Ich nehme an, ich sah mit meiner Zunge schon unglücklich genug aus.

Als Bobby Dean Steele wieder aus der Isolierzelle kam, war er so mit Thorazin vollgepumpt, daß sein ganzer Schwung weg war, und ohne seine Späße und seine gute Laune war plötzlich kein »Original« mehr auf der Station. Joe kam nicht mehr weiter aus seiner Erstarrung heraus, sondern fiel zurück in seine Katatonie, suchte aber nicht mehr seine Ecke auf, sondern ließ sich, wo er gerade ging und stand, in wachsweiche Erstarrungszustände fallen. Es war wie eine Art verdrehtes Yoga. Ich hatte gehört, Joe sei während der Belagerung in Khe Sanh gewesen und hätte wie Jake Barnes in *Fiesta* eine Verletzung in der Leistengegend erlitten und dabei seine Kokosnüsse verloren. Ich habe mich schon oft gefragt, warum das als so schrecklich gilt. Aber als ich die anderen das fragte, wurde ich von allen niedergemacht. Besser das Augenlicht, die Arme, Beine und das Gehör zu verlieren, behauptete Rouse. Nur Chandler, der kaum je noch etwas sagte, stimmte mir zu. »Wenn auf der einen Seite des Zimmers ein Hot-fudge Sundae für mich stünde«, sagte er, »und auf der anderen Seite ein junger marokkanischer Hengst mit einem Schwanz wie eine Bronzeskulptur, würd ich mich auf das Eis stürzen.«

Ähnlich wie er mir eine Zeitlang mit dem Tagebuch geholfen hatte, kam Eagle auch Chandler zu Hilfe. Er ernannte Chandler zu seiner Hilfskraft, und innerhalb weniger Wochen nahm Chandler zu. Als Hilfskraft durfte er die Station unter Aufsicht eines Sanitätsgefreiten verlassen. Ständig fuhr er nach Oceanside, wo er in die Buchhandlungen ging und sich in Restaurants mit riesigen Mahlzeiten vollstopfte. In Plastiktüten brachte er mir allerlei Köstlichkeiten aus den Restaurants und außerdem Bücher mit: Dostojewski, Spinoza und Sartre waren die Autoren, von denen er meinte, ich sollte sie lesen, aber ich kriegte auch die leichteren Sachen, die mir lieber waren. Ich las mehr und hatte weniger Anfälle; ich wurde allmählich wieder gesund. Chandler ging es auch besser, und er fing wieder an, Späße zu machen. Ständig ahmte er seinen neuen Chef nach, und seine Parodien waren so umwerfend komisch und gleichzeitig so treffend, daß mir dabei erst richtig klar wurde, wie sehr mir Eagle imponierte, der alle Vorteile einer guten Erziehung und Ausbildung und vermutlich eine Karriere voller Selbstvertrauen und Anerkennung gehabt hatte, jetzt aber wegen seiner Blechnase von der Menschheit ausgestoßen worden war. Die Demütigung der Epilepsie hatte mich weich werden lassen, und ich spürte Sympathie für den Mann. Ich sah ja wenigstens noch aus wie ein Mensch. Nach Auskunft von Chandler hatte Eagle keinerlei Freunde. Außerdem erzählte Chandler, daß Eagle gelegentlich seine Blechnase abnahm und brüllte: »Ich bin das Phantom der Oper. Ah, hahaha!«

Patienten kamen und gingen, und mit ihnen die Wochen – ich war schon seit vierzehn Monaten in der Klapsmühle und gehörte zu den dienstältesten Patienten auf der Station. Am Gründungstag des Marine Corps, zu Thanksgiving und zu Weihnachten kriegten wir sehr gutes Essen. Zu Weihnachten gab es sogar ein Unterhaltungsprogramm. Ich erinnere mich an ein paar alte Männer, die Dixieland spielten. Sie spielten nicht besonders, bildeten aber eine willkommene Unterbrechung in dem ewigen Einerlei von ärztlichen Visiten, klappernden Sandalen auf lindgrünen Fliesen und jungen Männern, die durch das vergitterte Fenster neben Joes Ecke hinauswollten, von Leuten, die sich mit Klebstoffverdünnern und Wicks-Inhalierstiften einen Rausch holten oder sich umzubringen versuchten, indem sie den Kopf in eine Plastiktüte steckten, von langen Nächten mit quietschenden

Betten, in denen pausenlos masturbiert wurde, von Alpträumen, Angstschreien und der gebrüllten Aufforderung: »Volle Deckung!«, von lauwarmen, mehligen Mahlzeiten, dem ewig trockenen Gefühl im Mund, das von Medikamenten und Zigaretten kam, von einem Leben ohne Hoffnung.

Als die Band eine Pause machte, spielten zwei alte Knacker, ein Schwarzer und ein Weißer, »Shanty Town« als Banjo-Duett und trieben mir damit die Tränen in die Augen. Dann kam eine Square-Dance-Gruppe. Es waren jämmerlich aussehende ältere Herrschaften in Western-Verkleidung. Die Frauen hatten dicke Beine. Sie machten einen ziemlich ängstlichen Eindruck, und mir wurde klar, wie erschreckend es auf solche Leute wirken mußte, wenn da jemand wie Bobby Dean Steele saß, der neuerdings eine Black-Power-Attitüde eingenommen hatte und mit Afroschnitt und schwarzen Handschuhen rumlief. Aber sobald die Musik lief, verschwand der Jammer aus ihren Blicken. Statt dessen erschien ein hypnotischer Ausdruck auf ihren Gesichtern, als sie mechanisch ihre Tanzbewegungen machten. Ich saß vollgepumpt mit Phenobarbital und schwitzend wegen der vielen Leute um mich herum, halb ohnmächtig auf meinem Klappstuhl und litt Todesqualen, bis ich – mit seltener und subtiler Objektivität – bemerkte, daß alles Unglück und Leiden der Tänzer versank, wenn sie sich der Musik und dem Singsang des Ansagers hingaben. Und einen Augenblick lang sah ich mich auch selbst, aus großer Entfernung, von weit oben. Ich sah das Muster meines ganzen Lebens mit geometrischer Präzision, genau wie das Schrittmuster der Tänzer, und alles schien vollkommen richtig zu sein.

Eines Tages nach dem Essen wurde Bobby Dean Steele von einem der Ärzte in den Sanitätsraum gerufen, und ein Krankenpfleger ließ zwei große Gefangenenwärter durch die schwere Stahltür herein. Sie legten Bobby Dean Steele Handschellen an und sagten ihm, er komme wieder in Arrest. Er müsse wegen dreier Fälle von Totschlag vor dem Kriegsgericht erscheinen. Der diensthabende Arzt stand achselzuckend daneben. Die ärztliche Beobachtung, der M.M.P.I.-Fragebogen und der Rorschach-Test hätten ergeben, daß Bobby Dean Steele nicht besonders verrückt war, sagte uns Chandler. Ihm stünden zwanzig Jahre Zwangsarbeit bevor.

Mein eigener Abgang war etwas anders. Eagle holte mich in sein Büro und sagte: »Ich schicke Sie nach Hause. Fragen Sie mich nicht, ob Sie geheilt sind oder nicht. Ich weiß es nicht. Ich weiß nur, daß Sie ein hervorragender Marinesoldat waren. Ich habe eine Entlassung wegen Dienstunfähigkeit mit voller Pensionsberechtigung für Sie beantragt. Viel Glück, Sergeant.«

»Vielen Dank.« Ich war sprachlos.

»Suchen Sie sich einen guten Neurologen, wenn Sie nach Hause kommen. Und steigen Sie nie wieder in einen Boxring.«

»Ja, Sir.«

Als ich mich umdrehen wollte, salutierte Eagle. Ich grüßte stolz zurück und hörte sein dröhnendes, opernmäßiges Lachen hinter mir, als ich die Tür seines Zimmers hinter mir zuzog.

Am nächsten Morgen holte ich mir neuntausend Dollar rückständigen Sold ab und marschierte mit dem Seesack auf der Schulter zur Bushaltestelle. Ein Master Sergeant kam vorbei, und ich fragte ihn, wann der Bus komme. Ohne einen anständigen Haarschnitt, sagte er, dürfte ich den Standort sowieso nicht verlassen. Ich erklärte ihm, das könne er vergessen, ab sofort sei ich Zivilist. Kurz darauf hielt ein Jeep neben mir, und ein Captain mit einer Armbinde von der MP sprang heraus. Ich zeigte ihm meine Entlassungspapiere, das Fallschirmspringerabzeichen auf meiner Uniform, das Navy Cross und die zwei Silver Stars, und er sagte: »Ja und? Sie haben eine Entlassung aus medizinischen Gründen. Als psychiatrischer Fall, Sergeant. Ich möchte Sie augenblicklich hier raushaben. Verlassen Sie das Gelände.«

»Dann lassen Sie mich doch einsteigen«, sagte ich. »Ich möchte auch gern raus hier.« Ich sah schon wieder Kakerlaken durch die nassen Sägespäne in meinem Gehirn huschen und wischte mir dauernd über die Nase, damit sie nicht rauskamen und mir in den Mund krabbelten.

»Sie sind ein Geisteskranker«, sagte der Master Sergeant. »Hauen Sie bloß ab. Von mir aus können Sie ein Blutbad unter der Zivilbevölkerung anrichten. Wir sind froh, wenn wir Sie los sind.«

»Jetzt machen Sie's aber mal halblang«, sagte ich. »Ich bin ein richtiger Marine gewesen, kein großmäuliger Etappenhengst. Und im übrigen kann mich das Corps mal. Scheiß auf den Appel, scheiß auf das ganze Marine Corps. Ich verfluche den Tag, an dem ich dem grünen Scheißverein beigetreten bin.«

»Ich will Sie runter vom Gelände«, sagte der Master Sergeant. »Und zwar ein bißchen plötzlich.«

»Ach, Sie meinen, ich brauch mir nicht erst die Haare schneiden zu lassen?« säuselte ich.

»Verpiß dich, Marine. Nach Haight-Ashbury geht's da lang!«

»Ach, leck mich!«

»Leck dich selber. Verpiß dich!«

Ich schmiß meinen Seesack auf den Boden und wollte ihm gerade eine reinhauen, als plötzlich ein Marine in einem verbeulten Thunderbird an der Bushaltestelle stoppte und fragte, ob er mich mitnehmen solle. Ohne ein weiteres Wort warf ich meinen Seesack auf den Rücksitz und hüpfte hinein. Ich hatte noch nicht mal danke gesagt, da fragte er auch schon, ob ich ihm fünf Dollar für Benzin geben könnte. »Nach Oceanside sind es dreiundzwanzig Meilen«, sagte er. »Und die Tankanzeige steht jetzt schon auf leer. Ich hab kein Reserverad, keinen Wagenheber, kein Garnichts.« Er sah mich an und lachte. Sein Mund war voller schwärzlicher Löcher statt Zähnen. »Hey Mann«, sagte er. »Du hast nicht zufällig ne Zigarette dabei?« Ich gab ihm mein Päckchen. »Hey, danke«, sagte er.

»Schon gut«, sagte ich.

Er steckte sich die Zigarette an und nahm einen tiefen Zug. »Willst du mal echten Scheiß hören?«

»Warum nicht?«

»Ich habe gerade sechs und sechs gekriegt und einen Tritt in den Arsch.« Der Marine nahm einen weiteren Zug und sagte: »Sechs Monate Arrest, sechs Monate ohne Sold und die Entlassung wegen schlechter Führung.«

»Was hast du denn gemacht?« fragte ich. Ich kämpfte immer noch gegen die Ungeziefer-Visionen.

»Unerlaubte Entfernung von der Truppe«, sagte er. »Mach ich jetzt auch gerade. Ich lass mich doch nicht ein halbes Jahr lang ins Loch sperren, Mann. Ich war zweimal drüben in Vietnam. Ich verdien doch nicht so eine Behandlung. Und soll ich dir mal was sagen?«

»Was denn?«

»Dieses Scheißauto hier hab ich geklaut. Hab die Zündung kurzgeschlossen.«

»Echt stark«, sagte ich. »Und wo fährst du hin?«

»So weit, wie ich mit fünf Dollar komme.«

»Ich hab ein bißchen Geld. Fährst du mich nach Haight-Ashbury?«

»Klar doch. Sag mal, was machst du da eigentlich, Mann? Bohrst du dir in der Nase?«

»Nee, ich such bloß nach Kakerlaken«, sagte ich mit schwacher Stimme. Ich hatte Angst, einen Anfall zu kriegen, und fing an, schwarze Lichter zu sehen. Sie kamen in großem Stil, aber ich wehrte sie ab. »Bei was für einer Einheit bist du gewesen.«

»Null-drei-elf, Nachrichtentruppe. Ich hab ein Radio rumgeschleppt, beim Ersten Korps. Drei Purple Hearts und drei Bronze Stars mit Auszeichnung. Und deswegen geh ich auch nicht ins Loch. Ich hoffe bloß, der MP am Tor winkt uns durch. Ich bin eigentlich nicht auf eine Verfolgungsjagd aus.« Der Marine steckte sich die zweite von meinen Zigaretten gleich an der ersten an. »Hey, Mann, warst du auch im Krieg?

Du siehst so aus, als hättest du auch ein paar harte Meilen hinter dir. Warst du im Krieg? Bist du gerade rausgekommen? Oder etwa auch unerlaubt unterwegs? Ein ordnungsgemäßer Haarschnitt ist das nicht gerade. Mann, du hast ja eine richtige Mähne. Haust du ab? Na sag schon! Warst du im Krieg? Du hast diesen Tausend-Meter-Blick, Mann. Hey, Mann, jetzt hör auf, in der Nase zu bohren, und erzähl's mir.«

Arf! Arf!

»Verdammt noch mal, bist du high, oder was?«

Wau, wauuu!

»Das ist doch nicht zu glauben! Dieses Arschloch von der MP will uns stoppen. Sieh dir das an! Nicht zu glauben! Hier wird man doch nie angehalten, an diesem Tor, jedenfalls nicht um diese Zeit. Und ich hab keinen Ausweis dabei. Scheiße! Schnall dich an, Nasenbohrer, jetzt legen wir einen Zahn zu! Die Kiste hier hat einen Kompressor, der zieht ganz schön durch. Haight-Ashbury, wir kommen! Oder wir gehen dabei drauf! Wir wollen auch ein bißchen freie Liebe! Hebt uns was auf! Das heißt, die freie Liebe kannst du haben – ich brauch nen guten Fick!«

Der Marine trat den Gashebel durch, und der Thunderbird ging los wie eine Rakete. Er fegte am Posten vorbei und ließ den Schlagbaum splittern. Einen Augenblick lang war ich wieder im Dschungel – ein Wilder in Kriegsbemalung – oder im Boxring, ein Urmensch – töten oder getötet werden. Ein herrliches Gefühl. Ekstase. Das Ungeziefer verschwand. In meinem Schädel war wieder Gehirn, graue Masse. Ich sah, wie der Militärpolizist in seinem Postenhäuschen hektisch telefonierte. Aber der Verrückte am Steuer sagte, ich solle mir keine Sorgen machen, er kenne die Schleichwege.

Teil II

Wipeout

Ich glaube an die Philosophie des Rock'n'Roll. »*If you want to be happy for the rest of your life, don't make a pretty woman your wife.*« Ich meine, wer kann das widerlegen? Kann Immanuel Kant das widerlegen? Wie soll man so etwas widerlegen? Ich meine, echt. Jeder weiß doch genau, daß es stimmt, selbst so ein seichter, oberflächlicher Typ wie ich. Andererseits glaube ich natürlich, daß fast alle Frauen hübsch sind. Man muß bloß dafür sorgen, daß sie sich wie was Besonderes vorkommen und den schönsten Tag ihres Lebens erleben – denn welche Frau sieht am schönsten Tag ihres Lebens nicht gut aus?

Verstehen Sie mich bitte nicht falsch, ich suche schon nach den echt Hübschen, aber trotzdem gibt es sehr verschiedene Phasen bei mir, so als ob der Mond oder sonst irgendwas meine Technik beeinflußt. Ich meine, manchmal gehe ich aus und habe das Gefühl, ich habe eine Garantie in der Tasche, daß ich eine ins Bett kriege, und dann komme ich ohne etwas nach Hause, besonders heutzutage, wo alle so vorsichtig sind wegen Aids. Aber wenn ich so eine Durststrecke habe, versuche ich auch nichts zu erzwingen; man muß es sachte angehn und die eigenen Grenzen kennen. Vor allem muß man wissen, was sie wollen und wie man sie behandeln muß. Man muß sie kommen lassen und darf sich nicht emotional engagieren. Sonst ist es ein Heimspiel für sie. Wenn ihr erst Kosenamen benutzt, wenn jeder die Lieblingsfarbe des anderen kennt und sie anfängt, dich ständig mit kleinen Jubiläen zu überraschen. Kaum schaust du mal nicht richtig hin, bist du schon Familienvater mit all der Verantwortung und so. Du mußt die distanzierte Nummer abziehen und ausbauen. Gib ihnen ein bißchen James Dean, Montgomery Clift oder Rudolph Valentino, und wenn sie erst wissen, daß sie dich nicht gepachtet haben, wollen sie dich erst richtig, und du hast gewonnen. Es ist ziemlich einfach. Alles nur eine Frage der Technik. Im Zeitalter von Michael Jackson und Prince wirkt doch jede Anlehnung an die alten Meister schon originell und verleiht einem Flair. Leih dir mal ein paar alte Filme. Sieh dir Jimmy Cagney an, dann weißt du, was ich meine.

Jedenfalls hatte ich wieder mal eine Dürreperiode. (Wenn sie kurz sind, sind sie gar nicht so übel, aber wenn sie länger dauern, fängst du an, über dein Leben und so nachzudenken, und wer will sich damit schon lange abgeben. Dabei kann's einem echt dreckig gehen.) Ich war überfällig, geil und wartete auf ein Zeichen.

Ich veränderte meine Umgebung ein bißchen und fing an, mittags immer in der Bibliothek rumzuhängen. Ist ein guter Platz: jede Menge Frauen – meist im öffentlichen Dienst, die ganze Skala von wissenschaftlichen Hilfskräften bis zu Staatsanwältinnen rauf. Man findet auch junge da, richtig frische, und weil eins zum anderen führt, entdecke ich gleich am zweiten Tag ein ziemlich vielversprechendes Mädchen mit braunen Augen. Mittelgroß, nette Figur, kein Verlobungsring, sieht aus, als wäre sie ungefähr dreißig, genau richtig. Eigentlich bevorzuge ich Blonde, aber die tut es auch.

Ich halte meinen Kopf gesenkt, als würde ich lesen, aber in Wirklichkeit beobachte ich sie durch meine schwarze Porsche-Sonnenbrille von meinem Posten in der Nähe des Katalogs aus. Ich trage einen italienischen Zwölfhundert-Dollar-Anzug und verbreite eine verwegene Aura europäischer Eleganz, einen unwiderstehlich psychopathischen Charme. Warten auf den Kontakt. Ein-, zweimal schaut sie hoch, und dann peng! Sie wirft mir diesen gewissen Blick zu. Eine Minute später geht sie rauf an die Regale, Abteilung Philosophie, und ich denke: *Philosophie, interessant*, das ist mal was anderes, wissen Sie, gefällt mir, ich riskier's mal und spiele mit. Ich folge ihr nach oben, und sie weiß es. Wir stöbern beide ein bißchen herum, mehrere Reihen voneinander entfernt, und sie sucht ein paar Bücher heraus. Als sie einen Armvoll zusammenhat, erwische ich sie, als sie gerade um eins der Regale herumkommt, und knalle *peng!* in sie rein. Und dann spiele ich meinen James Dean, der Montgomery Clift dabei nachmacht, wie er einen Garfield à la Rudolph Valentino kopiert.

Garfields habe ich schon als kleiner Junge gelernt, als ich mir immer die Garfield Goose Show im Fernsehen angesehen habe. Man muß dazu einen erstaunten Gesichtsausdruck machen und gleichzeitig zurückspringen, als sei man erschrocken. Der Showmaster Fraser Thomas, damals mehr oder weniger eine Berühmtheit, redete immer mit Garfield, einer Puppe, die eine Gans darstellte, den König eines weit entfernten Gänsereichs, genauer gesagt, und jedesmal, wenn Fraser etwas sagte, was Garfield verblüffte, öffnete der seinen Schnabel – er war stumm –, bog seinen Hals zurück und machte einen Satz rückwärts, alles in einer Bewegung, ein Fluchtversuch mit Schrecksekunde gewissermaßen.

Also, wie gesagt, ich erwische dieses Mädchen mit den braunen Augen, als sie gerade mit einem Stapel Bücher um die Ecke kommt, und stoße mit ihr zusammen, richtig plötzlich. Ich schubs ihr die Bücher vom Arm und mach ihr den doppelten Garfield, und sie sagt: »Hoppla!«

»Oh, Mann, tut mir das aber leid«, sage ich. »Kommen Sie, ich helfe Ihnen! Oh, Mann! Was bin ich doch für ein Tolpatsch!«

Ich registriere sofort, daß sie sauber riecht, und ihr Atem ist süß. *Gut, gut, gut,* denke ich. Und sie ist schön elastisch, *gut, gut, gut!* Und mein kleines Herz pocht den Trommelwirbel aus »Wipeout« von den Safaris.

»O Gott, tut mir echt leid, ich dachte, ich wär ganz alleine hier oben; Sie haben mich zu Tode erschreckt.«

»Dabei hab ich so viel Lärm gemacht«, sagt sie. »Ich bin ein Trampeltier. Alles andere als eine Maus. Man hört es, wenn ich in Bibliotheken herumlaufe.«

»Ich war ganz woanders mit meinen Gedanken«, sage ich, ein bißchen zu sehr wie Columbo. Ich hebe ihr die Bücher auf, versperre ihr den Weg und sehe ihr direkt in die schönen, großen, glänzenden braunen Augen. »Tut mir leid«, sage ich.

»Was ist denn das? *Die Kritik der reinen Vernunft!* Das können Sie doch nicht lesen. Sie sind doch ein Mädchen.«

»Natürlich kann ich das lesen«, fährt sie auf.

»Nein, nein, ich will damit nicht sagen, Sie könnten nicht Kant lesen. Ich wollte nur sagen, Frauen interessieren sich im allgemeinen nicht so für Philosophie, so wie Männer sich nicht so fürs ... Nähen interessieren.«

»Haben Sie Kant gelesen?« fragt sie eisig.

»Natürlich«, sage ich. »Nach Kant ... was gab's danach noch zu sagen? Er war der Größte. Das letzte Wort.«

Ihr Ton wird etwas milder. »Heutzutage sind ja auch viele Leute auf Wittgenstein scharf«, sagt sie.

»Diese weibische kleine Schwuchtel«, sage ich. »›Hinschauen, nicht nachdenken‹. Der Unsinn der Sprache und der Begriffe. Das hat er bei den Buddhisten geklaut. Und lassen Sie mich noch etwas sagen: Ich glaube, der Beweis liegt im Pudding. Diese Typen wie Wittgenstein, Nietzsche, Kierkegaard waren doch alle solche Fünfzig-Kilo-Schwächlinge. Gab's denn damals noch keine Hanteln?«

Darüber lacht sie.

»Wie kann einer vom Übermenschen reden oder davon, daß er mit den Adlern fliegen will, wenn er einen Bizeps hat mit einem Umfang von nicht einmal zehn Zentimetern?«

Weiteres Basso-profundo-Gelächter von ihr.

»Sagen Sie doch mal selbst«, sage ich. »Wer würde gewinnen im Madison Square Garden? Boxen über fünfzehn Runden? Der Düstere Däne oder der Witzige Witt?«

Sie lacht. »Kierkegaard hat's mit dem Kreuz gehabt, Wittgenstein würde gewinnen«, sagt sie. Sie hatte das schaurigste Lachen, das ich seit dem *Exorzisten* gehört hatte.

Ich wußte, ich hatte eine Alphafrau gefunden, eine richtige Amazone. Die Frau war härter als ein Sack Nägel. Mit einem normalen Typ wird so eine leicht fertig. Wenn du mit einer Alpha gehst, denkt sie, daß sie dich fickt. Sie denken immer, der Typ ist das Stück Fleisch. Die da war Emily Brontë, und sie suchte nach ihrem Heathcliff.

Gut, dachte ich, eine Wildkatze war mal eine Abwechslung, und Heathcliff kriege ich leicht hin. Heathcliff kommt ganz natürlich.

Simone hieß sie. War als Kind aus Paris rübergekommen. Rechtsanwältin. Sie mochte Platon und das Ballett, sie spielte Klavier und Geige (gähn!). Sie ritt, lief bei Marathons mit und konnte fünf Meilen schwimmen. Außerdem praktizierte sie Zen.

Ich ging mit ihr zu einem Boxkampf und zum Pferderennen. Sie ging mit mir in Wagners *Ring*. Ich veranlaßte sie, *Lucky Jim* und *Ein Haus für Mr. Biswas* zu lesen, sie veranlaßte mich, Nabokovs *Fahles Feuer* zu lesen. Sie hatte den ganzen Globus bereist und war an Orten wie Sansibar gewesen und in Rangun, Burma; beim Trinken hielt sie Runde für Runde mit mir Schritt, und beim Armdrücken schlug ihr rechter Arm meinen linken in zwei Dritteln aller Versuche. Sie hatte Temperament, Geist und Energie.

Und im Bett war sie eine Wildkatze, ganz wie ich gedacht hatte, und deshalb lohnte es auch, den ganzen Scheiß mit der Oper und dem Ballett auszuhalten. Sie war gut.

Sie machte meinen Gang geschmeidig und brachte meine Säfte wieder zum Fließen. Ich fiel in meinen alten Rhythmus und wurde wieder ganz locker und flippig. Ich suchte mir noch ein paar Nebenbeschäftigungen – eine dänische Blondine, einen Rotschopf aus Irland, eine Geschiedene, eine, die noch verheiratet war, zwei davon von früher (man darf es nie zum völligen Bruch kommen lassen, das ist grausam und unnötig, und man weiß ja nie, wann man die alten Scheiben wieder mal auflegen möchte).

Die Durststrecke war vorbei, der Ball rollte endlich, und wenn du so ein paar Sachen laufen hast, kannst du dich entspannen und wieder du selbst sein. Dann brauchst du nicht mehr jeden Scheiß mitzumachen, du hast ja Reserven.

Die Dinge liefen so gut, daß ich völlig ausgebucht war und die Sache mit Simone einfach abbrach, das heißt, eigentlich rief ich bloß nicht mehr an – die erste Faszination war verflogen, und wenn dieser Punkt mal erreicht ist, muß man sehen, daß man abhaut. Das vertragen sie überhaupt nicht, wenn man sie zurückweist, ehe man ihre ganze wunderbare Persönlichkeit richtig kennengelernt hat. Es ist ein kritisches Manöver, und das richtige Timing ist alles.

Ich ließ ein paar Wochen vergehen und tauchte dann plötzlich bei einem regelmäßigen Freitagnachmittag-Kneipentreff auf, den Simone mal erwähnt hatte. Ich erschien mit Jeannie, dem irischen Mädchen, ganz zufällig, und Simone war mit ein paar Arbeitskollegen zusammen. Wir hatten uns kaum hingesetzt (im hinteren Teil der Kneipe), als Jeannie auch schon sagte: »Schau jetzt nicht hin, Herbie, aber da hinten ist ein Mädchen, das hat gerade einen von deinen Garfields gemacht und uns dann den boshaftesten Blick zugeworfen, seit Adam und Eva vom lieben Gott aufgefordert wurden, ihre Sachen zu packen und aus dem Paradies auszuziehen.«

»Bitte etwas genauer«, sagte ich. »Welches Kaliber, würdest du sagen?«

»Eindeutig ein Dreifacher«, sagte Jeannie.

Ich versuchte mir vorzustellen, was Simone jetzt so dachte. Wahrscheinlich irgend so etwas wie: *Die hat er die ganze Zeit gehabt, sie hatten sich bloß gestritten, und jetzt sind sie wieder zusammen – er hat mich nur benutzt!* Als ich schließlich einen Blick riskierte, war Simone eine Studie in Nonchalance, aber ich sah genau, daß ihr Atem schneller als sonst ging, sie war wütend und hatte sich kaum unter Kontrolle.

Ich bastelte also genau die Art von improvisierter Intrige, die ein richtiges Feuer erzeugt. Ich kochte echte Leidenschaft hoch. (Manchmal ist es sogar besser, wenn man sich mit einer Häßlichen zeigt, das gibt diesen Was-sieht-er-bloß-in-der-was-er-in-mir-nicht-sieht-Effekt.)

Jeannie und ich verzogen uns bald (es zahlt sich nicht aus, wenn man bleibt). Dann verschwand ich ein paar Wochen lang von der Bildfläche, damit sie sich richtig in das vertiefen konnte, was sie gesehen hatte. Und dann, ehe sie die Hoffnung aufgegeben und sich von ihren Gefühlen für mich verabschiedet hatte, rief ich sie ganz unschuldig an. Ich rief sie an und fragte, ob sie mit mir ausreiten wolle. Es entstand eine winzige Pause, und dann sagte sie mit leichtem französischem Akzent: »Fick dich doch ins Knie, du Arschloch!« *Peng!*

Wie absolut vorhersehbar.

Bei solchen Gelegenheiten muß man ganz traditionell vorgehen. Ich schickte Salven von Rosen, Konfekt und Gedichten (sehr kostengünstig bei Byron, Shakespeare und Rimbaud gestohlen). Eine Woche lang schickte ich ihr jeden Tag einen Armaturenbrett-Jesus aus Plastik. Warum, weiß ich auch nicht, ich weiß nicht mal mehr, wie ich auf die Idee kam, ich hab mir bloß einfach gesagt, wenn man dieselbe Sache immer und immer wiederholt, so verrückt sie auch ist, dann kann man jeden Widerstand brechen. Ich meine, stellen Sie sich das mal vor, wie sie allein in ihrer Wohnung sitzt mit sieben Plastikfiguren von Jesus.

Drei Wochen lang hielt sie durch, fast zehn Tage länger als der Durchschnitt, dann griff sie zum Telefon.

»Hallo, wie geht's dir so? ...«

In Null Komma nix waren wir wieder dabei: romantische Abendessen, sensible Gespräche bis Tagesanbruch, gemeinsame Ausritte nach englischer Art, mit Sonne und Wind im Gesicht – Heathcliff und Catherine beim fröhlichen Spiel auf den Mooren, Seligkeit auf Wolke neun und dampfende Leidenschaft, heiß und schwer. *Body Heat*-Leidenschaft. Leidenschaft, wie sie noch keiner erlebt hat.

Es ging wunderbar – den ganzen Sommer und bis in den Herbst –, und dann kriegte ich Grippe, wurde echt krank, und Simone wurde plötzlich ganz häuslich, mit Hühnersuppe, Vitamin C, Zinksalbe, Aspirin und diesem Trick von Louis Pasteur – einer Vollsterilisierung der ganzen Wohnung. Sie war nicht etwa *wie* Louis Pasteur, sie *wurde* Louis Pasteur. Sie war entschlossen, jeden Keim in der Welt abzutöten. Ein Nebel von Lysolspray erhob sich. Ammoniak und Bleichmittel überschwemmten die Wohnung. Das Besteck wurde gekocht. Die Zahnbürsten kamen in die Mikrowelle und die

Kopfkissen auch. Dann kriegte Simone die Grippe, und ich mußte sie pflegen.

Guter Gott, war das lästig! Sie sah so was von krank aus. Ich meine, sie sehen ja sonst schon schlimm genug aus, am Morgen oder wenn sie auf dem Klo sitzen, aber wenn sie krank werden, da vergeht einem echt alles. Ich beschloß, sie ein für allemal loszuwerden. Ich hatte ihr ganzes Geheimnis erkundet, jede Dimension ausgelotet, und obwohl sie länger vorgehalten hatte als andere, war ich jetzt mit ihr fertig. Das, gekoppelt mit ihrem zwanghaften Perfektionismus – es war unwiderruflich vorbei. Gewissermaßen *»So long, pretty baby, comprendez?«*

Aber noch ehe ich sie abstoßen konnte, wurde ich wieder krank. Der Rückfall war schlimmer als die Krankheit selbst. Ein Knochenbrecherfieber. Wir mußten den Notarzt kommen lassen und alles, und da merkte ich dann so allmählich, daß sie mich wirklich liebte. Ich meine, ich sah ja auch nicht so toll aus, aber sie blieb an meiner Seite, mit Suppe und Massage und Vorlesen – und das alles ganz unbeschwert, mit Fröhlichkeit, Witz und Charme. Mit absolut selbstloser Hingabe. Dann kriegte sie irgendwelchen Ärger mit ihrem Vermieter, und ehe ich mich's versehe, schaffen ein paar Freunde von ihr ihre Sachen zu mir, und sie wohnt bei mir. Ganz schön anmaßend, oder, *compadre?* Ganz schön beklemmend, nicht wahr?

Sie hatte echt schöne Sachen, unter anderem eine Kopie von Gauguins berühmtem tahitianischen Gemälde *Woher kommen wir? Wer sind wir? Wohin gehen wir?* Sie hängte es mir ins Wohnzimmer, wo ich völlig außer mir mit meinem mörderischen Fieber herumlag, und ich konnte meinen Blick nicht mehr davon abwenden. Es schien mir alles zu sagen, und dieses »Alles« hatte ziemlich ernste Untertöne. Entweder litt ich unter Verfolgungswahn, oder sie beobachtete mich dabei, wie ich es ansah, und benutzte es als einen Test. Ich hatte Fieber, ich meine, richtiges Fieber, und dieses Bild anzusehen war schrecklich. Der Schrecken schlechthin! Durch dieses

Fieber schien sich alles zu verändern. Ich war auf einmal verletzlich, ein sentimentaler Weichling. Ich war kurz davor, menschlich zu werden und Gefühle zu haben und so weiter.

Ich hatte wirklich angefangen, sie zu mögen, ich meine, richtig, so wie man einen Freund mag – um seiner selbst willen –, und doch hatte ich den Verdacht, daß sie mich auf Schwachpunkte abklopfte, daß sie mich in eine ganz teuflische Falle locken und mir das Herz brechen wollte. Ich wußte, daß ich im Lauf der Jahre eine Menge böses Karma in dieser Richtung aufgebaut hatte. Es wäre ihr gutes Recht gewesen. Aber das waren natürlich alles nur Fieber, Paranoia und Projektionen. In Wirklichkeit war sie ehrlich und treu. Sie liebte mich, und ich liebte sie, und was mich am Ende fertigmachte, war, daß ich mechanisch handelte. Ich fiel in alte Gewohnheiten zurück. Als sie mir sagte, sie wäre schwanger, war es gar nicht ich, der ihr erklärte, sie solle ihren Scheißkram zusammenpacken und sich aus meinem Leben verpissen. Ich konnte es gar nicht glauben, daß ich solche grausamen Worte aus meinem bösartigen, schmutzigen Maul spuckte. Ich hatte die ganze Zeit ein Gefühl der Unwirklichkeit.

Sie ging ohne ein weiteres Wort, ohne Träne und ohne einen Blick zurück. Typische Zen-Braut.

Ich mußte mich sehr zurückhalten, um ihr nicht hinterherzulaufen und sie zu bitten zu bleiben. Und noch schlimmer war es, in den nächsten Wochen nach Hause zu kommen und jeden Abend zu hoffen, daß sie vielleicht da wäre. Sich zu fragen, wo sie wohl sein könnte, was sie mit dem Baby tun würde und so weiter. Zu hoffen, daß alles nur ein böser Traum gewesen sein könnte und ich sie beim Aufwachen neben mir vorfinden würde. Es gab nichts auf der Welt, was ich nicht getan hätte, um sie zurückzukriegen, aber sie war einfach weg. Wie eine FBI-Kronzeugin mit einer neuen Identität. Wie im Bermudadreieck verschwunden oder von einem UFO entführt. Spurlos weg.

Schlaflosigkeit suchte mich heim. Ich konnte nicht essen. Ich verlor fünfzehn Pfund in zwei Wochen. Die Welt hatte ihren Sinn für mich verloren und jegliche Farbe. Ich war mit allgemeinen Haßgefühlen, Bitterkeit, Reue, Selbstmitleid und Verzweiflung erfüllt. Ohne sie war das Leben so einsam.

Aber man muß sich selbst treu bleiben. Was ich getan hatte, entsprang meinen tiefsten Instinkten. Der Skorpion sticht nun mal, dagegen kann er gar nichts tun. Er hat keine Alternative.

Und Trübsal blasen hat auch keinen Sinn. Als sich herumsprach, was mir passiert war, hatte ich es besser denn je. Sie mögen das Element der Gefahr. Ich hatte mehr laufen als jemals zuvor. Die Frauen kamen und gingen. Wissen Sie, man kann echt eine Kunst daraus machen.

Stechmücken

Ich schätze, der Grund, warum ich mit Clendon nichts anfangen kann: er hat beinahe durchgedreht, als er seinen Doktor gemacht hat, wurde ganz merkwürdig und ging nach Vermont. Er hat einen Volvo gekauft und diese kühle, schlanke Blondine mit langen Beinen geheiratet: für neuntausend Dollar überkronte Zähne im Mund und ein Herz, das kälter ist als die dunkle Seite des Mondes. Victoria. Verwöhntes Einzelkind, reiche Eltern. Abschluß in Kunstgeschichte am Sarah Lawrence. Klamotten alle DKNY. Fährt einen BMW. Clendon betet sie geradezu an, und die ganze Zeit, als ich da war, hab ich bloß gesehen, wie sie ihn hat zappeln lassen und ihn gedemütigt hat. Ich glaube, daß ihm das irgendeine masochistische Befriedigung gibt. Es lag etwas darin, was uns als Brüder entfremdet und uns wie Kain und Abel gemacht hat. Ich meine, ich kann mich nicht mit jemand identifizieren, der sich nicht wehrt. Ich kann keine Sympathie für so jemand aufbringen.

»Die Kinder«, sagt er. »Man muß doch an die Kinder denken.«

Oder: »Eine Scheidung würde eine seelische Narbe hinterlassen.«

Clendon lehrt am Middlebury College in Vermont. Middlebury ist richtig schön, aber ansonsten die übliche Scheiße: Greenpeace. Ich will ja keine unzulässige Verallgemeinerung machen, aber ich finde die Art, die sie dort an sich haben, unerträglich. Die ersparen einem da nichts. Reiben es einem so richtig hin. Ein Haufen selbstgerechter Weltverbesserer. Ich meine, ich finde ja auch, daß man die Delphine schützen soll. Ich würde die japanischen Fischerboote mit Torpedos versenken, wenn sie's nicht lassen! Aber verschont mich mit den Protestsängern!

Jedenfalls bin ich damals im Sommer da raufgefahren und hoffte, es wäre ein bißchen kühl, aber es war ganz ungewöhnlich heiß, und außerdem fand da oben eine Mückenkonferenz statt – alle Mücken der Welt versammelten sich in Vermont.

Historisch gehören die Stechmücken zu den tödlichsten Feinden des Menschen. Uralte Kulturen am Mittelmeer sind ihretwegen zugrunde gegangen – durch Schlafkrankheit, Elefantiasis, Denguefieber, Malaria. Und den ganzen Scheiß mit der Gelbfieberepidemie, als wir den Panamakanal gebaut haben, kennen Sie ja auch, oder?

Na ja, also in diesem Sommer machten sich sogar die sibirischen Riesen-Monster-Mücken auf den Weg nach Vermont, die so groß sind wie Spatzen, und es gab auch ganz kleine, die auf ihre Art noch viel schlimmer waren, weil sie keine Angst hatten vor der knallenden Sonne, sondern gegen Mittag erst richtig wach wurden und sich auf einen stürzten wie Mirage-Kampfbomber. *Aedis Aegypti*, wenn Sie's gern technisch haben. *Aedis Aegypti* ist völlig abhängig von Menschenblut und greift am hellen Tag an, wie Dracula mit Sonnenbrille. Ich meine, die setzen sich gar nicht erst hin und machen ein warnendes Vorspiel, ehe sie einem ihre hypodermischen Stechrüssel unter die Haut jagen. Die sind wie Piranhas der Lüfte, die haben einen praktisch im Fluge gestochen.

Insektenschutzmittel gab's natürlich nirgends mehr, nicht für Geld und gute Worte. Total ausverkauft. Es war kostbarer als gestoßenes Rhinozeroshorn auf einem chinesischen Markt. Clendon war so mit seinen Eheproblemen beschäftigt, daß er die Mücken fast gar nicht bemerkte, aber sie waren alles, woran ich denken konnte. Es gibt fast zweitausend verschiedene Arten, und ich glaube, die meisten schauten bei der großen Versammlung mal rein. Ein Moskito-Woodstock.

Ich fand's zum Kotzen, wie mein Bruder sich erniedrigte, die Kinder nervten mich, und so verkroch ich mich mit einer Mappe voll medizinischer Zeitschriften im Gästezimmer und stellte die Klimaanlage auf volle Pulle. Victoria verlangte unverschämterweise, ich sollte das Rauchen auf mein Zimmer beschränken. »Was ist das für ein Arzt, der jeden Tag zwei Schachteln verqualmt?« sagt sie.

»Rauchen ist gut für dich«, sage ich. »Es macht dein Herz fröhlich.«

»Ach Quatsch«, sagt sie. »Es ist eine ganz pubertäre Gewohnheit.«

Wenn du meine Frau wärst, dachte ich, *würd ich dich an die Wand klatschen.*

Clendon hatte mir auch ein paar Literaturzeitschriften zu lesen gegeben, mit Geschichten von ihm drin. Ich bin ein Leser, und ich hab sie gelesen, aber es war immer so ein langweiliges Zeug über einen fünfundvierzigjährigen Manager mit Segelschuhen, der auf Cape Cod herumfährt, mit einem *Volvo*. Ich meine, man liest ein paar von den Dingern und stellt fest, daß sie »handwerklich« ordentlich sind, aber ich würde mir lieber *Opern* anhören, als auch nur noch eine einzige dieser Geschichten zu lesen. Ich kehrte mit Erleichterung zu meinen medizinischen Fachzeitschriften zurück.

Junge, diese Victoria war vielleicht kühl! Richtig eisig. Sogar mit den Kindern. Ein paar Punkte machte ich, als der fettleibige kleine Jason hinfiel und sich das Knie dabei aufschlug. Ich betäubte das Knie mit Lidocain, reinigte und desinfizierte die Wunde und nähte sie erstklassig. Alles mit Späßen und Lachen. Keine Tränen. Die Kinder meinten, Onkel Bob oder *Doktor* Bob sei prima, und ließen sich gern von mir in meinem Jaguar V-12 Cabrio auf den kurvenreichen Nebenstraßen herumfahren, wo wir aus den dichten Mückenschwärmen schwarze Schwaden herausmähten. Victoria mochte den Jaguar nicht. Er war zu angeberisch für ihren sensiblen, blaublütigen Geschmack, er sah zu sehr nach L. A. aus. Aber, hey! Ich hatte gearbeitet wie blöde, um mir den Wagen kaufen zu können. Und im zweiten Gang beschleunigt nichts besser als ein Jaguar V-12, außer vielleicht eine Apollo 10. *Va-rrroom!*

Wirklich frostig wurde der Besuch allerdings erst an dem Abend, als ich mit den Kindern ins Kino ging und den *Exorzisten III* ansah. Sie kamen nach Hause und kotzten Hot dogs und Eiskrem, und dann schrie Jason wegen einem Alptraum das ganze Haus wach. Der »Knochenbrecher« war hinter ihm her. »Na, na, Kleiner. Die Mama ist doch da, und es wird alles gut.« Da erzählt der kleine Scheißkerl seiner Mama, daß Onkel Bob den V-12 auf über zweihundert Stundenkilometer gebracht hat und die Telefonmasten wie ein Staketenzaun aussahen. Da erzählt er seiner Mutter, wie wir auf einer Schotterstraße ins Schleudern gekommen sind, einen Briefkasten umgefahren haben und dann hinten einen Platten hatten.

Dabei hatte ich dem kleinen Arschloch sein *Ehrenwort* abgenommen!

Am nächsten Morgen hat mir Clendon erzählt, er wisse, daß Vickie eine Affäre habe, und er sei deswegen zwar sauer auf sie, finde es aber sehr aufregend, sich vorzustellen, wie sie mit einem anderen Mann schlafe. Er würde ihn bei Victoria gar nicht mehr hochkriegen, er vögele ein paar von seinen Studentinnen. »Laß die Ziege doch sausen«, hab ich gesagt. »Ich hab überhaupt kein Mitleid mit dir. Die beherrscht dich doch völlig.«

»Ich weiß auch nicht, was ich tun soll. Du hast ja recht. Ich bin hin und her gerissen. Ich komme mir vor wie Hamlet. Um Gottes willen, was machst du?«

»Was?«

»Mach die Zigarette aus!«

»Willst du mich verarschen? Was ist bloß los mit dir?«

»Passivrauchen, kleiner Bruder. Denk an die Kinder. Und bitte! Fahr sie nicht mehr mit deinem verdammten Spielzeug herum. Über zweihundert Stundenkilometer. Wirklich?«

»Das ist kein Spielzeug, großer Bruder, das ist reiner Sex.

Davor hast du eine Scheißangst, was?« Ich schnippte ihm die Autoschlüssel rüber. »Komm, fahr mal ein bißchen rum damit, alter Kumpel. Leb mal ein bißchen. Komm, fahr das Ding, das ist ne gute Therapie. Urschrei-Therapie.«

Clendon ging raus auf die Einfahrt und ließ den Motor an. Er jagte die Maschine ordentlich hoch, ließ die Kupplung kommen und fegte mit quietschenden Reifen raus auf die Straße. Ich sah gerade noch seine schreckerstarrte Grimasse im Rückspiegel. Kein gutes Zeichen, vermutlich. Wieso Clendon beim vollen Röhren des doppelten Auspuffs keiner abging, konnte ich überhaupt nicht verstehen. *Wooorrrghh!* Jeden Cent der achtzigtausend Dollar, die der Wagen gekostet hatte, war dieses Geräusch wert. Ich hätte das Geld natürlich auch in einen Immobilienfonds stecken können, aber hey! Dieser Auspuff röhrte wie ein brünstiger Bulle.

In der nächsten Minute ging die Küchentür auf, und Victoria spazierte herein, mit einem braungebrannten jungen Mann Ende Zwanzig; beide trugen Tennisklamotten. Und ich wurde dabei ertappt, wie ich mir gerade die nächste Zigarette ansteckte. Victoria stellte mir den jungen Mann vor: Larry, ein Tennisprofi. Sie wechselte einen sehr privaten Blick mit ihm und rannte dann nach oben, um sich umzuziehen. Falls die beiden sich eingebildet haben sollten, ich hätte sie nicht durchschaut (und ich glaube, das dachten sie wirklich), dann lagen sie falsch.

Ich bot Larry eine Zigarette an, und er lehnte sie mit dieser besonders ärgerlichen Middlebury-Arroganz ab, deshalb sagte ich: »Wenn Sie nicht so eine verdammte Schwuchtel wären, würde ich glatt sagen, Sie pimpern diese miese Schnalle.«

Er fing an zu pumpen, aber ich sagte bloß: »Komm, vergiß es lieber, du Arschloch!«

Als fünf Minuten später Victoria runterkam, frisch geduscht und in sauberen Sachen, ließ sie sich keineswegs anmerken, ob sie Larry vermißte oder sich über sein Verschwinden wunderte. Sie zuckte nicht mit der Wimper, sondern blieb angenehm reserviert und machte noch einen Caesar-Salat für den Abend. Ich hätte ihr am liebsten den Kopf abgerissen. Vielleicht wußte sie das.

Das Abendessen wurde mit steifer Förmlichkeit eingenommen, wenn ich mich recht entsinne – Lachsforelle auf Linsen und zum Nachtisch eine Karamelcreme mit Kokos, Espresso und Brandy. Clendon entspannte die Situation, indem er über Victorias bevorstehende Ausstellung zu reden begann, die er mit Hilfe seiner guten Beziehungen zur Fakultät für bildende Kunst arrangiert hatte. Victoria fing an, von ihren Bildern zu erzählen, die in expressionistischem Stil gemalt waren. »Ich mag am liebsten die Realisten«, sagte ich. »Was mir besonders gefällt, ist Trompe-l'œil. Andy Warhol finde ich irre, völlig verrückt. Jason, bist du schon mal völlig irre gewesen? Als dein Vater klein war, hat er sich immer so aufgeführt. Machst du das auch manchmal, Junge?«

»Ja«, sagte Jason schüchtern.

»Warhol«, sagte Victoria feierlich. »Der frühe Warhol, ehe er angeschossen wurde –«

»Wo wäre Amerika ohne Andy Warhol?« sagte ich. »Er hat die amerikanische Kultur geprägt. Denk mal drüber nach, Vickie. Er hat die Superstars und diesen ganzen Kram erfunden. Mit der Tomatensuppenbüchse fing's ja bloß an. Andy Warhol war ein Genie. Er – er hatte diese tolle Antenne. Fing alle kosmischen Vibrationen auf. Er hat's einfach getan, ich glaube, er hat es selbst kaum zur Hälfte gemerkt. Er war so ein *idiot savant*, glaube ich. Deine Bilder sind viel zu vage, Vickie. Ich finde überhaupt keine Bedeutung.«

Nach dem Essen gingen Jason und ich in Victorias Atelier und malten ein paar Büchsen *Campbell's* Pilzsuppe. Wir machten eine Mordssauerei. Stinksauer war sie.

Am nächsten Vormittag setzte ich mich als Gasthörer in Clendons *Creative-Writing*-Kurs. Ich brauchte nicht lange zu überlegen, wer seine Favoritin war – eine aufgeweckte, etwas bohemienhafte Tussi in einem schwarzen Turnanzug und Rollkragenpullover. Voller Selbstvertrauen, mit tiefer

Stimme, sehr sexy, las sie aus einem Romanmanuskript vor. Schreiben konnte sie nicht, und sie war auch nicht richtig hübsch. Was für sie sprach, war der Schmelz der Jugend und eine platinblonde Mähne.

Sie kam auch zu Victorias Vernissage, die vom Lehrkörper, der Öffentlichkeit und der Studentenschaft eher spärlich besucht wurde. Ich stand alles bis zum bitteren Ende durch und fragte mich, ob Larry vom Tennisklub wohl hereinschauen würde, und je mehr Weißwein ich intus hatte, desto mehr hoffte ich, daß er auftauchen würde. Tat er aber nicht. Ich lernte an dem Abend ein paar von Clendons Kollegen kennen und begriff allmählich, warum er beinahe einen Nervenzusammenbruch gehabt hatte, als er promovierte. Ich erinnerte mich an solche Leute von meinem eigenen Studium an der medizinischen Fakultät. Bei uns waren das diese Typen, die Assistenten in der Psychiatrie werden wollten. Sie hielten alle Chirurgen für Arschlöcher. Aber wenn ich einen arschlöchigen Aspekt habe, kann ich nur sagen: Man muß sich holen, was man kann, auf diesem Trip. Es ist der Trip schlechthin, der *einzige* Trip überhaupt.

Am zweiten Abend der Ausstellung blieb ich als Babysitter für die Kinder zu Hause. Am nächsten Morgen erzählte mir Clendon, der Zulauf sei eher noch schwächer gewesen. Dann fragte er mich sehr direkt, ob ich meinen Besuch vielleicht beenden und abhauen könne. Victoria betrachte mich als »Eindringling«, sagte er. Meine Anwesenheit verursache Migräne bei ihr. Jetzt sitze sie im Bett und wisse vor lauter Kopfweh nicht, was sie tun solle.

»Als *Eindringling!* Mann, das hier ist dein Haus, verdammt. Und du sagst mir, ich soll abhauen?«

»Ich kann mich gar nicht erinnern – du hast doch sonst nicht soviel geflucht. Reden die Leute im Krankenhaus so?«

»Ja, verdammt. Sie hat einen richtigen Schlappschwanz aus dir gemacht. Ich hätte nie gedacht, daß du in englischer Literatur promovierst –«

»Das Haus gehört ihr. Bezahlt vom Geld ihrer Eltern.«

»Laß sie sausen.«

»Genau, und dann wohn ich auf dem Campingplatz. Im Wohnwagen mit Plastikvorhängen. Alimente, Unterhaltszahlungen.«

»Na, immerhin wäre es *dein* Wohnwagen. Dein trautes Heim.«

»Geht nicht –«

»Sie braucht dich ja bloß anzusehen, und du schrumpelst zusammen.«

»Ich kann's nicht erklären. Ich brauch sie.«

Mein Blut kochte. Ich wußte nicht, ob ich ihm die Zähne einschlagen oder lieber ein Rezept für Valium und Elavil ausschreiben sollte.

»Na schön, scheiß drauf«, sagte ich. »Ich fahre nach Los Angeles zurück.«

Ich hatte schon ein bißchen was getankt. Es war ziemlich spät. Die Kinder waren im Bett. Clendon war auf irgendeiner Uni-Veranstaltung. Ich ging in die Küche, um mir ein Sandwich zu machen, und erwischte Victoria an der Spüle. Sie hatte sich ihre Platinhaare hochgesteckt, damit es kühler am Hals war. Ich hatte sie erschreckt, aber als sie sich abrupt umdrehte, sah ich, daß sie doch nicht so überrascht war. Sie trug ein teures durchsichtiges Nachthemd, und ihre Brüste waren gerade ein bißchen größer als üblich und fest – also, ich meine, sie waren *voll* da – mit großen, erigierten, weißrosa Brustwarzen. Es waren einfach die absolut schönsten Titten der Welt.

Die Situation war für uns beide ziemlich ambivalent. Keiner von uns mochte den andern. Aber die plötzliche körperliche Anziehungskraft war unglaublich. Nachdem ich sie geküßt hatte, führte sie mich ins Schlafzimmer. Sie sagte: »Oh, mein Gott!«

Ich hab's ihr gezeigt. Ich hab's ihr richtig gegeben.

Nehmen Sie mal den Gorilla … Ich schätze, es gibt auf dem ganzen Planeten noch vierzig, wenn überhaupt. Tatsache ist:

Der Gorilla hat nicht deshalb so ein großes Gehirn, weil er sich überlegen muß, wo er Futter findet oder wie man ein Nest im Gras macht. Im Gorillaland gibt's genug Futter; Feinde, abgesehen vom Menschen, gibt's überhaupt keine. Um Futter zu finden, sein Nest zu machen und dann zum nächsten Freßplatz zu wandern, brauchte der Gorilla bloß ein Gehirn, so groß wie eine Rice Krispie.

Der Grund, warum der Gorilla so ein großes Gehirn hat und warum es so lange dauert, bis ein junger Gorilla erwachsen wird, besteht darin, daß man in einer Gorilla-Gesellschaft nicht bloß verschiedene stimmliche Äußerungen verstehen, sondern auch ein Meister beim Interpretieren von Körpersprache sein muß. Sie sind geschickte Psychologen, und auf ihre rauhe Art sind sie weit diplomatischer, als es Menschen je sein könnten.

Bei einem Gorillatrupp gibt es keine Gewalt. Alle kommen gut miteinander aus. Es gibt eine Rangordnung, ja, aber jeder hat seinen Platz und akzeptiert ihn. Gorillas sind glücklich. Sie brauchen keine New-Balance-Tennisschuhe, keine Videorecorder und keine Jaguar V-12 Cabrios. Sie brauchen DKNY nicht. Sie brauchen kein Crack. Sie haben es nicht nötig, schlaue Geschichten über irgendeinen Typen zu schreiben, der mit Angstgefühlen auf Cape Cod herumgondelt. Wenn man einem Gorilla eine Banane und ein bißchen was zu ficken gibt, ist er zufrieden; so ein Gorilla hat überhaupt nicht das Bedürfnis, jemand zu vergewaltigen oder einen Mord zu begehen, die Sixtinische Kapelle auszumalen, Präsident der Vereinigten Staaten zu werden, den Nobelpreis zu kriegen – oder sonstwas dergleichen. Gorillas führen keine Kriege gegeneinander und foltern sich nicht gegenseitig. Das kommt einfach nicht vor.

Ein Freund von mir aus der Notaufnahme hat mir erzählt, das animalische Bewußtsein werde vom Hier und Jetzt bestimmt und der Mensch könne sich diesem Bewußtsein allenfalls annähern, wenn er sich in eine warme Badewanne legt und fünf Martinis dazu trinkt. Ein Samstagabendzustand, wenn überhaupt. In der übrigen Zeit ... na ja, lesen Sie die

Zeitungen, dann wissen Sie schon, was ich meine. Das menschliche Verhalten – achtundneunzig Prozent davon – ist abscheulich.

Am Morgen, nachdem ich Victoria flachgelegt hatte, wußten es alle, die am Frühstückstisch saßen. Menschen wissen Körpersprache, Hautfarbe, gerötete Wangen, erweiterte Pupillen, beschämt gesenkte Blicke und dergleichen genauso zu deuten wie irgendein Gorilla.

Ich verputzte meinen Teller voll Buttermilchpfannkuchen mit naturreinem Ahornsirup, packte meinen Koffer, gab dem Jaguar V-12 die Sporen und donnerte für immer aus Clendons Leben. Ich konnte es gar nicht erwarten, wieder in der Notaufnahme im Valley General Hospital, Los Angeles, Kalifornien, zu sein, wo ich als Unfallchirurg ständig haufenweise Menschenleben rette. Den Jaguar mußte ich allerdings vorsichtig fahren. Seit ich den Platten gehabt hatte, stimmte die Spur nicht mehr richtig, und der Wagen vibrierte unter der Schubkraft des V-12 Motors.

Ich wußte, Clendon würde entweder so sauer werden, daß er das Miststück verließ, oder vor ihr auf dem Bauch kriechen und schlimmer leiden als der völlig von sich selbst entfremdete Held von *Schuld und Sühne*, Clendons liebste Romanfigur aller Zeiten. Raskolnikow heißt der Typ, glaub ich.

Wie Clendon diese Klapperschlange je heiraten konnte, ist mir ein Rätsel. In diesem Mückensommer damals hab ich begriffen, daß er komplett kapituliert hatte … für einen Volvo, zwei übergewichtige Kinder mit null Persönlichkeit und eine neurotische Frau, die immer allein nach Florenz fuhr, um Kunst zu betrachten. Victoria war ein guter Fick, aber ich mußte dauernd an diese gräßlichen Bilder denken, die sie mit ihrem Mädchennamen signierte, und daran, wie sie Clendon dann dazu brachte, seine Beziehungen für sie spielen zu lassen, damit sie diese trostlose Ausstellung im College veranstalten konnte.

Darüber hinaus wußte ich, daß sie ihm ständig suggerierte, es sei seine Schuld, daß sie mit dem jungen Mann vom Tennisklub und allen möglichen anderen schlief, darunter auch mit mir.

Nun ja, Clendon ist nicht der erste Hahnrei, den es auf der Welt gibt, und der letzte wohl auch nicht. Als ich sah, wie sie sich an der Spüle herumdrehte, in ihrem durchsichtigen Nachthemd, mit diesen himmlischen Brüsten, diesen langen, schlanken Beinen und so weiter, da hab ich verstanden, was meinem großen Bruder passiert ist. Ich hab verstanden, wie er da hineingeraten ist. Romantische Liebe. Romeo und Julia. Kein Mensch scheint sehen zu können, was sechs Monate später passiert. Es hält einfach nicht vor. Wieso begreifen die Leute das nicht? Warum können sie das nicht voraussehen?

Die beiden fetten Kinder zum Beispiel, beide absolut null und nichtig. Man sah doch, daß sie nicht von Clendon sein konnten. Aber er kann jetzt nicht abhauen (»die Kinder, die seelische Narbe der Scheidung, die Plastikvorhänge im Wohnwagen«). Hey! Ich hab ihm einen Gefallen getan.

Ich erinnere mich, wie ich mal während der High-School-Zeit mit ihm in einen Laden ging, um einen neuen Anzug zu kaufen, und der Verkäufer mich in einen Kaufrausch versetzte. In kürzester Zeit hatte ich lauter knallige Klamotten für über sechshundert Dollar an der Warenausgabe liegen – Sachen, die in völligem Widerspruch zu mir standen, schreckliche Sachen. Da hat mich Clendon raus in die Sonne gezerrt. »Hast du den Verstand verloren?« fragte er. »Du wirst aussehen wie ein Zuhälter mit diesen Klamotten!« Lachend rannten wir die Straße hinunter und verschwanden für immer aus dem Leben dieses Verkäufers.

Ich hoffte bloß, daß ich Victoria flachgelegt habe, hat ihn aus seiner Trance gerissen. Wenn nicht, hab ich alles bloß schlimmer gemacht.

Aber ich mußte irgendwas machen. Ich mußte es zumindest versuchen.

Nach Darwin möchte die Art ewig leben, sich immer weiter und weiter fortsetzen, wir aber verwässern und korrumpieren die Art, indem wir die Schwächlinge am Leben lassen. Ich bin in dieser Hinsicht schuldiger als jeder andere. Ich habe den hippokratischen Eid geschworen und versprochen, Drogensüchtige, Prostituierte und Gewaltverbrecher wieder zusammenzuflicken und zurück auf die Straße zu schicken, damit sie bei sich selber und anderen noch mehr Chaos und Unheil anrichten können. Ich versuche das zu verdrängen. Ich hoffe lieber das Beste.

Neulich habe ich was über den wirklichen Robinson Crusoe gelesen. Er war so ein Störenfried, den sie aus seiner Heimatgemeinde in Schottland rausgeschmissen haben. Er wurde Matrose in der Royal Navy und auf eine Reise entlang der chilenischen Küste geschickt. Da hat er dann angefangen, über das Schiff und die Bedingungen an Bord rumzumeckern. Und als er dem Kapitän sagte, er wolle weg, da haben sie ihn mit seiner Seekiste an Land gerudert und ausgesetzt. Erst als sie wieder beim Schiff waren, das Beiboot an Bord geholt hatten und absegeln wollten, hat Robinson Crusoe es sich überlegt und geschrien: »Sorry! Ich hab's nicht so gemeint.«

Da hat der Kapitän zurückgeschrien: »Das tut mir aber leid für dich! Leck mich am Arsch!«

Und weg waren sie. Die nächsten drei Monate verbrachte Robinson Crusoe am Strand und versuchte, wach zu bleiben, weil er dachte, es wäre vielleicht alles nur ein böser Traum gewesen und sie würden zurückkommen, um ihn zu holen. Er lebte von Königskrabben. Komisch, daß er von dieser einseitigen, eiweißreichen Ernährung nicht Gicht oder Nierensteine gekriegt hat.

Als es ihm dämmerte, daß die anderen nicht wieder zurückkommen würden, zog er ins Landesinnere und baute sich eine Hütte. Notgedrungen wurde er Selbstversorger und fleißig und lernte, sich darüber zu freuen, wenn ihm durch geduldige Arbeit etwas gelang. Auf der Insel gab es Ziegen, Kokosnüsse, Ananas, Fisch, eßbare Knollen, Brotfruchtbäume und so weiter. Außerdem hatte Robinson Crusoe eine herrliche Aussicht. In gewisser Weise war es ein tropisches Paradies. Nach und nach fing Robinson Crusoe eine Anzahl von Ziegen und durchtrennte ihnen die Achillessehne, um sie in der Nähe seiner Hütte zu halten. Ratten stellten ein Problem für ihn dar und bissen ihn manchmal im Schlaf in die Zehen, bis auf die Knochen. Aber er entdeckte, daß es auf der Insel Wildkatzen gab, und stahl ihnen die Jungen, die er dann bei sich aufzog. Er brachte ihnen bei, in seiner Nähe zu schlafen und die Ratten zu töten. Der ehemals so verbitterte und zornige Mann soll Gott auf diese Weise sehr nahe gekommen sein, und er lernte Ihn lieben. Er lebte von naturreinen Nahrungsmitteln, atmete saubere Luft, war viel in der Sonne, lauschte dem friedlichen Mahlen der Brandung und wurde auf diese Weise kerngesund. Auch sein Gesichtssinn und sein Gehör verbesserten sich ganz erstaunlich.

Er wurde ein körperlich erstklassiges Exemplar seiner Gattung. Er konnte schneller laufen als eine Ziege, und wenn er sie einholte, warf er sie nieder und schlitzte ihr mit seinem Messer den Hals auf. Einmal sprang er eine Ziege an, die am Rand einer dreißig Fuß tiefen, von dichtem Buschwerk verdeckten Schlucht weidete. Sie fielen beide herunter, und obwohl Crusoe auf der Ziege landete und sie dabei umbrachte, trug er selbst so schwere Verletzungen davon, daß er sich drei Tage nicht bewegen konnte. Als er sich wieder erholt und zu seiner Hütte zurückgeschleppt hatte, wurde die Vorstellung des Alterns und der damit verbundenen unvermeidlichen Hilflosigkeit bei ihm zur fixen Idee. Öfter landeten portugiesische Seeleute auf der Insel, um Frischwasser oder Proviant zu holen, aber er wußte, daß es Selbstmord gewesen wäre, wenn er sich ihnen gezeigt hätte. Sie würden ihn entweder gleich töten oder unweigerlich zum Galeerensklaven machen.

Eines Tages ging dann ein englisches Schiff in der Nähe seiner Insel vor Anker, und er rannte mit seinem Bart und seinen Ziegenfellen zum Strand runter, um sie zu begrüßen, und wurde gerettet. Mann, was hatte der zu erzählen!

Der richtige Robinson Crusoe war von seiner Rückkehr nach England bald ziemlich enttäuscht. Nach einem kurzen Augenblick, in dem ihm sensationelle Aufmerksamkeit zuteil wurde, fiel er zurück in die alten Gewohnheiten, fing an zu saufen und kriegte prompt Ärger. Er verlor den Zugang zu Gott wieder. Schließlich ging er weg, zog aufs Land und lebte in einer Erdhütte. Dort träumte er dann von den idyllischen Tagen auf seinem Inselparadies, wo er insgesamt noch nicht einmal sechs Jahre gelebt hatte.

Ich finde die Menschen verabscheuungswürdig. Ich habe es satt, ihnen das elende Leben zu retten. Ich würde gern mit einem Boot und meinen beiden Schäferhunden auf eine tropische Insel abhauen. Wenn irgendwas passiert, kann ich mir selbst das Leben retten, ich könnte Zähne ziehen und kleinere Operationen selbst durchführen. Ehe ich aufbreche, würde ich mir noch den Blinddarm rausnehmen lassen. Ich kenne die Medikamente, die ich nehmen muß, und kann sie mir auch beschaffen. Ich habe Drogensüchtige, Prostituierte, alkoholkranke Stadtstreicher und Mörder satt, aber sie deprimieren mich weit weniger als, sagen wir, Patienten aus Beverly Hills.

Meine Hunde allerdings liebe ich sehr.

Am Wochenende habe ich Nachtdienst in der Notaufnahme vom Valley General Hospital. Wir werden Vollmond haben. Ich finde es ziemlich schwer, in der Notaufnahme des Valley General Hospital den Weg zu Gott zu finden, besonders an Wochenenden mit Vollmond.

Dufaye schuldet mir noch einen Gefallen. Ich werde ihn in den Schwitzkasten nehmen, damit er mir eine andere Schicht zuteilt. Ich werde sagen, ich hätte Magen-Darm-Beschwerden, ich werde Fieber vortäuschen und jemand dazu bringen, mir den Blinddarm rauszuschneiden.

Ein Typ, der auf Cape Cod herumfährt, von Weltschmerz

getrieben! Clendon und sein Volvo. Victoria und ihre Titten. Diese fetten Kinder und all dieser Wohlstand. Es deprimierte mich maßlos!

In Fidschi gibt es eine Menge unbewohnte Inseln. Da werde ich mit meinen Hunden den Robinson Crusoe abziehen. Cutter's Insektenschutzmittel. Davon werde ich einen ganzen Kasten mitnehmen.

Ich kann Stechmücken nicht ausstehen.

»Unchain My Heart«

In seinem naßglänzenden Taucheranzug steigt Bocassio aus der wogenden See, klobig und furchteinflößend wie das Monster aus der Schwarzen Lagune. Fluchend läßt er den Gürtel mit den Gewichten auf die Plattform poltern wie eine Tonne Ziegelsteine und reißt sich die Gesichtsmaske herunter, während Serria, sein kubanischer Begleiter, sich daranmacht, ihm den Neoprenanzug abzustreifen. Der verschrumpelte alte Mann arbeitet wortlos und rasch, mit der allgegenwärtigen Pall Mall zwischen den Lippen. Bocassio nimmt Serria die Zigarette aus dem feuchten Mund und steckt sie sich in den eigenen, er inhaliert so stark, daß die Glut hellorange aufleuchtet wie Neon. Er nimmt noch einen langen, kräftigen Zug und zerquetscht die Zigarette dabei fast mit den mächtigen Fingern; er war fünf Stunden auf dem Grund; er hat eine leichte bis mittelschwere Zigarettensucht, und er beschwert sich, daß ihm der Kranführer auf der Plattform ein Metallrohr so heftig ins Kreuz geschlagen hat, daß ihm die Luft weggeblieben ist und er fast abgesoffen wäre. Und nicht nur das, sagt er, irgendein Scheißkerl habe auch noch neben dem Ansaugstutzen seiner Frischluftpumpe einen Dieselmotor laufen lassen, und er beschimpft Serria, weil dem wegen seines Katers alles egal ist. »Wenn du noch mal so einen Scheiß baust, fliegst du raus«, sagt Bocassio. Mr. Macho persönlich. Er weiß nicht, daß ich auf der Bohrinsel bin.

Bocassio lächelt breit, als er sieht, wie ich im eisigen Aufwind der Nordsee meinen Rock niederhalte. Unsere Augen begegnen sich wie die von verliebten Liebenden. Marilyn Monroe auf dem U-Bahngitter im *Verflixten siebten Jahr* und Jean-Paul Belmondo in *Außer Atem.*

Nackt bis auf die Badehose, nimmt Bocassio mich in die Arme und küßt mich. Er riecht nach Salz, Tabak und Moschus. Die Muskeln auf seiner nackten Brust sind gespannt und hart wie Steinplatten unter der dunklen, sonnenverbrannten Haut. Seine Hände sind blau vor Kälte, weil sie während der Dekompressionspausen beim Auftauchen nichts zu tun hatten und weil er keine Handschuhe anhat. Er begräbt seinen rauhen schwarzen Bart in meinem Busen, und seine großen Hände gleiten unter meinen Rock. Verlegen beschäftigt Serria sich mit Bocassios Ausrüstung, aber die anderen Arbeiter halten inne und glotzen. Es stört mich nicht. Wenn er vom Meeresgrund kommt, ist Bocassio ein absolut überirdischer Liebhaber. Dafür gibt es auch einen Grund. Er atmet Stickstoff in hoher Konzentration ein und kriegt davon einen steinharten Schwanz, der überhaupt nicht mehr weich wird. Das ist eine medizinisch bewiesene Tatsache, sagt er. Er trägt mich über die Plattform zu seiner kleinen Kabine und zieht mir sanft den seidenen Rock und meine Wäsche aus. Wir lieben uns lange und langsam. Geduldig. Genießerisch.

Bocassio hält mich in den Armen. Ich küsse seine gewaltigen Hände und fahre mit den Fingern durch den struppigen schwarzen Bart. Er umfaßt meine Brüste mit seinen rauhen Händen – kalt, derb, narbig und stark sind sie. Ich habe noch nie so große Hände gesehen. Jack the Ripper wäre neidisch auf solche Hände gewesen. Ich küsse sein Gesicht, und er hält mich in seinen Armen. Wenn er mich so hält, nach der Liebe, kenne ich mich selbst nicht mehr. Wenn er mich so hält – das ist an der Liebe das Beste. Der schönste Teil.

Auf dem Weg zum Festland, in der Barkasse, hat Bocassio Schmerzen in den Knien und Schultern – Stickstoffbläschen in den Gelenken. Er sagt, ich hätte nicht auf die Plattform rauskommen sollen. Er habe *gewußt*, daß ich dort sein würde, und sei durch seine Dekompressionstabellen nur so durchgerauscht, um schneller oben zu sein und mit mir schlafen zu können. In bestimmten Tiefen, sagt er, wisse er alles. Er weiß, was Platon und Sokrates wußten. Was Jesus von Nazareth wußte, was die Sufis wußten und die buddhistischen Mönche. Er habe erlebt, was die Ewigkeit ist, sagt er. Er hasse es, an die Oberfläche zu kommen, wo das Gehirn, als habe es aus der Lethe getrunken, dem Strom des Vergessens, alle kosmische Wahrheit vergißt und wieder erdgebunden wird. Erdgebunden und dumm.

Er sagt mir, meine Brüste seien so schön, daß es nicht fair wäre, wenn die anderen Taucher sie sehen. Er sagt mir, mein honigblondes Haar sei am achten Tag der Schöpfung von Gott gemacht worden, meine braunen Augen am neunten und meine Beine und mein Hintern am zehnten.

In meinem Hotelzimmer lieben wir uns wieder. Ich mag seinen rauhen Männergeruch. Bocassio zieht mich mit seinen großen quadratischen Händen von sich herunter. Er möchte heiß duschen. Seine Gelenke schmerzen noch schlimmer. Ich bleibe im Bett liegen und döse. Sein scharfer Geruch hängt in den Laken wie Opium, und ich schwebe in den Wolken des Himmels.

Plötzlich brüllt er meinen Namen. Er sitzt in der Dusche und krümmt sich vor Schmerzen. Es ist der schlimmste Fall von Taucherkrankheit, den er je gehabt hat. Qualvolle Schmerzen. Ein Hubschrauber fliegt uns zur nächsten Druckkammer nach Aberdeen. Der Arzt erlaubt mir, mit hineinzugehen, um Bocassio die Zeit zu verkürzen.

Ich hänge meine Jacke über das dicke gelbe Fenster, und als der Druck in der Kammer bei der vierzehnten Stufe angelangt ist, sind Bocassios Schmerzen auf wundersame Weise verschwunden. Wir lieben uns im schalen, feuchten Sauerstoff in der Druckkammer. Als der Dekompressionszyklus abgeschlossen ist, stinkt es nach animalischem Wildkatzen-Sex. Draußen hört einer der Sanitäter im Radio »A Ticket to Ride« von den Beatles. Falls er hatte grinsen wollen, wird er von Bocassio gestoppt, mit einem einzigen Blick. Sonny Liston konnte solche Blicke werfen. Oder sein großer Held, Roberto Duran.

Große Hände auf einem Lenkrad aus poliertem Holz. Supermann-Hände, die aus Kohle Diamanten pressen könnten. Wir fahren mit dem Ferrari zur englischen Südküste, setzen über nach Calais, fahren durch Frankreich, die Schweiz und Italien und schließlich rüber nach Spanien, wo es Bocassio endlich warm genug ist. In Málaga wird ein junger Torero kaum fünfzehn Meter vor unseren Plätzen in der Arena von einem Stier aufgespießt und durch die Luft geschleudert wie eine Stoffpuppe. Wundersamerweise überlebt er. Man sieht ein Bild von ihm, wie er in seinem Krankenzimmer für die Morgenzeitungen lächelt. *Un milagro!*

Eines Morgens, während er noch schläft, kaufe ich meinem Liebhaber eine goldene Rolex Submariner. Die Uhr gefällt ihm, er sagt aber, ihr herrlicher Glanz würde Barrakudas anlocken. Wegen ihrer unglaublichen Geschwindigkeit und Neugier und wegen ihrer messerscharfen Zähne, sagt Bocassio, seien sie die gefährlichsten und unberechenbarsten Fische des Meeres. Die Uhr will er trotzdem tragen. »Lebe schnell, stirb jung, und hinterlaß eine schöne Leiche«, sagt Bocassio, der auf den Bohrinseln Bücher liest, um sich die Zeit zu vertreiben. Wahrscheinlich liest er genausoviel wie ich, dabei werde ich fürs Lesen bezahlt. Er schenkt mir seine verbeulte Helium *Sea Dweller*, die bis zu viertausend Fuß wasserdicht ist. Bocassios Handgelenke sind so dick, daß mir das Armband bis zum Bizeps rutscht.

Ein Surfer wird in den Gewässern nördlich von Málaga von einem großen weißen Hai angegriffen. Er verliert einen Arm und eine Schulter, aber auch er überlebt und lächelt für die Morgenzeitungen. *Un milagro!*

Bocassio erzählt mir, daß Haie in mageren Zeiten manchmal in der Nähe der Küsten Delphine jagen und sie dabei zwingen, sich in die Brandung zu flüchten, wo sie auch vor den Mörderwalen Schutz suchen, die ihnen noch sicherer den Tod bringen. Zur Nahrungsaufnahme müssen sich die Delphine über die Riffe hinauswagen, kehren aber immer wieder in die Brandung zurück. Anstrengende Arbeit. Wenn es nicht genug Futter gibt, sterben auch viele, sagt er, und wenn es knapp wird, müssen sie rund um die Uhr jagen. Ich erzähle ihm von einem Film über das idyllische Leben der Delphine, den ich mal im Fernsehen gesehen habe. Ich hätte immer ein Delphin sein und eine Fünfundvierzig-Minuten-Woche arbeiten wollen, sage ich, und Bocassio lacht. »Wenn dich die Haie nicht erwischen, dann stirbst du in den Thunfischnetzen der Japaner.«

Mein Liebhaber mietet Atemgeräte und taucht mit mir in der Nähe der Stelle, wo der Surfer angegriffen worden ist. Je weiter wir runtergehen, desto dunkler und kälter wird es im Meer. Ich blicke nach oben, um mich mit dem Anblick des Lichts an der Wasseroberfläche zu trösten, und sehe etwas von der Größe eines Atom-U-Boots über uns hingleiten. Als wir wieder am Strand sind, sagt mir Bocassio, es wäre nichts besonders Großes gewesen. Ein Tigerhai, acht oder zehn Fuß lang. Am nächsten Tag bringt er mich wieder raus, wir gehen bis auf zweihundert Fuß runter, und ich werde vom Stickstoff wie bekifft. So, als ob man einen Schlagsahnerausch hätte. Gott sehe ich nicht, aber schlecht ist es nicht.

Auf dem Weg hinunter versuche ich, ein Nylonseil vom Riff zu nehmen, aber Bocassio schiebt meine Hand weg. Später sagt er, es sei eine Seeschlange gewesen. »Aber es sah doch aus wie ein Seil«, sage ich.

»Ja«, sagt er. »Die tun immer so. Die sind tödlich giftig.«

Im Handschuhfach des Ferrari finde ich einen Brief von Bocassios spanischer Hure. Wir streiten. Ich fluche und spucke und schlage mit meinen Fäusten gegen seine massive Brust. Das ist, als ob ich einen Traktorreifen prügelte. Bocassio packt meine Handgelenke und drückt mich runter. Er fickt mich so brutal, daß meine Orgasmen wie epileptische Anfälle kommen. Ich liebe Bocassio selbst dann, wenn ich ihn hasse.

Wir fahren mit dem Ferrari nach Nizza. Bocassio rasiert sich den Bart ab. Sein Gesicht ist blaß und zart wie das eines Babys, sieht aber viel älter aus als seine achtundzwanzig Jahre. Das beunruhigt mich. »Es gibt eben viele schwere Meilen auf diesem Gesicht«, sagt er.

In Monte Carlo gibt es eine Prügelei mit zwei jungen Männern, die Bocassio in seinem Ferrari erwischt, als sie so tun, als würden sie fahren. Der eine von ihnen geht auf mich los. Die beiden sind junge Spunde, betrunken und frech, aber harmlos. Bocassio schlägt sie fürchterlich zusammen, viel zu sehr. Als ich ihn später frage, warum, sagt er: »Sie sollen wissen, wie das ist.«

Als wir uns in dieser Nacht lieben, klagt Bocassio über Schmerzen in der Hüfte. Das war die Prügelei, sage ich. Er stimmt mir zu. »Auch wenn du gewinnst, kriegst du immer was ab«, sagt er. Am nächsten Vormittag läßt er sich im Krankenhaus röntgen. Als der Arzt erfährt, daß er Taucher ist, teilt er Bocassio mit, daß er unter einer aseptischen Knochennekrose leidet. Seine Hüftknochen sind so zerbrechlich wie Bienenwaben, sagt der Arzt, weil jahrelang Stickstoffreste im Knochenmark verblieben sind. Der Arzt sagt, das Tieftauchen, bei dem jede Stunde dreihundert Dollar bringt, dürfe er nicht mehr machen. Er müsse Schlamm- oder Hafentaucher werden und dürfe nie mehr weiter als fünfzig Fuß runtergehen. »Hafentauchen bringt doch nichts«, sagt Bocassio. »Und Offenbarungen hat man bei fünfzig Fuß auch keine.«

»Ist das Geld es wert, daß Sie Ihr Leben riskieren?« fragt der Arzt. »Suchen Sie sich eine andere Arbeit.« Bocassio zuckt die Achseln. Er ist ein Ex-Sträfling, und der einzige Beruf, den er gelernt hat, ist Bankraub.

Nach dem Essen sagt Bocassio, er wüßte eine Methode, wie er die Röntgenaufnahmen vertauschen kann, um die Gesundheitsprüfungen zu bestehen und seine Zulassung zu behalten. Ich sage ihm, daß er zum Krüppel werden wird. Er sagt mir, daß ihm das egal sei, nur beim Tauchen sei er glücklich, und je tiefer, desto besser. »Wenn ich auf dem Grund bin, ist alles so *richtig*. Auf dem Meeresboden allein habe ich die heilige Gegenwart Gottes erfahren.«

»Du meinst Gott, wie Jehova?«

Er sagt: »Nein, ich meine Gott als Physik.«

Bocassio sagt, er steckt viel zu tief in Steuerschulden, als daß er es sich leisten könnte, als Schlammtaucher zu arbeiten.

Das Finanzamt sitzt ihm im Genick. Er hat die ewigen Steuerprüfungen bis oben hin satt, er hat drei Jahre lang keine Steuererklärungen mehr gemacht und traut sich nicht zurück nach New York. Mit den Zahlungen für den Ferrari ist er im Rückstand. Keiner von uns denkt gern über diese Sachen nach, und statt dessen schlafen wir miteinander – miese Ficks für uns beide.

Wir fahren zurück nach Calais und nach England hinüber. Alles ist trübsinnig, einschließlich des Wetters. Ich bin jetzt schon drei Wochen zu spät dran mit der Rückkehr zur Arbeit. Na, wenn schon.

Bocassio kauft mir ein Ticket für die Concorde und schenkt mir einen Smaragdring von zwei Karat. Er kann sich weder das eine noch das andere leisten, aber er besteht darauf. Mit doppelter Schallgeschwindigkeit fliege ich zurück nach New York.

Meine Schwester Dana berichtet, daß Bocassios Bullterrier Duran den Yorkshireterrier einer Nachbarin totgebissen hat. Er hat ihn im Genick gepackt und wie eine Stoffpuppe geschüttelt. Deswegen ist gegen mich Anzeige erstattet worden. Die Frau ist außer sich vor Empörung. Es kostet mich dreitausend Dollar, sie abzufinden. Das Geld muß ich mir von Timothy, meinem Chef, leihen. Duran ist sauer auf mich, weil ich ihn bei Dana gelassen habe, und pißt mir fünf Tage hintereinander aufs Kopfkissen. Er beißt in die Möbel. Es ist zum Verrücktwerden. Man braucht ein volles Jahr, bis ein Daunenkissen einigermaßen flach ist vom Liegen, und meins war endlich gerade richtig. Statt dessen muß ich mich mit Schaumstoffkissen begnügen, bis Duran über seine üble Laune hinweg ist. Ich solle ihn kastrieren lassen, sagt Dana. Ich sage ihr, das kann ich nicht machen. Duran gehört Bocassio.

Nachts liege ich wach und denke an Bocassio und daran, wie alt er ausgesehen hat, als er sich den Bart abrasiert hat, und wie zart und blaß und babyhaft sein Gesicht war. Ich denke an den Brief von seiner spanischen Hure, den ich in seinem Handschuhfach gefunden habe.

Meine Kollegen machen boshafte Bemerkungen wegen der drei Wochen Verspätung. Timothy bestellt mich zu sich und teilt mir mit, daß mir wegen der versäumten Zeit das Gehalt gekürzt wird. Die Leute weiter oben, sagt er, wollten mich gleich rausschmeißen. Ich hätte den ganzen Laden durcheinandergebracht. Die Leute hätten Überstunden machen und bis in die Nacht hinein arbeiten müssen, um mich zu decken. Als ich ihn darauf hinweise, daß er das Lob für einen vielbewunderten Beitrag eingeheimst hat, den ich für unsere letzte Ausgabe verfaßt habe, faltet er die Hände auf dem aufgeräumten kleinen Schreibtisch und streitet alles ab. »Es war meine Idee, und außerdem mußte ich alles neu schreiben.«

»Du kannst mich mal, Timothy! Du leidest unter Größenwahn«, sage ich. Als ich aus seinem Büro stürme, läuft er mir nach. »Das sind sehr gefährliche Äußerungen! Sie zeigen sehr wenig Dankbarkeit für jemanden, der sich so für dich eingesetzt hat! Irgendwann ziehst du die Nummer mit der künstlerischen Eigenwilligkeit einmal zu oft ab.«

Die halbe Redaktion ist vor dem Cola-Automaten versammelt, gleich neben Timothys Tür. Hocherhobenen Hauptes marschiere ich an allen vorbei. »Ich schreibe den ganzen Scheißkram, Timothy, und du läßt dich dafür befördern. So läuft das nicht. Tu mir den Gefallen, und schmeiß mich raus«, sage ich.

»Du bildest dir zuviel ein. Und du spielst ein sehr, sehr gefährliches Spiel!« sagt er und schließt leise die Tür. »Miststück!« höre ich ihn noch flüstern.

Timothy wird mich nicht feuern, der braucht mich. Ich nehme das Foto von Bocassio von dem chaotischen Schreibtisch in meinem Kabuff und gebe ihm einen Kuß auf den Mund, was einen dicken rubinroten Lippenstiftfleck hinterläßt. Dann nehme ich mir den Nachmittag frei. Nach dieser Szene habe ich nicht mehr die Nerven, Nonchalance vorzutäuschen.

Als ich Dana erzähle, was im Büro passiert ist, erinnert sie mich daran, daß ich schon ein paarmal gefeuert worden bin, daß ich finanziell in der Klemme stecke und daß mein jetziger Job einer der besten in der ganzen Branche ist. »Du spielst wirklich ein gefährliches Spiel«, sagt sie. »Besonders wenn dieser Ex-Sträfling im Rollstuhl zurück nach New York kommt. Du merkst gar nicht, was für einen Haufen Mist du hier machst. Du benimmst dich wie ein liebeskranker Teenager. Denk doch an deine Karriere. Alles Talent auf der Welt nutzt dir nichts, wenn du dich nicht an die Spielregeln hältst. Ich verstehe überhaupt nicht, warum du dich so aufführst.«

Damit hat Dana recht. Ich bin nicht zerknirscht und reumütig genug gewesen für diese gierigen Schakale bei mir im Büro. Ich bin zu spät aus dem Urlaub gekommen, und die ganze Mannschaft mußte für mich einspringen, lebenswichtige Entscheidungen treffen und nächtelang arbeiten, um die Termine einzuhalten ... alles meinetwegen, wegen meines unersättlichen Verlangens nach Bocassio. Ich liebe Bocassio. Er ist meine andere Hälfte. Er ist Stärke und Mut; er hat mich besiegt und erobert. Zur Hölle mit diesen gehässigen Weibern und ihren Intrigen, ihrem Grinsen und der geheuchelten Entrüstung. Eine Nacht mit Bocassio und seinem vom Stickstoff gehärteten Schwanz, und sie würden auf Krücken gehen, mit genau dem anzüglichen, selbstzufriedenen Lächeln, das von einem guten, herzhaften Fick kommt. Wir sind schließlich Tiere, und Ficken gehört dazu. Warum wollen sie alle, daß ich mich schuldig fühle?

Am Montag morgen mache ich mir einen strengen Knoten im Genick und trage ein keusches Kostüm wie Grace Kelly in einer Nonnengeschichte. Kein Make-up. Gestutzte Fingernägel, kein Lack. Nur ein paar bescheidene Ohrringe mit Perlen, die Bocassio mal beim Sporttauchen geerntet hat. Trotz aller Bemühungen komme ich immer noch fünfundvierzig Minuten zu spät. Neben dem lippenstiftgefärbten Foto Bocassios liegt eine Zeichnung auf meinem Schreibtisch, die mich mit gespreizten Beinen auf dem Rücken liegend zeigt, wie ich mich von einem Zentauren mit Bocassios Zügen und enormem Schwanz ficken lasse. Das Bild ist betitelt: Die babylonische Hure. Ich erkenne den Künstler am Strich und kritzle daneben: »Du hast seinen Schwanz zu klein gemacht.« Dann schicke ich das Bild mit der Hauspost zurück.

Paranoid. Ich komme morgens als erste und gehe als letzte, bleibe auch über Mittag am Schreibtisch. Arbeite doppelt soviel wie normal. Ich bin liebenswürdig. Ich bin eine Vorreiterin der Innovation. Ich bin unersetzlich. Und ich bin total durcheinander. Die Flammenschrift steht in der Luft – auch meine Freunde haben sich von mir abgewandt. Keiner will untergehen mit der blonden *Titanic* – der Fick-Nutte. Jeder geht mir aus dem Weg oder macht böse Bemerkungen. Meine angebliche Freundin Jennifer James findet Bocassios Foto widerlich, weil es so viel gefährliche Männlichkeit ausstrahlt. Sie fragt mich taktloserweise, ob ich keine Angst hätte, Aids zu kriegen. Alle sind frostig. Aber wenn die anderen frostig sind, bin ich die Eiskönigin.

Jedenfalls tue ich so. Dana rät mir, hart zu arbeiten. »Das geht wieder vorbei. Die hecheln dich jetzt eine Weile durch. Aber irgendwann langweilen sie sich und suchen sich eine andere Zielscheibe, oder sie müssen arbeiten, du weißt ja, wie es geht, solche Feldzüge sind auf Dauer nicht durchzuhalten. Du mußt nur sehen, daß du bis dahin nicht alle Leute anschreist.«

Ich glaube, daß Dana sich irrt. Ich bin erledigt. Ich weiß es.

In der obersten Schublade meines Aktenschranks finde ich eine zusammengefaltete Zeichnung eines fünfzig Zentimeter langen, unbeschnittenen, pulsierenden Schwanzes mit riesigen Warzen. Darunter hat der Künstler geschrieben: »Ist das ungefähr richtig?«

Als ich das Dana am Abend erzähle, sagt sie mitleidlos: »Wenn man lächerlich wird, gibt es keine Hoffnung mehr. Sieh dich nach einem anderen Job um.«

»Ich bin ein absolutes Nervenbündel, Dana. Wo soll ich mich denn umsehen?«

Selbst im Habit einer Nonne könnte ich nicht spröder und

keuscher erscheinen. Als mich Timothy zu sich bestellt, fängt mein Herz an zu klopfen. Ich denke, jetzt kommt's – gefeuert! Statt dessen gibt er mir einen kleinen Scheißauftrag. Ich sage: »Vielen Dank, Sir! Hättet Ihr gern einen Kaffee, Sir?«

Ein Lächeln erwärmt sein Gesicht.

»Sir?«

»Im Blue Note spielt Sonny Rollins. Hast du Lust heute abend?«

»Ganz wie Ihr wünscht, Sir.«

Nach Sonny Rollins zogen wir noch durch die Clubs und betranken uns mit Tequila. Ich ließ mich von Timothy ficken. Ich kann mich kaum daran erinnern. Ich weiß nur noch, daß er die Tasche voller gerippter Kondome hatte, die am Anfang gar nicht so schlecht waren, sich aber bald wie eine Stichsäge anfühlten. Danach kann ich kaum laufen, und als ich endlich den ganzen Tequila ausgekotzt habe und mir das Gesicht wasche, vermeide ich es, in den Spiegel zu sehen, denn das Gesicht im Spiegel ist das Gesicht, das ich am meisten auf der Welt hasse.

Am nächsten Morgen komme ich zum erstenmal seit Wochen wieder zu spät zur Arbeit. Entweder Timothy oder der Hausmeister hat den Lippenstift von Bocassios Foto auf meinem Schreibtisch gewischt. Ich glaube, es war Timothy, denn der Computerbildschirm ist immer noch staubig. Wenn der Hausmeister Lust zum Staubwischen hat, ist der Bildschirm meistens das einzige, was er sich vornimmt.

Ich frage mich, warum Bocassio mich nicht angerufen hat. Er ist längst überfällig. Ich ärgere mich, und gleichzeitig fühle ich mich schuldig. Wenn Bocassio in Spanien eine Hure hat, dann hat er in England auch welche. Die babylonische Hure stürzt sich in ihre Arbeit.

Timothy kennt alle aktuellen Restaurants, Filme und Off-Broadway-Theater. Ich lass mich von ihm ficken mit seinen Kitzel-Parisern – ich brauch die Entspannung, aber vor dem Morgen schmeiß ich ihn raus. Die Vorstellung, mit Timothy frühstücken und zusehen zu müssen, wie er sich mit seinen schmalen Handgelenken und Frauenfingern Butter auf seinen Toast schmiert, kann ich nicht ertragen.

Dana findet, ich hätte mit Timothy einen echten Fang gemacht. Er hat untadelige Manieren und versteht es, sich anzuziehen, sagt sie. »Dana«, möchte ich sagen, »hast du vergessen, was ich wegen diesem Mann durchgemacht habe?« Aber ich weiß, sie sieht das nicht so wie ich.

Freitags nehme ich so viele von den unaufgefordert eingesandten Manuskripten, wie ich nur tragen kann, mit nach Hause und lese sie übers Wochenende im Bett. Die meisten sind Mist. In neunundneunzig Prozent aller Fälle springe ich nach dem ersten Absatz schon ab. Ich klebe eine Formabsage auf das Manuskript, stecke es in den frankierten Rückumschlag und lecke so lange am Klebstoff der Umschläge, bis ich Bauchschmerzen von dem Geschmack kriege. Ich weiß, daß überall draußen im Land hoffnungsvolle Autoren von den lakonischen Ablehnungsschreiben am Boden zerstört sind und vielleicht sogar Selbstmord begehen, aber mein eigenes kleines Bauchweh bedeutet mir mehr als alles Leben auf dem Planeten. Trotzdem bin ich zu träge, um einen Schwamm aus der Küche zu holen.

Es wurmt mich, wenn ich daran denke, wie hart ich arbeiten muß, um so wenig zu verdienen. Ich werde dafür bezahlt, Gold zu finden in dem Schrott, den uns die Anfänger, die zweitklassigen Agenten und die kleinen Literaturzeitschriften schicken, und wenn es da überhaupt welches gibt, dann kommt es nicht in Nuggets, sondern in staubfeinen Körnchen. Timothy, der jetzt in seinem neuen, größeren Büro hofhält, erklärt, die typische Redakteurin sei eine Tussi vom Smith College, die sich mehr dafür interessiert, einen Ehemann zu finden, als Karriere im Verlag zu machen. Die meisten meiner Kolleginnen sind zwar grausam, aber sehr gewissenhaft und moralisch, was ihre Arbeit angeht. Aber nach dem Dschungelkrieg, den sie gegen mich geführt haben, widerspreche ich Timothy nicht.

Ich träume, daß mich Bocassio geschwängert hat, mit

einem kleinen Jungen, der einmal Schwergewichtsweltmeister wird und mich an allen meinen Feinden rächt. Dempsey werde ich ihn nennen.

Wenn ich eine Geschichte finde, die mir gefällt, und sie Timothy gebe, hält er mich hin. Ich nerve ihn so lange, bis er sie schließlich liest und mir sagt, daß sie Mist ist. Ich bringe ihm eine bessere. Er sagt mir, sie sei ganz schön, passe aber nicht in unsere Zeitschrift. Dann bringe ich ihm wieder eine andere, und er wird wütend. Er zweifle ernsthaft an meiner Urteilskraft, sagt er.

»An *deiner* Urteilskraft zweifle ich, Timothy. Du nimmst immer diese braven kleinen Geschichten. Du suchst dir Geschichten aus, so wie du fickst. Immer auf Nummer Sicher. Wie hältst du es bloß mit dir aus?«

»Komm mir bloß nicht quer, Mädchen –«

Wie immer kann ich gar nicht schnell genug nach Hause kommen zu meinem Anrufbeantworter, immer in der Hoffnung, eine Botschaft von meinem Geliebten zu hören. Er ruft nicht an.

Als ich am Morgen aufwache und kotzen muß, fällt mir ein, wie ich versucht habe, auf dem Kopf zu stehen, damit Bocassios Sperma ganz tief in meinen Schoß eindringt. Meine Brüste werden groß wie Basketbälle. Sie sind wund. Sie tun weh. Ich muß dauernd pinkeln. Ich frage mich, warum die Leute überhaupt ficken. (»Es hat so viel Spaß gemacht?«) Mir graust schon beim bloßen Gedanken an Wehen und den Geburtsschmerz. Ich habe das Gefühl, ich hätte in meinem Bauch eine Zeitbombe. Ich fühle mich wie eine Kuh. Die ganze Idee einer Schwangerschaft erscheint mir plötzlich demütigend. Ich fühle mich wie die Hure von Babylon. Hinausführen und steinigen sollte man mich.

Ich vermisse meinen Liebsten. Ich frage mich, warum er nicht schreibt oder anruft. Ich habe ihm ganze Bücher geschrieben. Ich habe ihm die ganze Geschichte erzählt … diese Schakale im Büro haben Backenzähne, mit denen man Industriediamanten kleinkriegen könnte; sie haben mich nicht mit einem raschen Biß erledigt, sie haben mich zermahlen. Verachtet er mich wegen meiner Schwäche? Findet er mich jämmerlich? Selbst wenn er böse mit mir ist, ruft er sonst doch wenigstens an, um seinen Hund bellen zu hören. Manchmal denke ich, das ist der einzige Grund, warum er überhaupt anruft. Ich habe ihm nicht geschrieben, daß ich schwanger bin.

Im Schrottstapel finde ich ein tolles Manuskript, nicht bloß ein Goldkorn, sondern einen ganzen Klumpen. Eine Autorin mit einer ganz neuen, authentischen Stimme – vibrierend, kraftvoll, unwiderstehlich. Ein absolut phantastischer Text. Ich übergehe Timothy und bringe Jerry das Manuskript. Ich kann Timothys lauwarmes Geschwätz nicht länger ertragen, ich habe nicht die Zeit dafür.

Ich sehe Jerry über die Schulter, während er liest. Ich merke, er ist absolut begeistert. Als er zu Ende gelesen hat, lehnt er sich in seinem Sessel zurück. *»Wow!«* sagt er. »*Das* ist es. Wer ist diese Autorin?«

»Ich habe auch nur einen Namen und eine Adresse.«

»Beschaffen Sie sich die Telefonnummer, und rufen Sie die Frau an. Machen Sie einen Stapel Kopien, und verteilen Sie die im Büro. Das haben Sie sehr gut gemacht! Das ist eine ganz große Sache.«

»Wir kaufen es?«

»Das hoffe ich sehr. Machen Sie die Kopien. Verteilen kann ich sie selbst.«

Jerry führt mich zum Essen aus, und wir betrinken uns mit Champagner. Als ich ins Büro zurückkomme, liegt ein Zettel mit einer Nummer in England auf meinem Schreibtisch. Ich rufe sofort an. Ich will Bocassio sagen, wie ich ihn vermisse, daß ich ihn liebe und daß ich »in anderen Umständen« bin. Ich will ihm sagen, daß er nicht mehr tieftauchen soll. Ich brauche ihn mit starken Hüften. Ich brauche ihn, damit er mich ordentlich durchfickt. Ich liebe ihn. Ich mache mich aus Liebe zum Narren, und es ist mir egal.

Serria meldet sich am Telefon. Er ist betrunken und überwältigt von seinen Gefühlen. In einer Mischung aus Englisch und Spanisch teilt er mir mit, daß Bocassio ertrunken ist. Der Kranführer hat ein Stahlrohr auf seinen Luftschlauch fallen lassen. Aber so richtig schuld war eigentlich niemand. Es hatte einen plötzlichen Sturm gegeben. Bocassio hatte noch versucht, zurück an die Oberfläche zu kommen, aber er war zu weit unten gewesen und hatte seinen »Notretter« nicht mitgenommen. Eine Woche später erhielt ich eine kleine Schachtel mit Bocassios goldener Submariner. Den Ferrari hatte sich der Händler zurückgeholt, sagte Serria. Eine Beerdigung gab es nicht. Bocassio wurde auf dem Festland verbrannt, seine Asche streute man ins Meer.

Meine Schwester Dana überzeugte mich, das Baby abtreiben zu lassen. Bocassio paßte doch gar nicht zu uns, sagte sie. »Ich persönlich konnte nie verstehen, was du in ihm gesehen hast. Er war so roh. Sein Gesicht war voller Pockennarben. Er hatte diese scheußlichen Tätowierungen, und seine Freunde waren psychotisch.«

»Er wußte mich zu lieben wie keiner vorher. Er war so lebendig«, sagte ich sehnsüchtig. »Wieso redest du überhaupt über ihn? Schau dir doch mal das Scheißleben an, das wir führen. Hast du dir das mal genau angesehen, Dana? Wirst du es denn nie leid, vernünftig zu sein?«

»Dumm! Dumm!« sagte Dana. »Laß die Abtreibung machen.«

Ich bin betäubt. Ich lasse mich von meiner großen Schwester herumschubsen. Die Schakale haben ihre Arbeit getan, jetzt kommen die Geier, um die Knochen abzupicken. Ich lege meine Füße in die Steigbügel aus rostfreiem Stahl, und der künftige Schwergewichtsweltmeister wird in einen Abfallbeutel aus Plastik geworfen, ohne sich auch nur mit einem Schlag zu wehren. Komisch. Wenn sich Bocassio nicht seinen Bart abrasiert hätte, hätte ich das Baby behalten, das weiß ich.

Man könnte sagen, er hat mir viele Schmerzen erspart und einen Gefallen damit getan, daß er sich seinen herrlichen schwarzen Bart abrasiert hat. Duran brachte ich ins Tierasyl.

Vielleicht adoptiert ihn jemand, vielleicht auch nicht, denke ich. Immerhin hat er einen Stammbaum. Es ist so eine Erleichterung, diesen verdammten Hund los zu sein, daß es mir ziemlich egal ist, was aus ihm wird. Ich belohne mich mit einem neuen Daunenkissen.

Jerry verschafft mir eine Beförderung, nicht wegen der Erzählung, die ich entdeckt habe, sondern weil er offenbar viel genauer über die Vorgänge in der Redaktion Bescheid wußte, als ich gedacht habe. Daß Timothy sich mit meinen Verdiensten geschmückt, einen gegen den anderen ausgespielt und den Teamgeist zerstört hat. Jerry sagt, ich sei ein freches Großmaul und man müsse die Leute richtig behandeln. Er schenkt mir ein Exemplar von *Wie man Freunde gewinnt.* »Wahrscheinlich denken Sie, das ist abgedroschen, aber es ist eins der wichtigsten Bücher, die ich je gelesen habe«, sagt er. Ich lese es und weiß nicht, ob er mich verarschen will oder was. Mein neuer Job bringt so viele Verpflichtungen mit sich, daß ich nicht weiß, ob er mir damit wirklich einen Gefallen getan hat oder nicht. Eins tue ich immerhin: Ich hole Duran aus der Todeszelle zurück. Gerade noch rechtzeitig. Eine Stunde bevor sie ihn einschläfern wollten. In seiner Dankbarkeit pißt er mir auf mein neues Kissen. Er ist ein richtiges Stinktier. Ich gehe mit ihm in den Central Park. Wir müssen beide Dampf ablassen. Mit Duran an meiner Seite kann ich mich jedenfalls jederzeit sicher fühlen beim Joggen.

Dana macht mich mit einem Kampfflieger des Marine Corps bekannt. Er nimmt mich in seiner Mirage mit. Es war ein ganz schöner Kick, als er die Nachbrenner einschaltete und wir durch die Schallmauer gingen. Ich meine, er ist nicht gerade der Rote Baron; aber mit Geschwindigkeit kennt er sich aus, und mit seiner Bomberjacke und seiner Rolex Cosmograph sieht er echt süß aus. Die Tiefe habe ich gelernt, jetzt werde ich Geschwindigkeit lernen.

Teil III

»Vom 6. Juli an werde ich für keine Schulden außer meinen eigenen mehr aufkommen«

Meine Mutter sah aus wie ein Filmstar, aber mein Vater, J. Z. (ausgesprochen *Dschaisie!*) Magill, hatte vor dem Krieg in der Liste der Bewerber um die Schwergewichtsmeisterschaft mal an fünfter Stelle gestanden. Er war ein Freund von Joe Louis, den ich als kleiner Junge noch kennengelernt habe. J. Z. dachte, er würde mit zweiunddreißig Schwergewichtsweltmeister werden und könnte dann dauernd wasserstoffsuperoxydgebleichte Blondinen bumsen und in einem brandneuen Cadillac rumfahren. »Geben Sie mir einen neuen, die Aschenbecher sind voll«, würde er sagen. Oder: »Kaufen Sie mir einen anderen, der Klang vom Ra-adio sagt mir nicht zu.«

Als mein Vater als hochdekorierter Nahkampfspezialist der Marines aus dem Zweiten Weltkrieg zurückkam, gewann er ein paar Kämpfe, darunter war ein K.-o.-Sieg über Jamaica Kid, der damals aber schon ziemlich alt und nicht mehr in bester Form war. Er sah sich um, woher der Wind wehte, und setzte sich dann mit einer Faustvoll Dollars in der Tasche ab. Meiner Mutter hinterließ er ein silbernes Armband mit der Inschrift: »Du bist nur noch ein Schatten deiner selbst.« J. Z. war ein Titten-Mann, und später hab ich erfahren, daß er ständig darüber meckerte, daß mich meine Mutter gestillt hat, weil davon ihre Brüste weich geworden sind.

Meine Mutter gehörte zu den Frauen, die immer einen Mann brauchen, und nach einer Serie von Nervenzusammenbrüchen und gescheiterten Selbstmordversuchen, die alle von J. Z.s großartigen Träumen ausgelöst worden waren, fing sie an, mit Frank Coles auszugehen. Mein Vater blieb aber auch in der Stadt und holte mich samstags gelegentlich zu einem Ausflug ab. Er hatte immer irgendeine Blondine dabei, die nach Gesichtspuder und sonstigen himmlischen Düften roch. Meistens gingen wir zum Drachensteigenlassen oder so etwas, und das bedeutete in der Regel, daß ich irgendwo alleine auf einer Wiese herumstehen mußte, während er auf dem Rücksitz seine Freundin rammelte. Das konnte er stundenlang, oder jedenfalls kam es mir immer so vor.

Ich war vier Jahre alt, als Frank Coles mit teuren Spielsachen und falscher Zuneigung in mein Leben trat. Ich war noch ein kleiner Junge, aber ich wußte trotzdem, daß er eine Laus war und daß er mich haßte. Ich hatte Angst davor, im selben Zimmer mit ihm zu bleiben. Als er mich einmal schlug, weil ich ins Bett gemacht hatte, sagte ich ihm, ich würde Joe Louis holen, um ihn zu verdreschen, und danach hat er mich nie mehr angerührt. Aber seine Gegenwart machte mich fertig, und dafür haßte ich ihn.

Frank hatte die zweite Nachtschicht in irgendeiner Fabrik, wo es sicher grauenhaft war, und deshalb nährte er ebenfalls hochfliegende Träume. Ich erinnere mich, wie ich, als ich in die erste Klasse ging, an sonnenarmen Winternachmittagen nach Hause kam und er allein in seiner Höhle im Schlafzimmer lag. Er war kein gutaussehender Mann. Er war vorzeitig kahl geworden, und seine weiße Kopfhaut war von blauen Venen überzogen wie bei dem Karpatenvampir Nosferatu. Seine Ohren standen ab wie durchscheinende Fächer. Um das Bild zu vervollständigen, hatte er auch noch überlange Eckzähne, die er im Schlaf meist entblößte. Es machte mir angst, ihn im Schlaf zu beobachten. Gegen sechs Uhr abends stand er auf, um die CBS Evening News mit Walter Cronkite zu sehen. Aber ich ging vorher hinaus auf die Straße, stellte mich unter eine Laterne, mit einem Küchenmesser unter der Jacke, und wartete, daß meine Mutter nach Hause kam. Ich hatte Angst, daß Frank mir hinterherkommen könnte, und wenn er es tun würde, wollte ich ihm das Messer ins vampirische Herz stoßen.

Meine Mutter hatte auch irgendeine Arbeit in der Fabrik, Nachmittagsschicht mit wechselnden Stunden. Meine Mutter, die wie ein Filmstar aussah, bis ihre Brüste weich wurden, weil sie mich gestillt hatte. Frank Coles gewann nicht mit Liebe ihr Herz, sondern er drängelte und erpreßte sie so lange, bis sie ihn heiratete. Ich nehme an, er sagte ihr, daß er sie liebe und anbete, und legte alle möglichen lächerlichen Ergebenheitsschwüre ab. Viele schöne Frauen heiraten solche komischen verliebten Männer, die bei ihrer Werbung weder Zeit noch Kosten sparen, um sie zu gewinnen. Schöne Frauen – wenn sie nicht wissen, wer sie sind und was sie wollen – fallen oft auf Leute wie Frank Coles herein. Solche Männer üben ständig Druck auf sie aus und versuchen es immer wieder, bis sie schließlich nachgeben. So ist es auch meiner Mutter gegangen. Sie war eine bildschöne Frau, aber ihre Abwehrkräfte waren unterentwickelt.

Als nach dem Krieg die Wirtschaft in Schwung kam, gab Frank die Fabrikarbeit auf und erlangte als Gebrauchtwagenverkäufer eine gewisse Unterschichtsehrbarkeit. Er trug gern Kammgarnanzüge. Er war so einer, der immer einen Anzug anhat, auch wenn er bloß auf der Couch liegt und zusieht, wie Walter Cronkite die Nachrichten vorliest. Ich glaube, irgendwelche Freizeitkleidung besaß er gar nicht.

Ich denke, ich war ungefähr acht, als ich eines Sonntagnachmittags in ihr sex-schwüles Schlafzimmer platzte. Ich machte die Tür auf, und Frank schoß nackt aus dem Bett, mit einem gewaltig erigierten Schwanz, der wie ein rotglühender Schürhaken in der Luft wippte. Er packte mich an den Schultern und schüttelte mich, bis ich dachte, mein Hals würde brechen. Dann stach er mir die Finger ins Gesicht und sagte: »Wenn die Tür da geschlossen ist, darfst du nie, nie wieder hier reinkommen! Nie wieder!«

Ich hatte nie zuvor eine Erektion gesehen, und einen Schwanz in der Größenordnung von dem von Frank Coles sah ich auch nie wieder. Und so sehr sie ihn später auch haßte, beharrte meine Mutter doch stets darauf, daß er im Bett ziemlich gut war.

Manche Leute leben ja nur für das eine. Sagen wir, zehn

oder fünfzehn Prozent der Bevölkerung. Völlig sexwütig. Aber wenn du jemand bloß geheiratet hast, um zu vögeln, und derjenige gar nicht dein Freund ist, dann hast du Probleme. Sieh dir mal die Scheidungsstatistiken an. Was bleibt dir noch, wenn das Feuer verraucht ist? Dann sitzt du lebenslänglich in der Falle – entweder eine schlechte Ehe oder Unterhaltszahlungen. Meine Mutter und Frank wurden nie Freunde, aber sie hatten zwei Kinder, einen Jungen und ein Mädchen.

Wir nannten meine Mutter die »Rennfahrerin«, meine Schwester und ich, weil immer so komische Sachen passierten, wenn sie sich ans Steuer eines Autos setzte. Ich erinnere mich noch, wie ihr Chevrolet Impala mal in der Werkstatt war und sie sich meinen Austin Healy borgte. Sie hatte natürlich längst vergessen, wie man ein Auto mit Schaltgetriebe fährt, und ließ an meinem brandneuen Austin die Kupplung verschmoren.

Den Wagen hatte mir meine Großmutter gekauft. Meine Großmutter hatte vier Töchter und einen Sohn, der aber mit sechs Wochen gestorben war. Deshalb wurde ich der Sohn, den sie sich immer gewünscht und dann verloren hatte. Sie liebte mich mehr als alles auf der Welt. Sie erklärte mir, daß ich etwas aus mir machen würde, wenn ich groß sei – daß ich's allen Leuten zeigen würde. Sie warnte mich davor, mein Leben zu vergeuden, auf das sie mich vorbereitete, so gut man nur kann. Ihr Name war Margaret Carpenter. Sie hatte ein Lebensmittelgeschäft. Margaret Carpenter liebte mich bedingungslos, und deshalb bin ich heute noch ein freier Mann und nicht in einer Irrenanstalt oder in einem Gefängnis oder das Opfer einer Überdosis Heroin oder einer Straßenschlägerei unter Besoffenen.

Mein richtiger Vater, J. Z. Magill, konnte seinen Traum, Schwergewichtsweltmeister zu werden, niemals verwirklichen. Er endete in der staatlichen Heilanstalt in Salem, Oregon, wo sie *Einer flog über das Kuckucksnest* gedreht haben. Sie hatten ihn auf der Station für kriminelle Geisteskranke. Er hatte irgendeinem Rausschmeißer im Rotlichtbezirk mit einem einzigen Schlag seiner »explosiven Rechten« das Auge ausgeschlagen und zehn Jahre dafür gekriegt. Ich habe ihn unmittelbar nach meiner Zeit als Marine in Vietnam besucht und erinnere mich noch gut an diese Krankenstation. An den Uringestank, den gräßlichen Lärm und die Spannung und an die gewalttätigen Irren, die durch die Räume streiften wie große weiße Haie in aufgewühltem, blutigem Wasser. Der Wahnsinn dort glich dem, was ich in Vietnam gesehen hatte. Es war greller, psychedelischer Wahnsinn.

Einer der Insassen schlug mir so heftig ins Gesicht, daß ich rückwärts mit dem Stuhl umkippte. Mein Vater, der so deprimiert war, daß er kaum wußte, welche Tageszeit war, sagte, man müßte seinen Stuhl immer direkt an die Wand stellen. Ob ich denn überhaupt keine Ahnung von *irgendwas* hätte? Wir sahen zu, wie die Krankenpfleger dem Mann, der mich geschlagen hatte, eine Thorazinspritze und eine Zwangsjacke verpaßten.

Als ich meinem Vater ein Foto meiner Mutter zeigte, sagte er: »Wer ist das?«

»Das ist Mooney«, gab ich zur Antwort. »Deine Frau.«

Er sah mich an, als wollte ich ihn verarschen. Er litt – nachweislich – unter Verfolgungswahn und fragte mich dauernd, was Marlboro-Zigaretten draußen kosteten. Das war ihm weitaus wichtiger als die schöne Frau auf dem Foto. Er dachte, sie würden ihn in der Krankenhauskantine bescheißen.

Ich wollte so schnell wie möglich raus aus dem Laden, deshalb versprach ich, ihm alle meine alten Ausgaben der Zeitschrift *Ring* und ein gebrauchtes Banjo zu schicken, und stürzte zum Ausgang. Als ich neben der Stahltür stand und darauf wartete, daß einer der Pfleger mich rausließ, nahm mein Vater die Fäuste hoch, schlug ein paar Haken und schrie: »Mein Name ist Dschaisie Magill, und ich kann jeden auf der ganzen Welt verdreschen!« Dazu bewegte er ein bißchen die Beine und schwang die Fäuste wild durch die Luft – ein alter, ausgebrannter Kämpfer. Von wegen »Schatten deiner selbst!« Ich mußte den Blick abwenden, so weh tat mir das. Ich hatte Angst, sie würden auch ihm Thorazin spritzen. Ich mußte sofort da weg.

Ich war auf dem Weg zur Universität von Iowa, um meine medizinischen Examina abzulegen. Ich schickte J. Z. zwar die Zeitschriften, aber ein Banjo fand ich nicht, weil ich mich ganz auf das Studium konzentrierte. Ich hatte auch noch nicht viel gesucht, als mich eines Tages mein Onkel John anrief und sagte: »Setz dich lieber, Junge. Dein Vater hat sich in diesem Irrenhaus aufgehängt.«

Er hatte sich nach dem Mittagessen auf der Toilette versteckt und in einer der Kabinen an einem in Streifen gerissenen und verknoteten Handtuch erhängt. Sie begruben ihn auf dem Armenfriedhof. Ich habe meinen Vater immer geliebt und bete für ihn bis zum heutigen Tag, aber eigentlich ist er für mich nie mehr als ein Fremder gewesen. Nummer fünf der Weltrangliste. Nicht schlecht, wenn man bedenkt, daß er eigentlich nur ein leicht überdimensioniertes Halbschwergewicht war.

Im zweiten Jahr auf der High-School bin ich mal in den Ring gestiegen, weil ich boxen lernen wollte wie mein Vater. Ich kam mit einer gebrochenen Nase nach Hause und sagte, ich würde aufhören.

»Nein, tust du nicht«, sagte Frank Coles und stieß mir mit dem Zeigefinger gegen die Brust. Er zwang mich, jeden Abend wieder zum Training zu gehen und mich verdreschen zu lassen. Und jetzt hatte ich keinen Joe Louis mehr, der mich beschützte. Ich lernte kämpfen.

Außerhalb unserer bescheidenen Behausung galt Frank als ordentlicher, anständiger Mann, ein rundum netter Bursche. Jeder mochte ihn. Aber dann hatte sein Chef bei der Chevrolet-Vertretung diese heiße Idee, Swimmingpools zu verkaufen. Frank sollte der Topverkäufer dafür werden. Ich glaube, er dachte, daß er bei dieser Swimmingpool-Sache groß rauskäme und Millionär würde, eine richtige große Nummer in Los Angeles, Kalifornien.

In Wirklichkeit war es nur die Illusion von Größe, ganz

wie bei Willy Loman im *Tod eines Handlungsreisenden.* Eine Milchmädchenrechnung. Aber Frank war sich seiner Sache so sicher, daß er sich eine Mätresse nahm und mächtig damit herumprotzte. Meiner Mutter verpaßte er einen Tripper und Filzläuse. Als unser Hausarzt, ein strenger Katholik, sie behandelte, ermutigte er sie, sich von Frank scheiden zu lassen. Es hatte alles seine Grenzen.

Eine der Läuse sah ich in der Toilettenschüssel ertrinken. Es war ein schrecklicher Anblick, fast so schlimm wie meine Kinderängste vor Frank als Nosferatu mit Fledermausohren, der seine Tage in diesem kleinen Zimmer verschlief, in dem es roch wie in einem Sarg.

Ein paar Tage nach dieser Episode hatte Frank einen heftigen Streit mit meiner Mutter, und ehe ich's mich versah, hatte er ein halbes Dutzend Kammgarnanzüge aus dem Schrank geholt und in seinen türkisfarbenen Impala-Kombi getragen, an dessen Fahrertür ein Colonial-Pools-Logo prangte. Als er das zweitemal runterging, hatte er eine Plastiktüte von A&P mit seiner Unterwäsche, seinen T-Shirts, seinem Gillette-Rasierapparat, einer Dose Burma-Rasierkrem und seinem Man-Tan vollgepackt.

Ich steckte in meinem Pony-League-Baseball-Dreß, und meine Mutter stand im Vorgarten und bat ihn hysterisch, er solle sie nicht verlassen. Eine ziemlich dramatische Szene. Die Nachbarn kamen alle heraus, sahen, was vorging, und waren entsetzt. Es war peinlich für mich, aber das war es mir wert. Ich war froh, daß er ging, und hoffte, er würde nie mehr zurückkommen.

Damals hat er die Anzeige in die Zeitung gesetzt: »Vom 6. Juli an werde ich, Frank Coles, für keine Schulden außer meinen eigenen mehr aufkommen.«

Zwei Wochen später, als er mit eingekniffenem Schwanz wieder zurückkam, war er ungewöhnlich nett und reumütig. Die Realität hatte seine Träume eingeholt – die Swimmingpool-Pläne waren danebengegangen. Aber es hatte sich noch etwas anderes bei ihm verändert. Seine Haut war gespenstisch weiß, trotz seiner Man-Tan-Behandlungen; er hatte Gewicht verloren, und er hatte diesen Husten. Von seinem Kettenrauchen hatte sich Frank einen Lungenkrebs zugezogen. Er war zweiundvierzig.

Bis der Chirurg den Krebs erwischte, hatte er sich auf beide Lungenflügel ausgebreitet. Sowohl die linke Lunge als auch Teile der rechten wurden entfernt. Der Arzt sagte meiner Mutter, es gebe keine Hoffnung. Er werde in drei Tagen tot sein.

Ich gebe es nicht gern zu, aber ich war froh darüber. Ich hätte radschlagen können. Ich hätte laut singen mögen. Meine Mutter zwang mich, ins Krankenhaus zu gehen und mich von Frank zu verabschieden. Der große böse Vampir war jetzt eingeschrumpft, klein und ängstlich. Er bat meine Mutter, für ihn zu beten. Ich glaube, er hatte eines dieser Schwellenerlebnisse und trat tatsächlich für ein paar Augenblicke ins Fegefeuer ein.

»Bete für mich, Mooney, ich will nicht in die Hölle! Bitte Jesus, mir zu helfen, ich flehe dich an!« rief er.

Sie hat auch gebetet. Und die Gebete meiner Mutter wurden erhört, während meine Gegengebete nicht erhört wurden. Frank überstand die akute Krise. Als er wieder auf die Beine kam, brachte ihn ein Cousin, der gerade Zeit hatte, regelmäßig zur Strahlenbehandlung ins Orange County Hospital der Veteranenfürsorge. Der Arzt sagte, die Behandlung könne das Ende hinauszögern, aber eine Heilung sei nicht möglich. Also lag Frank jetzt sterbenskrank von der Strahlenbehandlung in einem blau-grünen Schlafanzug statt in Kammgarnanzügen im Haus herum.

Eines Morgens, als ich vor der Schule noch hastig frühstücken wollte, trat ich meiner Schwester vor der Spüle versehentlich auf den Fuß, und sie ließ einen dieser Er-fällt-schon-wieder-über-mich-her-Schreie los. Innerhalb einer Sekunde kam Frank die Treppe herunter und stand in der Küche.

»Verdammt noch mal«, schrie er. »Rühr sie nicht an, du kleiner Scheißkerl!«

Er drängte mich in die Ecke neben dem Kühlschrank und begann mich zu schlagen. Als ich ihn zurückstieß, schrie er: »Wie kannst du es wagen? Du Wichser. Du Hurensohn!« Er keuchte, fletschte seine langen gelben Zähne wie ein tollwütiger Hund und bespritzte mich mit seinem Speichel.

Er entlud all seine Wut, Angst und Verzweiflung über mir. Er vergaß, daß ich inzwischen ein Boxer war, der Schläge einzustecken gelernt hatte. Dann ging er zu weit, und plötzlich hatte ich keine Angst mehr vor ihm. Ich setzte ihm einen linken Haken aufs Kinn und eine rechte Gerade auf die Nase und einen vernichtenden linken Haken auf den Solarplexus und dann noch einen linken und einen rechten Haken aufs Kinn. Ich hatte lange genug überlebt, um groß und erwachsen zu werden; jetzt konnte ich abrechnen.

Ich weiß nicht, wie sich Babe Ruth gefühlt hat, als sein Schläger bei dem berühmten Centerfield-Homerun, den er auf dem Wrigley Field dreist angekündigt hatte, auf den Ball traf, aber ich schlug trockene, saubere und harte Schläge und spürte, wie sie in meinen Armen vibrierten, bis zu den Schultern hinauf. Ich trat zwei Schritte zurück und sah zu, wie Frank Coles zusammenklappte und auf den Küchenfußboden fiel.

Er war ein kranker Mann. Es war eigentlich nicht fair. Trotzdem war es das beste Gefühl, das ich in den ersten sechzehn Jahren meines melancholischen Lebens empfunden habe. Ich schnappte mir meine Schulbücher, rannte zur Tür raus und ging den Hügel hinunter zur Schule. An der Straßenecke, wo wir uns immer trafen, sah ich meine Freundin Stephanie warten.

»Joey, was ist los?« fragte sie. »Warum weinst du? Wer hat dir das Gesicht so zerkratzt? Und warum hast du eine *Schlafanzugjacke* an?«

Merkwürdig. Die Strahlenbehandlung im Krankenhaus der Veteranenfürsorge hatte Erfolg, und entgegen aller Erwartung wurde Frank von seinem Lungenkrebs geheilt. Wenn man es unbedingt will, kann man den Prognosen trotzen. Frank fing sofort wieder an zu rauchen. Ich wohnte damals schon bei meiner Großmutter, und so gab es keine Auseinandersetzungen mehr zwischen uns. Und seine Begegnung mit dem Tod hatte ihn zu einem der nettesten Menschen gemacht, die man sich vorstellen kann. Ich begriff allmählich, warum die meisten Leute ihn mochten. Wir wurden richtig gute Freunde, wir zwei, und mir wurde klar, daß er mich genauso liebte wie die beiden Kinder, die er selbst mit meiner Mutter hatte. Allzuviel war das nicht, aber es war all die Liebe, die er in sich hatte. Frank Coles lebte noch zwanzig Jahre, kaufte sich ein Toupet und einen Satz falsche Zähne, die natürlicher aussahen als seine eigenen, und ist schließlich an einem Herzanfall gestorben.

Meine Mutter, die mit ihren fünfundfünfzig Jahren immer noch gut aussah, hatte beim dritten Mal endlich Glück und heiratete einen Lehrer. Sehr netter Bursche. Wenn sie Geduld gehabt und noch ein bißchen gewartet hätte, hätte sie auch einen Arzt oder Rechtsanwalt kriegen können, so schön, wie sie war. Aber sie brauchte nun mal einen Mann. Sie konnte es einfach nicht abwarten, bis der Staub sich gelegt hatte, und heiratete den Lehrer, den erstbesten Mann, der daherkam. Aber es entwickelte sich prächtig. Sie sind glücklich zusammen. Sie muß nicht befürchten, daß er sie betrügt, und das war ihre oberste Priorität.

Weil Frank mich nicht hatte aufhören lassen, war ich beim Boxen geblieben. Ich wurde sogar ziemlich gut, obwohl ich damals dachte, es sei ein vulgärer Sport, und mich seiner schämte, trotz meiner Trophäen und Preise. Ich gewann hundertfünfzig Amateurkämpfe, und dann stieß ich auf diesen Burschen bei den Marines. In meinen Golden-Glove-Zeiten hatte ich gegen Schwergewichtler und sogar Superschwergewichtler gekämpft. Ich hatte viel einstecken müssen, aber bis zu diesem Burschen hatte ich nicht gewußt, daß es möglich ist, *so* hart zu schlagen. J. Z. Magill verspeiste solche Burschen zum Frühstück, aber ich war nicht mein Vater. Ich trug drei gebrochene Rippen, eine gebrochene Nase und einen Augenhöhlenbruch davon. Ich pißte zwei Wochen lang Blut, fieberte und hatte Wahnvorstellungen. Ich dachte, ich würde sterben. Wenn man einmal dermaßen Prügel bezogen hat, lebt man in der Furcht des Herrn. Ich hatte genug. Jetzt war Schluß mit dem Boxen. Es gibt immer jemand, der größer und gemeiner ist als man selbst.

Trotzdem lernte ich beim Boxen Selbstachtung und Disziplin und baute die innere Kraft auf, die man braucht, um Ziele durch harte Arbeit und unerschütterliche Standhaftigkeit zu erreichen. Diese Fähigkeiten brachten mich durch mein Medizinstudium. Jetzt arbeite ich als Unfallchirurg in der Notaufnahme des Valley General Hospital in Los Angeles und flicke Drogensüchtige und alkoholkranke Penner wieder zusammen. Und dann sage ich zu ihnen: »Los, raus mit dir und zeig's ihnen, Champion!« Das sag ich zu ihnen.

Kein schlechter Job. Ich bin das beste Skalpell in der Stadt, und ich hab alle Spielzeuge. Eine massiv goldene Rolex, einen Jaguar V-12 Cabrio, drei reinrassige Boxer. Die Hunde sind absolut süß, und mehr Gesellschaft brauche ich nicht. Ich will keine Ehefrau. Es gibt genügend Krankenschwestern zu vögeln, und ich will nicht erdrückt werden. Ich wünschte, ich könnte ganz aufs Vögeln verzichten, aber nichts macht mich schärfer als eine Krankenschwester in Uniform. Ich denke, das ist schon in Ordnung, aber ich möchte auf keinen Fall so enden wie meine beiden Eltern. Meine Großmutter, die zweiundvierzig Jahre ohne Mann gelebt hat, hat nicht gevögelt. Sie war nicht vollkommen, sie war nicht Mutter Teresa, aber sie hat mich geliebt. Ich versuche so wie sie zu sein und meine libidinöse Energie in meine Arbeit zu investieren. Vielleicht tue ich ja sogar etwas Gutes in dieser schrecklichen Welt, dieser Äußeren Mongolei des Geistigen.

Ich habe Frank Coles vergeben und auch mir selbst. Solange du dir selbst nicht vergeben hast, kannst du niemand lieben und nichts Gutes tun, nirgends und auf keine Weise.

Nur eins kann ich immer noch nicht schlucken. Meine Mutter war diejenige, die jeden Tag zur Arbeit ging, die Rechnungen bezahlte, das Haus putzte, drei Kinder aufzog, Franks Spielschulden bezahlte, wegsah, wenn er aus dem Haus ging, um Huren zu vögeln, und ihn pflegte, als er Krebs hatte, während er immer nur im Anzug auf der Couch saß, kettenrauchte und Cheez-its knabberte. Wie also kommt er dazu, einen Spruch in die Zeitung zu setzen wie: »Vom 6. Juli an werde ich für keine Schulden außer meinen eigenen mehr aufkommen«?

Schattenrisse

Window verliebte sich in der Abschlußklasse in Catherine, als sie beide im Rahmen »der besonderen pädagogischen Maßnahmen« in der Wäscherei der East High School arbeiten sollten. Die Arbeit brachte nicht viel, verschaffte ihnen aber ein bißchen Taschengeld, das Catherine für Marlboros, billigen Rotwein, Schokoriegel, LSD-Löschpapier und Marihuana ausgab und Window für Catherine.

Meldrick, ihr Boß, erkannte sofort, daß Window erhebliches Potential hatte, fand Catherine aber völlig unbrauchbar und sorgte dafür, daß sie im Speisesaal Dienst tat. Meldrick war der für die Waschmaschine, den Trockner und die Schleuder zuständige Hausmeister. Die Wäscherei war ein behagliches, an den Kesselraum angebautes Refugium, wo er in Ruhe sitzen und lesen konnte, während seine lernbehinderten Hilfskräfte die Sporthandtücher falteten. Meldrick erwartete nicht viel von den Schülern, aber es waren einfach so viele, daß sie schon bei minimaler Arbeitsleistung fast alles erledigten, was eigentlich er hätte tun sollen. Wenn sie fertig waren, erlaubte er ihnen, herumzualbern und sich aufzuführen wie Fagins Bande. Ihre Späße waren eine willkommene Ablenkung nach fünfundvierzig Minuten konzentriertem Spinoza oder David Hume. Manchmal machte Meldrick auch mit und klatschte sich rhythmisch auf die Brust und die Schenkel, eine Vorstellung, die er stets mit der von Ricky Ricardo aus *Bezaubernde Lucy* entlehnten Bemerkung »Das ist ja lää-cherlich!« abschloß.

Abgesehen von seiner großen Berufserfahrung als Hausmeister besaß Meldrick auch die besten Universitätsabschlüsse unter den Angestellten der Schule und arbeitete fleißig an seiner Dissertation, obwohl er fest überzeugt war, er würde nie einen besseren Job finden. Diese Überzeugung verstärkte sich noch, als er Window gefunden hatte, dessen

Leistungsfähigkeit ihn verblüffte. Window war so vertrauenswürdig und verantwortungsbewußt, daß ihm Meldrick bald die Schlüssel übergab und ihn auf die Werkstätten losließ. Window machte seine Sache auch immer tipptopp. Er vermurkste nie was, und alles, was Meldrick zu tun übrigblieb, war eine anschließende beiläufige Inspektion. Er brauchte bloß noch zu prüfen, ob die Handtuchspender gefüllt, alle Scheiben und Spiegel fleckenlos, die Böden gewischt, alle Lichter gelöscht und die Türen abgesperrt waren. An den Tagen, an denen Window richtig eingestellt und voll konzentriert war, machte Meldrick nicht einmal mehr diesen Rundgang.

Meldricks Neigung, die Rätsel des Seins zu erforschen, führte dazu, daß ihn die anderen Hausmeister mieden, aber auch im Lehrkörper, bei den Leuten mit den Staatsexamina, fand er niemanden, dessen Blick nicht sehr rasch glasig geworden wäre, wenn er über irgendeinen Philosophen diskutieren wollte, der ihn faszinierte. Manchmal dachte Meldrick, daß er an der ganzen Schule, ja vielleicht sogar unter allen arbeitenden Menschen des ganzen Landes der einzige war, der die Zeit hatte, philosophische Schriften zu lesen, und dank Window hatte er ungeheuer viel Zeit. Außerdem fühlte er sich nur in Gegenwart von Window richtig wohl. Mit Window konnte er reden und einfach er selbst sein, auch wenn Window über kein hochwertiges Vokabular verfügte. Dafür hörte Window aber aufmerksam zu, wenn Meldrick ihn in ein Klassenzimmer schleppte, an der Tafel komplizierte Begriffe wie »Nihilismus« und »Existentialismus« erläuterte und ihm erklärte, inwiefern sie für seine eigene Lebenssituation relevant waren, insbesondere dann, wenn Window so von Liebeskummer wegen Catherine gequält wurde, daß Meldrick die Werkstätten selber reinigen und sogar den schmutzigen Staubbeutel seines »Dreckschwein« genannten, ziemlich lauten, aber soliden Bodenstaubsaugers selber ausleeren mußte. Meldrick versuchte Window über die Liebe zwischen den Geschlechtern und andere praktische Fragen von einem äußerst luftigen, abgehobenen und theoretischen Standpunkt aus zu belehren, von dem aus alle Probleme des Lebens einfach und lösbar erschienen. Meldrick konnte sich so in Fahrt reden, daß er eine Stunde lang dozierte, bis Window schließlich umfiel wie ein hypnotisiertes Huhn, dessen Schnabel man auf einen Strich in der Erde gesetzt hat.

Obwohl ihn Meldrick wiederholt vor Catherine warnte, die an der ganzen Schule für ihre Launen und sexuellen Eskapaden bekannt war, blieb Window, nachdem sie ihm einmal erlaubt hatte, mit ihr zu schlafen, völlig taub für solche Ermahnungen. Wie Odysseus hatte er den Gesang der Sirenen gehört und war der Vernunft nicht mehr zugänglich.

Meldrick wurde wütend. »Ich rede mit dir, bis ich blau im Gesicht bin. Du hörst einfach nicht zu. Was ist mit dir los? Hallo, bist du eigentlich bei dir?«

»Ich bin vollkommen bei mir, Meldrick.«

»Ach, herrje. Und ich dachte, du wärst verloren im Weltraum.«

»Nein, Meldrick. Window steht mit beiden Beinen auf der Erde.«

»Dann können wir vielleicht das Rätsel lösen. Den gordischen Knoten durchtrennen. Laß uns mal was Neues versuchen. Hör gut zu, Window, das ist wichtig. Ich zähle jetzt von eins bis sieben, und du wirst dich mehr und mehr entspannen. Stell dir vor, du gehst eine Treppe hinunter, und bei jeder Stufe entspannst du dich mehr. Eins ... zwei ... drei (du entspannst dich). Window, bitte grinse nicht so selbstgefällig. Vier ... fünf ... sechs ... sieben. So! Jetzt stehst du in Kontakt mit der geistigen Kraft in dir, die alles weiß. Und was sagt sie?«

Window lachte: »Ich weiß schon, Meldrick: Laß das Weib in Ruhe!«

»Jetzt hast du's kapiert, Kumpel. Bleib weg von der Frau. Sie ist böse. Sie wird dich verrückt machen, Mann.«

»Ich werde mich fernhalten.«

»Versprichst du's?«

»Jawohl.«

»Gut, wenn ich jetzt rückwärts von sieben bis eins zähle, kommst du aus dem feuchten Kellergewölbe des Unbewußten wieder heraus und trittst in die herrliche Sonne eines Lebens ohne die Ranken und Netze aus schwarzer Magie, mit denen dich die häßliche Spinne einzufangen versucht hat. Sieben ... sechs ... fünf – hör auf zu grinsen, Window! Vier ... drei ... zwei ... eins – Bingo! Wie fühlst du dich, Window?«

»Ich habe Kopfschmerzen.«

»Ach, das ist ja lää-cherlich!« sagte Meldrick. »Nimm zwei Aspirin, und ich seh dich dann morgen. Du darfst gehen.«

Meldrick saß am liebsten mit einem dicken Buch und einer Tasse Kaffee in der Wäscherei und hörte dem tröstlichen Geräusch des Wäschetrockners zu, während Window die Arbeit für ihn machte. Window hatte einen dicken Hintern und kurze Beine, und wenn er mit kurzen Trippelschritten in der Wäscherei hin- und herrannte, um Nachschub zu holen, mußte Meldrick immer daran denken, wie Kirby Puckett für die Minnesota Twins übers Feld watschelte, wenn er einen dreifachen Run machte, und dann mußte er lachen. Er wußte, daß sich Window nur deshalb beeilte, weil er ein bißchen Zeit herausschinden wollte, um Catherine zu suchen und der großen Liebe seines Lebens ein oder zwei Küsse zu stehlen. Meldrick war sich dieser Machenschaften durchaus bewußt, ignorierte sie aber, solange Windows Leistung nicht nachließ.

Catherine mochte Window nicht besonders. Sie weinte immer noch einem Typ nach, der sie im Vorjahr geschwängert und sich dann nach Spokane abgesetzt hatte, so daß Catherine und ihre Eltern allein sehen mußten, wie sie mit der Abtreibung zurechtkamen. Sie mochte Window nicht, weil er so spießig war und den Ehrgeiz hatte, hauptberuflicher Hausmeister zu werden, wenn er die High-School geschafft hatte. Catherines Eltern dagegen mochten Window und ermunterten ihn stets, sie in ihrer Wohnwagensiedlung draußen in der Hoquiam-Indianerreservation zu besuchen, auch wenn er blond, blauäugig und ultraweiß war. Window war so weiß, daß er beinahe durchscheinend war – man konnte durch ihn hindurchsehen, daher auch der Spitzname. Sein wirklicher Name war Albert Thomas. Ob Albert Thomas oder Window – Catherines Eltern war das egal: Er bedeutete eine »Aussicht«, und sie hofften, daß Catherine bei ihm zur Ruhe kommen würde. Sie hatte einen wilden Zug in ihrem Wesen und mußte gezähmt werden. Vielleicht würde er sie sogar erlösen und Catherine heiraten. Deshalb schlossen sie auch beide Augen, wenn Catherine den jungen Mann in ihr Zimmer mitnahm und die beiden »Verlobten« anschließend den ganzen Wohnwagen zum Schaukeln brachten wie ein kleines Boot auf hoher See. Fernsehen war dabei kaum möglich, besonders während der Höhepunkte, aber die Eltern gewöhnten sich rasch daran und lachten sogar ein bißchen darüber.

Meldrick und die anderen Hausmeister von der East High versuchten immer noch, Window davon abzubringen, sich mit Catherine zu treffen, und sagten ihm ganz direkt, daß sie nichts tauge. Josie, die Toilettenfrau, die ständig damit beschäftigt war, die Streitereien zwischen den Schülerinnen während der Mittagspause zu schlichten, und Catherine während ihrer pseudo-epileptischen Anfälle betreute, wandte sich nicht an Window, sondern bat Meldrick, er solle seinen ganzen Einfluß bei Window geltend machen, um die Beziehung zu zerstören. Es sei eine Schande, sagte sie. Window sei so ein netter Junge und Catherine eine einzige Katastrophe, völlig verdreht. Meldrick protestierte nur schwach. »Da sind mir die Hände gebunden – es ist die Metaphysik der Geschlechter. Jedesmal, wenn das Weibsstück vorbeikommt, verwandeln seine Augen sich in zwei strahlende Sterne.«

Packard, einer der Nachtwächter, konfrontierte Window eines Morgens damit, daß er Catherine und den schlimmsten Unruhestifter der Schule erwischt habe, wie sie schamlos in den Büschen rammelten, als er gerade die Alarmanlage im Treibhaus abstellen wollte. »Und willst du wissen, wer sie gefickt hat, du Trottel? Von diesem Centrick Cline hat sie sich flachlegen lassen, das sagt ja wohl alles! Das Weib ist verrückt, Window, und dich verarscht sie total. Sie *betrügt* dich, Mann!«

Als Meldrick am Nachmittag zum Dienst in die Wäscherei kam und davon hörte, wurde er richtig wütend und piesackte Window so lange, bis der rot anlief. Als er merkte, daß er Erfolg hatte, baute Meldrick seine Anklage aus: Er nahm die Haltung eines Staatsanwalts vor Gericht ein und drohte Window sogar damit, ihn zu feuern. Es war bloß Schau, aber Meldrick steigerte sich so hinein, daß Window nur noch seinen Kopf sinken lassen und sagen konnte: »Ich weiß. Ich weiß. Sie taugt nichts.« An diesem Abend arbeitete Window freiwillig eine Stunde länger ohne Bezahlung, und ehe er nach Hause ging, kam er noch einmal zu Meldrick und entschuldigte sich dafür, daß er ihn so enttäuscht habe.

»Das sagst du jetzt, du Idiot, aber du meinst es nicht ernst. Du bist verrückt, Mann. Diese Frau ist dein Untergang.« Window wand sich vor Qual unter Meldricks Schelte. »Verdammt noch mal, Window! Es bricht mir das Herz, wie du dich aufführst. Ich tu alles mögliche, um dir zu helfen. Ich versuche, dein Freund zu sein, und wie führst du dich auf? Warum trinkst du nicht gleich ne Flasche Drano? Dann hättest du's hinter dir. Ich kann's gar nicht mit ansehn, was du da durchmachst.«

»Das stimmt«, sagte Josie. »Sie ist eine Nutte. Halt dich fern von ihr. Sag's ihm, Meldrick.«

»Ich sag's ihm ja, aber es sinkt nicht richtig ein. Window, du bist komplett von der Rolle. Wir sind deine Freunde: Hör zu! Was ist denn bloß mit dir los? Du bist doch nicht dumm. Also stell dich nicht blöd. Ich bin den Zirkus leid. Benutz mal deinen Verstand.«

In den folgenden Wochen preßte Meldrick Window das Versprechen ab, sich von Catherine fernzuhalten, und eine Zeitlang ging Window ihr auch aus dem Weg. Catherine war darüber ziemlich bestürzt, denn sie hatte gedacht, sie hätte ihn in der Tasche, und als er aufhörte, sie anzurufen und in der Schule ihre Gesellschaft zu suchen, stieg plötzlich ein eigentümliches Gefühl der Leere in ihr auf, und sie begann ihren Freundinnen zu erzählen, sie sei in Window verliebt und erwarte ein Kind von ihm.

Daraufhin ging Window zu Meldrick und erklärte ihm, daß er Catherine heiraten müsse. Und Meldrick brüllte nicht etwa los und hielt auch keine Predigt, sondern schüttelte resigniert den Kopf und sagte: »Na ja, wenn du sie wirklich liebst, dann tu's eben. Dann ist meine gute Zeit halt vorbei. Ich wußte, es war zu schön, um wahr zu sein. Jetzt muß ich zur Abwechslung eben mal wieder arbeiten.«

Window bat Meldrick, sein Trauzeuge zu sein, nachdem sein lernbehinderter Kumpel Paul Palmer, dem er diese Ehre eigentlich zugedacht hatte, im Bett einen epileptischen Anfall hatte und mit dem Gesicht nach unten auf dem Kissen erstickt war. Meldrick weigerte sich, er wollte nichts mit der Hochzeit zu tun haben. Währenddessen machten Catherine und Window schon weitere Pläne.

Anfang Juni, kurz vor den großen Ferien, hatten die Bibliothekarinnen eine Karre aus der Besenkammer holen wollen und dort den Hausmeister Mancini, einen bekannten Alkoholiker, ohnmächtig am Boden liegend gefunden, neben seinem Ohr einen tickenden Wecker und ein Sechserpack Olympia-Bier an der Seite. Mancini trug einen üppigen Vollbart und ein schmutziges Flanellhemd, sein linker Schuh fehlte. Er atmete unregelmäßig, und die verängstigten Bibliothekarinnen riefen den Chef-Hausmeister, und der wiederum holte den Direktor. Der Direktor war nicht in der Lage, Mancini zu wecken, aber er hatte schon genug Betrunkene gesehen, um zu wissen, daß Mancini ins Leben zurückkehren würde. Deshalb tippte er lediglich eine kurze Notiz: »Sie sind gefeuert!«, setzte das Datum und seine Unterschrift darunter und klebte sie an die Bierbüchsen. Meldrick wartete ein paar Tage, dann ging er zum Direktor und wies darauf hin, daß Window, hervorgegangen aus dem Sonderschulprogramm der East High, nicht nur ein zuverlässiger, fleißiger und fröhlicher Arbeiter, sondern auch ein hervorragender Kandidat für Mancinis Job sei. Der Direktor hörte sich das alles geduldig an und sagte dann, Window sei zu jung. »Er ist neunzehn«, sagte Meldrick. »Wozu machen wir eigentlich ein Sonderschulprogramm mit praktischer Ausbildung, wenn die Absolventen dann keine Jobs kriegen?«

Das war ein schlagendes Argument, und der Direktor sagte, Window könne ja mal eine Bewerbung einreichen, er werde sie wohlwollend prüfen. Am Abend, während Window Meldricks Bereich putzte, ging Meldrick also in eins der Büros, füllte das Bewerbungsformular aus und schrieb obendrein noch einen kleinen Aufsatz in der Art, wie Window redete. Window las und unterschrieb die Formulare, und Meldrick faltete sie sorgfältig zusammen und steckte sie ins Fach des Direktors.

Eine Woche später fand das Vorstellungsgespräch statt, und Window wurde als Mancinis Nachfolger eingestellt. Catherines Eltern waren begeistert und improvisierten draußen in der Reservation gleich eine kleine Feier für Window. Die Schulbehörde zahlte sehr gut, und die Kranken- und Altersversorgung war ganz ausgezeichnet. Auch als Catherine das Kind verlor, bemühten sich ihre Eltern weiter um Window. Aber im Sommer, als alle nur tagsüber Dienst hatten, fielen Meldrick, Packard und Josie gemeinschaftlich über ihn her und erhoben neue Anschuldigungen gegen seine Verlobte, und Catherine, erleichtert über die Fehlgeburt, verlor alles Interesse an Window, nannte ihn einen Langweiler und schmiß ihm seinen Ring ins Gesicht.

Catherine weigerte sich, Window je wiederzusehen, und innerhalb von zehn Tagen nahm Window, der abgesehen von seinem fetten Hintern ohnehin ziemlich schlank war, sechs Kilo ab. Bei der Arbeit wirkte er unkonzentriert, und wenn die Hausmeister eine ihrer zahlreichen Pausen einlegten, schlief er häufig am Tisch ein.

Ted Frank Page, der Sportwart, lachte immer, wenn Window im Schlaf der Mund offenstand. »Jetzt macht er ein O«, sagte er. Und wenn Window auch nur ein bißchen seine Zunge herausstreckte, schlug Page mit der flachen Hand auf den Tisch und erklärte, Window mache ein Q. Daraufhin brüllten die Hausmeister alle vor Lachen, und Window, der schrecklich schüchtern war, schrak hoch und wurde rot wie eine Tomate. Manchmal flüchtete er vom Tisch und blieb für Stunden verschwunden. Obwohl die Hausmeister natürlich alle Verstecke gut kannten, konnte niemand Window finden, wenn er gekränkt war. Es wurde vermutet, daß er oben auf dem Dach schmollte, aber die meisten von ihnen waren zu faul und viel zuwenig in Form, um die eisernen Sprossen zu erklimmen, die da hinaufführten. Im allgemeinen tauchte Window später in Meldricks Bereich wieder auf, um zu sehen, ob er vermißt worden war, und so, wie Meldrick ihn piesacken konnte, vermochte er ihn bei diesen Gelegenheiten auch wieder zu trösten, indem er ihm ein neues, schöneres Leben ausmalte: Thunderbirds und Motorräder, einen gesunden Körper durch gesunde Ernährung und sportliche Ertüchtigung, schicke Klamotten, eine Spange, die seine Zähne begradigte, eine eigene Wohnung und schließlich den Hauptgewinn – ein schönes Weib. Alsbald vergaß Window seine Catherine vollkommen und gab sich Phantasien hin über Whitney Houston oder Paula Abdul, zwei Sängerinnen, die Meldrick kaum kannte. Er gab Window zwar die Empfehlung, ein bißchen realistisch zu bleiben, mochte solche Möglichkeiten aber nicht ausschließen. »Du bist ein netter Junge, Window. Wer weiß. Wenn du es richtig anfängst, passiert vielleicht wirklich so etwas, Kumpel. Du weißt ja, das Universum ist voller Reichtum. Manchmal braucht man bloß zu fragen.«

Von seinem Hausmeistergehalt kaufte sich Window den alten Citroën hinter der Kraftfahrzeugwerkstätte, und der Werkstattleiter, der während der Sommerferien einen Kurs leitete, brachte ihn für Window wieder zum Laufen. Die Hausmeister machten sich über den Citroën lustig, der wie eine fliegende Untertasse aussah, und Ted Frank Page sagte:

»Wie soll er denn sonst vom Planeten Fringus hierherkommen? Da braucht er schon ein Raumfahrzeug.«

Der Chef-Hausmeister lachte und sagte: »In einem Ford kommt man da wohl nicht hin, was?« Er stieß mit seinem dicken Bauch an den Tisch, als er laut lachend den Kopf zurückwarf. »Wirklich ein unglaublicher Laden!«

Im weiteren Verlauf des Sommers gelang es Window, Catherine mit Geschenken und Liebesbeteuerungen zu verführen. Sie schmorte in Langeweile draußen in der Reservation und hatte angefangen, ihre Eltern ernsthaft zu hassen, vor allem ihren Vater, der wegen seiner Bandscheiben eine Berufsunfähigkeitsrente bezog und ständig herumjammerte, damit ihn Catherine bediente. Also kam Catherine oft zur East High, mit ihrer Freundin Lutetia, einem dicken Mädchen, das immer hinter statt neben ihr ging. Die Hausmeister fanden das merkwürdig, aber Lutetia war auch aus dem Sonderschulprogramm hervorgegangen, und das erklärte jedwede Absonderlichkeit. Bei Catherines Besuchen ging es fast immer um Geld, und wenn Window keins hatte, kriegte Catherine eine schreckliche Wut, stemmte ihr Fäuste in die Hüften und schnauzte Window mit zusammengebissenen Zähnen an. Dann lief er rot an, ließ unterwürfig den Kopf hängen und versuchte sie zu beruhigen. »Bitte, Catherine, entspann dich, sonst kriegst du noch einen Anfall.«

»Wenn ich einen Anfall kriege, dann bist du dran schuld, Window. Du blödes Arschloch. Wichser. Schwanzlutscher. Ich hasse dich, Window!«

Solche Szenen veranlaßten Packard und Meldrick zu neuen Bemühungen, die Beziehung zu zerstören. Window gab auch ohne weiteres zu, daß Catherine zu wild für ihn war, aber andererseits war er stur. Stur war er deshalb, weil er jetzt einen richtigen Job und jede Menge Geld hatte (für einen Neunzehnjährigen war die Bezahlung als Hausmeister recht üppig), und deshalb war es ihm gelegentlich auch egal, was Meldrick dachte. Meldrick hatte den Verdacht, daß noch mehr dahintersteckte, und eines Nachmittags entlockte er Window in der Bibliothek das Geständnis, daß Catherine erneut schwanger war. Das Kind sei von ihm, sagte Window, das wisse er ganz genau. Er liebe sie, sagte er zu Meldrick, und sobald sie mal ihre eigene Wohnung hätten und Catherine aus der explosiven Spannung im Wohnwagen ihrer Eltern heraus sei, wo ständig ihr betrunkener Vater herumhänge, würde bestimmt alles gut werden.

Der Chef-Hausmeister sagte Window, er habe es satt, daß Catherine dauernd in der Schule auftauche, und ihre Tobsuchtsanfälle habe er auch satt, Window möge doch sein Privatleben aus seinem beruflichen Leben heraushalten. Nachdem der Chef-Hausmeister den Aufenthaltsraum verlassen hatte, sah Meldrick Window mit einem belustigten Blick an und sagte: »Er hat recht, Window. Diese Sonderschulscheiße muß aufhören. Du bist jetzt Hausmeister, also benimm dich auch wie ein Profi.«

Nach der Geburt seines Sohnes Joey fing Window an zuzunehmen. Meldrick beschuldigte ihn, daß er Ersatzbefriedigung suche, aber Window wollte von irgendwelchen Problemen zwischen ihm und Catherine nichts wissen. Allerdings eilte er nach der Nachmittagsschicht nie zu seiner Braut nach Hause, sondern spielte lieber in der Turnhalle Volleyball mit den anderen Hausmeistern. Diese Turniere wurden von Ted Frank Page organisiert, der immer extra früh kam, um zu spielen, lange ehe die Nachtschicht begann. Nach dem Spiel gingen Page und Meldrick immer noch in den Fitneßraum, und sie ermunterten Window, doch auch mit den Hanteln zu arbeiten und mehr für seinen Körper zu tun. Hier im Fitneßraum gab Window dann schließlich zu, daß Catherine sich seit der Geburt ihres Sohnes kategorisch weigerte, mit ihm zu schlafen, daß sie mit Hilfe seiner Kreditkarte einen Haufen Schulden gemacht hatte und er jetzt gezwungen war, seinen Bruder Roy als Untermieter in ihrer gemeinsamen Wohnung aufzunehmen, um alles bezahlen zu können.

Roy war zwar Windows Bruder und hatte ebenfalls am Sonderschulprogramm teilgenommen, aber er war hochgewachsen und sah gut aus. Er hatte bessere Zähne als Window. Ted Frank Page verspottete Window und sagte, während er sich hier bei der Nachmittagsschicht den Arsch aufreiße, sei Roy wahrscheinlich zu Hause und stecke Catherine seinen Schwanz rein. *Das* sei der Grund dafür, warum sie nicht mit Window schlafen wolle. Eines Abends, nachdem sie gemeinsam Meldricks makrobiotisches Spezialgericht – eine Kombination von braunem Reis, schwarzen Bohnen und Rosinen – zu sich genommen hatten, fand Meldrick Window in einem der Klassenzimmer, wo er den Fernseher laufen hatte und eine Zweiliterpackung neapolitanische Eiskrem verputzte, in die er ein Pfund M&M's gerührt hatte. An seiner Seite stand ein Sechserpack Eis-Cappuccino. »Hab ich dich erwischt?« rief Meldrick in der Staatsanwaltspose. »Bist du denn verrückt geworden?«

Window sah Meldrick verblüfft an, warf einen Blick auf sein Eis und brach in brüllendes Gelächter aus.

»Du bist ja völlig außer Kontrolle«, sagte Meldrick und imitierte dabei den stellvertretenden Direktor. »Es muß sofort etwas geschehen. Das sind ja mindestens sechstausend Kalorien, was du da hast.« Meldrick schüttelte den Kopf. Er werde jetzt in der Bibliothek ein Nickerchen machen. »Sieh zu, daß ich um zehn wieder wach bin, okay? Ich muß mich ein bißchen erholen. Mein Yin-Yang ist ganz aus dem Gleichgewicht.«

»Mach du nur dein Schönheitsschläfchen, Meldrick, ich weck dich um zehn.«

»Wenn du kommst, mußt du pfeifen, damit ich weiß, daß du es bist. Letzte Nacht wäre ich beinahe erwischt worden. Ray schnüffelt neuerdings immer herum. Er führt sogar ein Berichtsheft. Hält sich wohl für den KGB oder so was.«

Ein paar Tage später traf, adressiert an Window, ein exotisches Paket aus Marseille ein. Es erregte großes Interesse beim

Büropersonal und war einen ganzen Tag lang Gegenstand heftiger Spekulationen. Sogar die höheren Verwaltungsbeamten wurden neugierig, aber erst gegen zwei Uhr nachmittags erschien Window, öffnete den rätselhaften Karton und enthüllte einen neuen Anlasser für seinen Citroën, der den ganzen Sommer über mit einem Platten auf dem hinteren Parkplatz herumgestanden hatte. Meldrick und Ted Frank Page bauten den Anlasser noch am selben Tag ein, aber bald stand der Citroën wieder verlassen herum, weil der Kühler überhitzt war und platzte. Window hatte nicht genug Geld, um einen neuen kommen zu lassen.

Meldrick hielt Window einen Vortrag darüber, daß er nicht all sein Geld für Süßigkeiten, Pornofilme und Pornoheftchen ausgeben solle. »Hast du einen Hormonstau oder was?« fragte er. »Ich weiß, du bist neunzehn, aber du übertreibst wirklich ein bißchen. Die Bibliothekarinnen haben eine von deinen Pornozeitschriften in ihrem Arbeitszimmer gefunden und waren total schockiert. Ray hat behauptet, das hätte wohl ein Schüler liegenlassen, und dich damit aus der Schußlinie gebracht. Aber du mußt wirklich vorsichtiger sein. Gebrauch doch mal deinen Verstand!«

Eines Abends kam Window ganz aufgeregt zu Meldrick und sagte ihm, Catherine hätte ihn bei der Arbeit angerufen und gesagt, sie kriege in zwei Wochen ein weiteres Baby. Wie denn das möglich sein könne, fragte er Meldrick, er habe doch seit über einem Jahr nicht mehr mit ihr geschlafen. »Sie sagt, einmal hätte ich's doch getan, da wären wir beide betrunken gewesen und ich würde mich bloß nicht mehr dran erinnern, aber das ist gelogen.«

»Page hat recht«, sagte Meldrick. »Roy muß sie gevögelt haben. Herrje! Dein eigener Bruder! Das ist echt lächerlich!«

Dann fragte Meldrick, wie Catherine eine Schwangerschaft von achteinhalb Monaten mit sich herumtragen könne, ohne daß Window es wisse. Window ließ den Kopf hängen und sagte: »Sie ist so fett, da sieht man es gar nicht.«

Später zeigte Window Meldrick die Rechnungen für die

Telefongespräche, die Catherine mit ihrer ersten Liebe geführt hatte, dem Jungen in Spokane. Meldrick fragte, ob der vielleicht der Schuldige sein könnte, aber Window sagte, nein, er sei sich ganz sicher, daß es Roy wäre. Er könne sich an einen Abend im Herbst erinnern, wo er in der Wohnung nebenan gewesen war, um dort einen Streit zu schlichten. »Weißt du, Johnny hatte Karen eine Bratpfanne auf den Hinterkopf geschlagen, und sie schmissen Möbel herum. Ich hab ihnen gesagt, eine Prügelei wäre keine Lösung, sie sollten das lieber ausdiskutieren. Karen sagte: ›Ich laß mir doch nicht von Johnny erzählen, *Another World* wäre blöd, Carl Hutchins wäre ein Flacharsch mit kurzem Penis und einem fettigen Pferdeschwanz, und ich wäre geil auf ihn, weil er im Fernsehen ist, in Wirklichkeit –‹«

»Window«, sagte Meldrick, »du brauchst mir nicht die ganze Seifenoper zu erzählen.«

»Okay, okay, aber jetzt hör mal: Als sie sich beruhigt hatten, bin ich wieder nach Hause gegangen, und die Jalousien waren unten, und ich habe ihre Schatten gesehen. Sie waren auf der Couch, Catherine und Roy, und haben sich geküßt. Er hatte ihr den BH ausgezogen. Ich konnte ihre großen, harten Titten durch die Jalousie sehen.«

»Er hat Schattenrisse gesehen«, erzählte Meldrick später beim Volleyball Ted Frank Page. »Schattenrisse auf der Jalousie –« Alles verstummte bei dieser Eröffnung, und Meldricks Worte hallten in der Turnhalle mit ihrer außergewöhnlich guten Akustik lange nach.

Schließlich sagte Ted Frank Page: »Window, warum bist du nicht reingegangen und hast sie in den Arsch getreten?«

Window marschierte auf dem Basketballfeld hin und her, den dicken Hintern hochgereckt, die Fäuste in die Hüften gestemmt. »Da ist dieser große Stein auf dem Hof, über den ich nachts immer stolpere. Ich war so sauer auf Roy und Catherine, daß ich versucht habe, ihn mit bloßen Händen aus der Erde zu graben. Dabei hab ich mir allerdings bloß die Fingernägel abgebrochen und den Zahn aufgeschlagen.«

»Er hat reingebissen«, sagte Meldrick. »Ich hab den Stein gesehen. Das ist Granit.«

»Er hat rumgewackelt, als ob er ganz leicht rauskommen würde, aber ich hab ihn erst aus dem Boden gekriegt, als ich den Wagenheber aus dem Auto geholt hab –«

»Wie groß war er denn?« fragte Page. »Was hast du damit gemacht?«

»Mächtig groß«, sagte Window. »Wie ne Bowlingkugel, nur schwerer. Ich rannte damit zum Fenster und hab das Ding reingeschmissen – *buuummm!*« Window nahm seine Hausmeisterschlüssel vom Gürtel und schleuderte sie an die Scheibe vom Schwarzen Brett am anderen Ende der Halle. Dann trat er die Volleybälle mit solcher Wucht an die Decke, daß die Platten zersprangen. Die Hausmeister warteten, bis Window sich ausgetobt hatte.

»Ja, und? Was haben sie gemacht? Was haben Roy und Catherine gemacht, Window? Was zum Teufel ist passiert?« fragte Page.

»Er ist weggerannt und hat sich im Gebüsch versteckt«, sagte Meldrick.

»Du bist nicht reingegangen und hast ihr den Arsch versohlt?« fragte Page. »Mein Gott! Window!«

»Ich hatte Angst, sie würden mich verhaften lassen. Catherine hat die Bullen angerufen. Ich blieb in den Büschen, bis die Polizei wieder weg war. Dann bin ich zu Johnny und Karen zurück und hab ein Bier bei ihnen getrunken –«

»Na, irgendwann bist du doch nach Hause, was hast du *gesagt?*« fragte Page.

»Ich hab überhaupt nichts gesagt. Catherine hat gesagt, irgendein Irrer hätte einen Felsen ins Fenster geschmissen. Ein Junkie oder ein Geisteskranker, der aus dem Eastern State Hospital weggerannt ist.«

»Und du hast ihr nicht den Hintern versohlt?« fragte Page.

»Ich hab das Bier in die Toilette gekotzt«, sagte Window.

»Er war aufgeregt«, sagte Meldrick. »Und mit dieser Frau kann er nicht diskutieren. Sie ist viel zu manipulativ und dominierend. Sie hat ihm einzureden versucht, er hätte sie geschwängert, als er mal betrunken war, einen Abend. Dabei rennt sie die ganze Zeit mit Roys Knutschflecken am Hals rum. Mein Gott! Ich glaube, das ist nicht der idyllische Traum vom Eheglück, den Window sich vorgestellt hat.«

Ted Frank Page stand in der Mitte der Turnhalle und ließ einen Volleyball dotzen. »Ha, ha, verdammt noch mal, Meldrick! Eheglück. Wo hast du denn das her? Eheglück. Au, Mann! Ha, ha!«

Meldrick wurde ernst. »Jetzt denk mal nach, Window! Ist es sicher, daß du mindestens neun Monate lang nicht mit deiner Frau geschlafen hast?«

Window guckte ihn mit großen Augen an. »Ich glaube, nicht«, sagte er. »Ich bin mir sogar ziemlich sicher.«

»Dann laß doch einen Bluttest machen, wenn das Kind da ist. Laß dich von dem Miststück scheiden –«

Window konnte weder schlafen noch essen und putzte seinen Bereich jeden Abend in Windeseile, damit er nach oben gehen und Meldrick helfen konnte, in der Hoffnung, daß ihm dieser aus Dankbarkeit psychologischen Trost spenden würde. Meldrick war der einzige Hausmeister, der ihn nicht einfach mit einem: »Ich hab's dir doch gleich gesagt« wegschickte.

»Ich weiß, es ist Roys Kind, es sieht genauso aus«, sagte Window. »Es hat seine Bugs-Bunny-Nase –«

»Window, jetzt denk doch mal nach. Wann hast du zum letztenmal mit Catherine geschlafen? Bist du sicher, daß es nicht möglich ist?«

»Es kann gar nicht meins sein, Meldrick. Ich weiß es einfach. Können wir nicht das I Ging befragen?«

Meldrick ging mit Window in die Bibliothek und holte das I Ging aus dem Regal. Die beiden Hausmeister setzten sich ins Büro der Bibliotheksleiterin, und während Window die Münzen warf, schrieb Meldrick das entsprechende Hexagramm auf – Nummer 29.

»Was bedeutet das?« fragte Window.

»Schlecht. Das ist schlecht«, sagte Meldrick.

»Meldrick«, sagte Window mit einiger Hoffnung. »Kannst du es fragen, ob ich in der Lotterie gewinne?«

»Window! Herrje! Schmeißt du immer noch Geld aus dem Fenster für Lotterielose? Was soll das? Warum hörst du eigentlich nie zu? Das ist doch sinnlos, schlicht und einfach vollkommen sinnlos.«

Catherine reichte die Scheidung ein und kriegte alles, mit Ausnahme des nutzlosen Citroën. Das Gericht verurteilte Window zu einer Unterhaltszahlung von sechshundert Dollar pro Monat, und nach den Monatsraten für die Anwaltsrechnung, den Zinsen für die Kreditkartenschulden und dem Zuschuß für Kost und Logis an seine Eltern blieben Window monatlich noch jämmerliche siebzig Dollar Taschengeld übrig. Er ging jeden Tag sechs Meilen zu Fuß zur Arbeit und sechs Meilen wieder zurück. Ted Frank Page nahm gern Papier und Bleistift zur Hand und rechnete am Mittagstisch aus, wieviel das Baby seines Bruders Window letzten Endes kosten würde ... eine Summe von weit über sechzigtausend Dollar. »Dafür hättest du zu dieser Ranch in Las Vegas gehen und eine Menge *guten Sex* haben können, Window.«

Einmal setzte sich Josie am Nachmittag mit Window hin und versuchte auszurechnen, wie er seine Schulden abzahlen und nebenher noch genug zusammensparen könnte, um eine Vaterschaftsuntersuchung für Catherines zweites Kind machen zu lasen.

»Mein Vater sagt, bei Brüdern funktioniert der Test gar nicht.«

»Die haben jetzt einen neuen Test«, sagte Josie. »Der funktioniert, das kannst du mir glauben.«

Jedesmal, wenn Window die Möglichkeit erwähnte, einen Rechtsanwalt einzuschalten, um per Gerichtsbeschluß einen DNA-Test durchzusetzen, ballte Catherine die Fäuste, knirschte mit den Zähnen und kriegte einen Tobsuchtsanfall.

»Siehst du«, sagte Meldrick. »Wenn sie nicht beunruhigt

wäre, würde sie dich einfach auslachen und sagen, du bist ein Idiot. Sie ist schuldig und hat deshalb Angst.«

Aber soviel Josie auch hin und her rechnete, Window hatte sowieso nie eine Chance, die zweitausend Dollar für die juristischen und medizinischen Gebühren zusammenzukriegen. »Können deine Eltern dir nicht das Geld leihen?«

»Sie haben gesagt, ich müßte selbst sehen, wie ich zurechtkomme«, sagte Window. »Ich glaube, weißt du, es ist ihnen peinlich –«

»Weil es dein eigener Bruder war. Das ist wirklich mies. Sie haben allen Grund, sich zu schämen.«

»Das kommt von diesem blöden Sonderschulprogramm«, sagte Ted Frank Page.

»Wir haben dir ja gleich gesagt, du sollst das Miststück nicht heiraten«, sagte Meldrick und paffte im Aufenthaltsraum der Hausmeister ein Zigarillo.

»Denk doch mal an die ganzen hochklassigen Weiber, die du für das Geld hättest haben können, das du da dauernd hinblätterst. Was bist du doch für ein Idiot.«

»Window«, sagte Josie. »Wenn du das nächstemal eine Freundin suchst, geh in die Kirche. Da lernst du ein nettes Mädchen kennen. Ein Mädchen mit Tugend.«

Window gewöhnte sich an, seine siebzig Dollar gleich am ersten Tag des Monats zu verjubeln. Unweigerlich gab er das Geld für Pornos und Junk-food aus. Seine Mutter bekochte ihn zwar, stellte aber kein Junk-food zur Verfügung. Deshalb benutzte Window seinen Schlüssel zum Laden der Schule und plünderte die Süßigkeiten-Vorräte, bis der Lehrer für Freizeitgestaltung das Schloß auswechseln ließ. Daraufhin holte sich Window den Kühlschrankschlüssel der Köchin und fing an, Schüler-Pizzen zu klauen. Eines Tages, als er den Schlüssel wieder einmal aus der obersten Schublade am Schreibtisch der Köchin herausholen wollte, stellte er fest, daß er nicht da war. »Sie sind dir auf der Spur«, sagte Packard. »Gib bloß nichts zu. Wenn sie dich rufen lassen, streite einfach alles ab.«

»Wenn sie mich *rufen lassen?*« fragte Window voller Angst in der Stimme.

»Ja, wenn sie dich rufen lassen und ausfragen, mußt du lügen, du Idiot.«

»Rufen lassen? Ins *Büro?*« fragte Window.

»Ich weiß gar nicht, worüber du dich eigentlich aufregst«, sagte Ted Frank Page. »Du bist doch hier der Depp, der sich den Arsch aufreißt bei der Arbeit – und wer kassiert, hey? Ich sag's dir: das sind deine fettärschige Ex-Frau und dein Bruder, die nehmen sich dein Geld, das Geld von der Wohlfahrt und alles. Wenn ich du wäre, würde ich in den Citroën steigen und abhauen zum Fringus, zu deinen eigenen Leuten. Wenn sie dich hier rausschmeißen, tun sie dir doch einen Gefallen.«

»Er hat recht«, sagte Meldrick. »Du bist ein edler Geist, Window, ein Unschuldiger – eine reine Seele. Viel zu gut für diesen gnadenlosen, brutalen Planeten. Du verdienst ein besseres Schicksal.«

Der stellvertretende Direktor fing an, Window wegen kleinerer Verfehlungen zu ermahnen. Einmal vergaß Window seinen Staubsauger im Proberaum der Band, und der Musiklehrer beschwerte sich im Büro des Direktors. »Wenn das noch einmal vorkommt«, sagte der stellvertretende Direktor fröhlich und zeigte mit der flachen Hand zur Tür, »kriegen Sie eine Abmahnung.«

Bei einer anderen Gelegenheit vergaß Window eine Elternbeiratsversammlung, nahm eine Abkürzung zum Cola-Automaten und platzte im T-Shirt ins Konferenzzimmer, während sein Walkman mit voller Lautstärke »Fine Young Cannibals« spielte. Der stellvertretende Direktor machte einen Eintrag in seine Personalakte, weil er nicht das vorschriftsmäßige Hemd angehabt und weil er mit aufgesetzten Kopfhörern gearbeitet hatte, was einen Verstoß gegen die Sicherheitsbestimmungen darstellte. Die Abmahnung erfolgte, als ein anderer Hausmeister behauptete, Window habe seinen Mop und seinen Eimer benutzt und dann schmutzig in die Besenkammer gestellt. Das war zwar kein großes Verbrechen, aber es hatte eine Anhäufung kleinerer Verfehlungen gegeben.

Window strengte sich sechs Monate lang mächtig an, aber kaum war die Bewährungszeit um, da ließ er wieder den Staubsauger im Proberaum stehen. »Wenn Sie das noch einmal machen«, sagte der stellvertretende Direktor, »dann sind Sie gefeuert.«

Beim Lohnsteuerjahresausgleich erhielt Window eine unerwartete Rückzahlung – elfhundert Dollar. Josie machte sofort einen Termin mit Windows Anwalt, bloß um dort zu erfahren, daß die Kosten für einen Vaterschaftstest erheblich gestiegen waren. Window war so verbittert, daß er das ganze Geld verplemperte und dann zum dritten Mal den Staubsauger im Proberaum stehenließ. Als der stellvertretende Direktor den Tarifvertrag gelesen und festgestellt hatte, daß er Window wegen dieses Vergehens nicht feuern konnte, gab er dem Chef-Hausmeister Anweisung, Window einen größeren Bereich zum Putzen zu geben und ihn ordentlich zu schikanieren, aber der Chef-Hausmeister tat bloß so, als ob er sich daran hielte. Denn einerseits hatte ihn Window noch nie enttäuscht, und andererseits hatte ihm Ted Frank Page, der über dreihundertfünfzig Pfund stemmen konnte, körperliche Gewalt angedroht. Dies allerdings nicht bloß Window zuliebe. Ted Frank Page hatte vielmehr herausgefunden, daß der Chef-Hausmeister ihn der Faulheit bezichtigt hatte, denn alles, was am Tisch der Hausmeister gesagt wurde, machte natürlich noch am selben Tag die Runde.

Als das Autohaus in Marseille ein neues Kupplungsseil für Windows Citroën schickte, erschien am Schwarzen Brett prompt eine Mitteilung, daß Hausmeister in der Schule keine persönliche Post in Empfang nehmen dürften.

Meldrick und Ted Frank Page bauten das Kupplungsseil ein, und der Werkstattleiter flickte den Kühler des Citroën, aber nach kaum zwei Wochen riß das Kupplungsseil wieder. Es war verkehrt herum eingebaut worden. Anschließend stand der Citroën wieder drei Monate lang auf seinem üblichen Platz hinter der Schule, bis aus Marseille, Frankreich, ein neues geschickt worden war.

Window lernte, das I Ging auch ohne fremde Hilfe zu befragen, und verbrachte Stunden in der Bibliothek damit, ihm seine Probleme vorzulegen. Ray, der Hausmeister, der im Bereich des Sonderschulprogramms arbeitete, wunderte sich. Er versteckte sich hinter der Tür und sah zu. Schließlich befragte er Meldrick. »Er schüttelt Pennies in der Hand, dann wirft er sie auf den Tisch und schreibt etwas auf. Dann schaut er in einem Buch nach. Was macht er da?«

»Das ist jenseits allen Begreifens«, sagte Meldrick. »Versuch gar nicht erst, es zu verstehen.«

Meldrick und Packard bauten das zweite Kupplungsseil für den Citroën richtig ein, und als der Wagen eine Woche lang gefahren war, kam Window eines Tages in die Schule und hatte einen Fünftausend-Dollar-Scheck in der Hand. Ein Oldtimer-Sammler hatte den Citroën auf der Straße gesehen und Window gleich an Ort und Stelle den Scheck ausgestellt. Der Chef-Hausmeister nannte den Sammler einen Idioten, aber Ted Frank Page behauptete, Window hätte auch das Dreifache kriegen können. Noch ehe Window den Scheck überhaupt einlösen konnte, hatte Josie schon seinen Rechtsanwalt angerufen. Anschließend fuhr sie Window persönlich zur Bank und dann in die Anwaltskanzlei, wo der Vaterschaftstest bezahlt wurde – in bar und im voraus.

Catherine kam in die Schule und kriegte einen Tobsuchtsanfall. Sie hatte einen Gerichtsbeschluß in der Hand, der sie dazu verurteilte, die Blutgruppenuntersuchung zu dulden. Ihr Rechtsberater von der Wohlfahrt habe ihr gesagt, Window werde überhaupt nichts erreichen, kreischte sie, denn die Blutuntersuchung sei ein »grausamer Eingriff«. Sie sei seit neuestem Zeugin Jehovas und werde unter gar keinen Umständen auch nur einen Tropfen ihres Blutes vergießen.

»Benimmt man sich immer so, wenn man religiös wird?« fragte Ted Frank Page. »Flucht man und tobt man da immer so rum?« Catherine stakste aus dem Gebäude, und ihre Freundin Lutetia zockelte hinter ihr her.

»Genau«, rief Window und plusterte sich dabei ordentlich auf. »Du solltest dir den Mund mit Seife auswaschen.«

Die Blutgruppenuntersuchung bewies eindeutig, daß Windows Bruder Roy der Vater von Catherines zweitem Kind war, und Windows Anwalt erreichte, daß die doppelte Unterhaltsverpflichtung aufgehoben wurde. Weil sein Einkommen sich dadurch erhöhte, zog das Sozialamt allerdings gleich eine höhere Unterhaltszahlung für den von Window anerkannten Sohn ein.

Der Hausmeister, der Window wegen des schmutzigen Putzeimers angeschwärzt hatte, grinste hämisch. »Das ganze Theater, bloß um hundert Dollar im Monat zu sparen. Das kommt davon, wenn du auf das Arschloch Meldrick hörst.«

Meldrick seinerseits tröstete Window mit dem Hinweis, das Leben sei nicht gerecht.

Josie rief bei Windows Anwalt an und fragte, ob der Bruder auch rückwirkend Unterhalt zahlen müsse. Ja, sagte der Anwalt, Roy könnte zu rückwirkenden Zahlungen verpflichtet werden, aber Window würde nichts von dem Geld kriegen. »Wollen Sie damit sagen, das Sozialamt kassiert *zweimal*?«

»Ja, wir könnten dagegen Widerspruch einlegen, aber davon rate ich ab. Das würde eine Menge Geld kosten.«

Das übriggebliebene Geld vom Verkauf des Citroën benutzte Window, um seine Schulden zu bezahlen und sich neue Klamotten zu kaufen. Ted Frank Page, der Windows Geschmack immer schon für scheußlich gehalten hatte, fand die neuen Sachen ganz besonders schlimm. »Oh, dieses Sonderschulprogramm! Kauf doch um Himmels willen keine Klamotten, Window, ohne mich mitzunehmen. Wo hast du denn den Scheiß gekauft?«

»Bei D&R. Was stimmt denn nicht daran? Meine Mutter sagt, die Sachen sehen sehr schick aus.«

»Deine Mutter kommt noch aus der alten Heimat, Window. Du siehst ja aus, als wärst du gerade erst vom Schiff gehüpft. Vom Neon-Schiff.«

»Hör mal, so kannst du nicht mit mir reden«, sagte Window.

»Ach, leck mich doch«, sagte Ted Frank Page.

»Hey«, sagte Meldrick. »Es ist sein Geld, und die Sachen sind auch seine.«

»Aha, und wieviel hast du jetzt nach all dem Ärger gespart? Hast du noch was übrig?« fragte Page.

»Langfristig spart er vierzehntausend Dollar«, sagte Josie. »Wenn du wieder mal eine Freundin suchst, geh in die Kirche. Lern ein nettes Mädchen kennen. Ein Mädchen mit Tugend.«

»Wenn ich in die Kirche gehe, schlaf ich immer ein«, sagte Window. »Und die Mädchen aus der Kirche sind alle häßlich. Außerdem, *Ted Frank Page*, wegen dem Geld hab ich es nicht gemacht! Ich wollte wissen, ob es mein Kind ist. Wenn es meins gewesen wäre, hätte ich gerne gezahlt. Jetzt bin ich zufrieden.« Window sah Page direkt ins Gesicht, und Ted Frank Page erwiderte den Blick.

»Na, dann ist es ja gut, Window. Tut mir leid, daß ich das gesagt habe. Bitte nimm meine demütige Entschuldigung an.«

»Und auch keine blöden Witze über das Sonderschulprogramm mehr!« sagte Window.

»Ich werde den Mund halten«, sagte Page.

»Window ist ein Mann geworden«, sagte der Chef-Hausmeister. »Er fängt an, sich durchzusetzen. So, und jetzt schrubben wir das untere Stockwerk.« Es waren Weihnachtsferien, und alle Hausmeister konnten Tagschicht arbeiten. In der Schule war es ruhig, und sie hatten eine stundenlange Pause gemacht, die jetzt bedrückend lang geworden war.

»Ich bin es leid, daß ich immer der Mop-Jockey sein soll«, sagte Window.

»Okay«, sagte Page. »Heute fährt Window den Schrubber. Ich nehme den Mop.«

Die Putztruppe stellte auf den unteren Korridoren die gelben Warnzeichen auf, und jeder übernahm ohne ein Wort seine Aufgabe. Der eine verteilte das Lösungsmittel, der andere nahm den Wischmop und putzte die Ecken und Winkel der Halle. Wieder ein anderer baute den Dampfreiniger auf, während Window das Kabel des Schrubbers einsteckte, erst nach links, dann nach rechts schaute, ob jeder auf seinem Posten war, und dann den Schalter umlegte. Die große schwarze Bürste war trocken, und der Schrubber ruckte ein paar Sekunden lang hin und her. Window mußte die schwere Maschine mit der ganzen Kraft seiner Arme auf Kurs halten, bis sie genug Wasser angesaugt hatte und summend auf den abgestoßenen Fliesen dahinglitt. Als Ray im Radio einen Country-&-Western-Sender einstellte, sagte Window: »Dreh diesen Hillbilly-Scheiß ab und spiel Rock'n'Roll.« Als designierter Schrubberfahrer war Window dazu berechtigt, denn an der East High war der Schrubberfahrer immer der Hausmeisterkönig des Tages.

Ich will leben!

Sie fragte sich, wie viele Male er das in der Woche wohl tun mußte. Oft, sicher. Mindestens jeden Tag einmal. Vielleicht auch zwei-, dreimal. Vielleicht, an großen Tagen, auch fünfmal. Es war die endgültige schlechte Nachricht, und er verkündete sie trocken wie Sergeant John Friday. Er war ein junger Mann, aber sein Geschäft war hart, und er war schon gefriergetrocknet. Hey, eine richtige Überraschung war die schlechte Nachricht ja auch nicht! Sie ... *wußte*. Natürlich hofft man immer das Beste. Sie hörte es, und sie hörte es nicht.

»Was?« fragte sie ängstlich. Sie hatte gehofft ... etwas Besseres jedenfalls. Herrje! Laß mir doch eine Chance! Was sagte der da? Brust und Gebärmutter? Gleich doppelt? Daß es die Gebärmutter sein würde, hatte sie gewußt. Da war der Ausfluß gewesen. Die Schwellung, die Krämpfe. Die Müdigkeit. Aber das war ja ziemlich weit verbreitet und leicht zu heilen, wenn man es im ersten Stadium erwischte. Heilungsaussichten bei achtzig Prozent. Aber die Brust – das kam aus heiterem Himmel und konnte wirklich heikel sein –, da standen die Chancen bloß fünfzig zu fünfzig. Da holen sie dir die Lymphknoten unter dem Arm raus, und auf jeden Fall gibt's Chemo. Oh, mein Gott! Chemo. Das Schlimmste, was man sich denken kann. Die Haare sind gleich futsch – und dann kommen Perücken, Kopftücher, eine künstliche Brust und die ganze herzerweichende Heulerei in »Selbsthilfegruppen«. Und so weiter.

»Mrs. Wilson?« Die Stimme schien aus der Büchse zu kommen. Jetzt war die Wahrheit enthüllt, und alles lag auf dem Tisch. Aber sagen Sie mir eins, wie soll man danach je wieder leben? Die Stimme aus der Büchse hatte sie bis ins Mark frösteln lassen.

»Mrs. Wilson, Ihr letzter CA 125 war sehr hoch«, sagte er.

»Ich habe den Verdacht, es könnte sich um eine irreguläre Art … Krebs handeln.«

Ein verrückter … Krebs? Ein Steppenbrand? Nicht so ein lässiger, zu achtzig Prozent heilbarer, schildkrötenlangsamer Zäh-wie-Sirup-im-Januar-Krebs?

Januar. Sie blickte an dem dünnen Onkologen mit seiner Drahtbügelbrille, seinem weißen Kittel und seinem undurchdringlichen Gesicht vorbei. Schneeflocken rieselten draußen vom Himmel und küßten das Pflaster – jede ganz einzigartig, wunderbar, wert, eine ganze Stunde betrachtet zu werden, ein winziges Abbild des Ganzen: ehrfurchtgebietend, absolut faszinierend, ein kostenloses Gottesgeschenk. Und doch waren sie schrecklich. Sie waren weiß, doch jetzt, wo sie die Worte des Arztes gehört hatte, hatte die Welt für sie jede Farbe verloren. Aller Glanz war aus der Welt gewichen. Und wäre sie Millionen Jahre lang die Königin des Universums gewesen und von Herrlichkeit zu Herrlichkeit geschritten, was würde das jetzt noch zählen, wo es so weit mit ihr gekommen war?

Sie … wurde wach … schlief ein, kam wieder zu sich … schlief ein. Da war diese … wunderbare Schau. Ein Zeichentrickfilm. Der beste Film überhaupt. Es war gar nicht so übel. Sicher, sie hatte Krebs, aber … diese wunderbaren Bilder. Dilaudid. Mit Dilaudid, na ja, man lebt, man stirbt – so ist das nun mal in der Großstadt. Passiert jedem. Gehört zum Plan. Wie hätte sie den Plan in Frage stellen sollen?

Das einzig Schlimme war ihre Kehle. Ihre Kehle brannte wie Feuer. »Das ist die Intubation.« Die Schwester sagte, sie würde den Doktor anrufen und vielleicht würde der stärkere Mittel gegen die Schmerzen erlauben.

»Oh, Gott, ja, bitte. Irgendwas.«

»Okay, schummeln wir eben ein bißchen, braucht ja niemand zu wissen«, sagte die Schwester und drehte am Kontrollmechanismus der Schläuche. Dilaudid. Bilder. Oh, Gott! Mehr Dilaudid, Gott sei Dank! Wer hat das Zeug erfunden? Schreib ihm einen Brief. Schlag ihn zum Ritter. Gebt ihm den

Nobelpreis, dem Dilaudid-Mann. Wo war der Kontrollknopf doch gleich wieder? Muß man sich merken. Waau! Wumm! Zitternde, wirbelnde Ekstase! Und wer war diese Krankenschwester? Florence Nightingale und Mutter Teresa könnten stolz auf sich sein ... oh, Mann! Es war nicht bloß die Erlösung von den Operationsschmerzen; sie spürte plötzlich, wieviel seelische Schmerzen sie mit sich herumgeschleppt hatte, und jetzt hatte eine einzige Berührung des Zauberstabs sie vertrieben. Der Segen der Bilder ...

Seine Stimme kam nicht aus der Büchse, war nie in der Büchse gewesen. Es war eine ganz gewöhnliche Stimme, vielleicht ein bißchen hoch für einen Mann. Nicht etwa weibisch. Das Problem bei ihm war, daß er nicht echt wirkte. Der Kerl schien einfach nicht aus Fleisch und Blut zu bestehen. Wo blieb die *Einfühlung*? Warum arbeitete er in diesem Bereich, wenn er sich nicht einfühlen konnte? In diesem Bereich gehörte Einfühlungsvermögen doch zu den Grundvoraussetzungen.

»Die Brust ist in Ordnung, der Knoten war gutartig. Wir haben einen Spezialisten herangezogen, um ihn rauszuholen, und ich habe gerade den Befund gelesen. Darüber brauchen wir uns keine Sorgen zu machen. Die andere Sache ist ... nicht so gut. Ich fürchte, Ihr Unterleib ... es hat sich ausgebreitet ... sieht aus wie kleine Weintraubenkerne. Sehr selten, und es ist ... eine sehr schnell fortschreitende Form von ... Krebs. Wir konnten leider nichts davon rausholen. Die meiste Zeit da drin hab ich damit zugebracht, Verwachsungen auseinanderzuschneiden. Wir werden Ihnen Cisplatin geben müssen ... Wenn die Verwachsungen nicht wären, könnten wir es Ihnen direkt in den Unterleib spritzen. Dann würde Ihnen nicht immer so schlecht. Aber diese Verwachsungen sind ein Problem und können künftig noch mehr Probleme verursachen.« Es war eisig im Zimmer, aber der dünne Onkologe hatte zu schwitzen begonnen. »Es ist ein Jammer«, sagte er und senkte den Blick auf ihren Befund. »Sonst sind Sie vollkommen gesund.«

Sie wußte, was das bedeutete, und doch hörte sie sich selbst fragen: »Herr Doktor, heißt das, ich muß –«

»Eine Chemotherapie machen? Ja, natürlich. Aber machen Sie sich deswegen noch keine Sorgen. Erst wollen wir Sie mal ein bißchen ausheilen lassen.« Er schlug ihr Krankenblatt zu, und ... schwupp, war er draußen.

Wiedersehen, bis bald.

Das Ratespiel war vorbei, jetzt kam die Quälerei. Sie wollte gar keine Einzelheiten mehr hören – er hatte etwas von einer zwanzigprozentigen Aussicht auf eine Fünfjahresüberlebenschance gesagt. Sie konnte genausogut aufgeben. Sie war keine Kämpfernatur, und sie hatte gesehen, was die Chemotherapie aus ihrem Ehemann John gemacht hatte. Das war's. Finis!

Jetzt mußte sie lachen. Ihr wurde schwindlig. Es war wie in diesem Lied: »Freedom 's just another word for nothing left to lose ...« Wenn du völlig am Ende bist, kann's nicht mehr schlimmer werden, worüber also soll man sich aufregen? Natürlich konnte sie immer noch Glück haben ... die Chancen waren tausend zu eins, aber vielleicht ...

Eierstöcke und Uterus waren weg. Die Wurzel des Übels war draußen. Gott sei Dank. Die zersetzten Organe waren entfernt. Wohin? Entsorgt. Verbrannt? In der Abfalltonne? Wen interessierte das? Die Wurzel jedenfalls war zerstört. Vielleicht war es ja alles gar nicht so schlimm. Warum sollte es denn so schlimm sein? Das Gerede über die Schmerzen nach Unterleibsoperationen war stark übertrieben. Sie wanderte jetzt schon den dritten Tag mit ihrem kleinen Wägelchen und ihren Schläuchen durch die Station – ihr täglicher Genesungsspaziergang.

Na schön, das Dilaudid war von der Speisekarte gestrichen, aber Morphinsulfat war auch nicht schlecht. Keine Zeichentrickfilme mehr, sondern milder Glanz. Links, rechts, links, rechts. Hopp, zwei, drei, vier! Auch ein Marsch von tausend Meilen fängt mit dem ersten Schritt an. Mit dem Morphin schwebte sie einen Zentimeter hoch über dem Boden, und alles war ... weicher, barmherzigerweise. Vielleicht konnte sie ihre tausend Meilen ja schaffen.

Aber diese grauen, sterbenden Menschen in den Krankenhauszimmern, die waren genauso wie sie. War das möglich? Daß sie starb? Wirklich? Ja, irgendwann starb man vermutlich. Aber sie? Jetzt? So bald schon? Ohne sich an die Vorstellung richtig gewöhnen zu können?

Nein, das war alles ein böser Traum! Sie würde aufwachen. Sie würde in ihrem Kleinmädchenzimmer auf der Farm in der Nähe von Battle Lake, Minnesota, aufwachen. Sie hatte eine Depression, die Dinge standen nicht gerade zum besten, na, wenn schon. Was konnte es Besseres geben als ein von der Sonne geküßter Morgen am Battle Lake und der Gesang eines Rotkehlchens? Es hatte massenhaft Eichelhäher, Lerchen, Drosseln, Kardinäle, Kolibris und rotgefiederte Amseln gegeben, damals, als noch nicht alles von Schwermetall und saurem Regen zerstört war, und sie waren zu ihr in den Garten gekommen und hatten von den Kirschen, den Apfel-, Pflaumen- und Birnbäumen gefressen. Aber am gierigsten waren sie hinter den Maulbeeren her.

Ach, die Jugend! Gutes Aussehen, eine glatte Haut, straffe Muskeln, üppiges, schimmerndes Haar – die Haare waren das Beste an ihr gewesen, obwohl die Beine auch nicht schlecht waren. Kraft und Vitalität. Ein glückliches Kind mit einer strahlenden Zukunft. Cheerleader im letzten Jahr an der High-School. Stipendium für Pharmazie am College in Fergus Falls. Herrje, wenn ihr Vater nicht gestorben wäre, hätte sie Apothekerin werden können. Ihre Noten waren gut, aber damals gehörten Geschichten von Leuten, die Pech gehabt hatten, zum Alltag. Die Wirtschaft steckte in einer Krise. Sie mußte eben sehen, wo sie blieb. Mensch! Die Welt war groß und weit und voller Wunder in jenen Tagen, und man konnte immer ein herrliches Abenteuer erwarten – einen schönen Prinzen vielleicht und ein glückliches Leben. Das Schicksal war damals auf ihrer Seite. Wo war all die Zeit nur hin? Wie hatten all die Träume so ... verschwinden können? Und jetzt war sie im Tal des Schattens. Das Morphin war wie ein warmes, freundliches Herdfeuer in dieser Stadt der Düsternis, ihr einziger Trost.

Er galt als einer der besten Ärzte auf diesem Gebiet, aber er hatte wirklich keine Art, mit Kranken umzugehen. Als er ihr das Morphin wegnahm und sie auf Tylenol 3 setzte, fing sie an, ihn zu hassen. Dann wurde ihr klar, daß es jetzt bald sehr rasch bergab gehen könnte.

Es bildete sich ein fester Tagesablauf heraus. Wenn ihr Bruder keine Zeit hatte, fuhr ihre Tochter sie in die Klinik und dann in die Praxis, aber der dünne Onkologe ... ist nie gleich da. Entweder wurde er abgerufen, oder bei anderen Patienten hat's länger gedauert oder ... *sonst irgendwas.* Können die den Laden nicht in Ordnung halten? Warum organisieren die das nicht richtig? Es ist kein Problem, auf der Bank ein bißchen Schlange stehen zu müssen, wenn man gesund ist, aber wenn du Krebs hast und Krebspatient bist und ein, zwei Stunden lang warten mußt, oder sie sagen dir, du sollst nächste Woche wiederkommen ... wiederkommen, um dir etwas zu holen, was schlimmer als alles andere ist, das schlimmste Ding auf der Welt! Da fällt es einem schwer aufzustehen. Da muß man sich wappnen. Cisplatin, mein Gott! Metallischer Geschmack im Mund, Ruhelosigkeit, rastloses Aufundabgehen. Auf die Couch legen geht nicht; aufstehen und rumrennen, das hält man nicht durch, also doch hinlegen. Aufstehen und rumrennen. Passiert mir das wirklich? *Ich kann's gar nicht glauben, daß mir das passiert!* Wie ist das nur möglich?

Dann kamen diese Anfälle: Erbrechen und Durchfall gleichzeitig, wobei die Toilette vom Boden bis zur Decke bespritzt wurde! Trockenes Würgen, dann trockenes Würgen mit Galle und trockenes Würgen mit Blut. Du kannst einen Liter Tequila, einen Liter Rum und ein bißchen Schlehenschnaps saufen, jede Menge rosa Geburtstagstorte und fünf Pfund Lakritze und Epsomsalz fressen und mit Southern Comfort und Kerosin nachspülen – verglichen mit Cisplatin ist das alles ein Picknick. Nur ein Teufel konnte dieses Dilemma ersinnen, daß man sich, um *vielleicht* gesund zu werden, erst so lange vergiften muß, bis man beinahe tot ist, und wenn man nicht gleich stirbt, wünscht man doch, man wäre gestorben.

Besucher kamen in Schwärmen. Blumen. Störungen zu jeder Tageszeit. Haut ab! Laßt mich in Ruhe ... um Gottes willen, laßt ... mich ... in ... Ruhe.

Oh, hallo, schön, daß ihr gekommen seid. Ach, was für ein schöner – was für herrliche Blumen ...

Es gab Augenblicke, da dachte sie, wenn sie auch nur noch ein einziges Mal diesen Durchfall hat, springt sie sofort aus dem Fenster. Fünf Stockwerke. Ob das hoch genug war? Oder lag man noch eine Weile da und starb langsam? Vielleicht wenn man einen Kopfsprung machte, direkt auf Beton. Dann spürte man vielleicht gar nichts. Cisplatin: Sie mußte herumrennen. Sie müßte sich eigentlich hinlegen, aber sie war völlig überdreht und konnte sich einfach nicht hinlegen. Fernsehen war auch nichts – sie litt unter Doppelsichtigkeit, und außerdem kam sowieso bloß ein Haufen Mist. Seifenopern – Himmel hilf! Was für ein absoluter Dreck. Sogar die alten Lieblingssendungen. Du lebst bloß einmal, sie durfte gar nicht daran denken, wieviel Zeit sie beim Anschauen von Seifenopern im Fernsehen vertrödelt hatte.

Wenn sie bloß schlafen könnte. Mein Gott, konnten die ihr nicht Dilaudid geben? Nein! Halt! Kein Dilaudid! Das würde es irgendwie noch schlimmer machen. Dann eben Äther. Einfach Bewußtlosigkeit. In fünf Tagen könnt ihr mich wecken. Laßt mich schlafen bis dahin. Sie mußte aufstehen und hin und her gehen. Sie mußte sich hinlegen. Sie mußte erbrechen. *Oh, hallo, schön, daß ihr gekommen seid. Ach, was für ein schöner – was für herrliche Blumen.*

Die zweite Behandlung ließ die erste wie einen Aufenthalt auf dem Lande erscheinen. Und die dritte Behandlung – was soll's? Die hatten das alle heruntergespielt. Diese ganzen Filmstars, die das durchgemacht und Bücher darüber geschrieben hatten. Stoiker müssen das gewesen sein, heroische

Krieger, verglichen mit ihr. Sie hatte keine Ahnung gehabt, daß irgend etwas so schrecklich sein könnte. Verhungern in Bangladesch? Kein Problem, ich tausche sofort. Hier ist die MasterCard, und da ist der Schlüssel vom Buick – ich zieh eine Rikscha oder mach sonst irgendwas! Alles, bloß nicht das, was ich hier durchmache. HIV-positiv? Na klar! Unterschreiben Sie einfach hier auf der gepunkteten Linie, und die Sache ist geritzt! Ich tausche mit jedem! Mit jedem.

Der dünne Onkologe mit der Bugs-Bunny-Stimme sagte, der CA 125 sei immer noch ganz oben in der Stratosphäre. Sie müsse selbst entscheiden, ob sie weitermachen wolle. Was ließ sie zögern? Sie wußte es selbst nicht, und diesmal klang ihre eigene Stimme wie aus der Büchse. Sie hörte sich sagen: »Doktor, was würden Sie an meiner Stelle tun?«

Er dachte lange darüber nach. Er nahm seine Brille mit den Drahtbügeln ab und rieb sich müde die Nase. »Ich würde die Behandlung fortsetzen.«

Die vierte Behandlung war bei weitem die schlimmste – Wurzel aus Unendlich im Quadrat. Fünf Tage kein Schlaf, Hinundhergehen, Hinlegen, Hinundhergehen. Kotzen und Scheißen. Das Telefon. Sie hätte es von der Wand reißen können. Nach all den Jahren, waren die nicht in der Lage, eine leisere Klingel zu bauen? Hatten die Scheiße im Kopf, oder was? *Oh, hallo, ja ... ganz prächtig. Ja, sehr gut. Am Sonntag wollt ihr vorbeikommen? Mit den Kindern? Na ja ... nein, nein, mir geht's gut. Nein, nein, nein. Ich freu mich darauf, euch zu sehen ...*

Und dann eines Tages verkündete die dünne Stimme was Gutes. »Ihr CA 125 ist fast innerhalb normaler Grenzen. Es funktioniert!«

Halleluja! Lieber Gott, laß es wahr sein! Ein Wunder. Hurra!

»Es ist ein Wunder«, sagte er. Er war beinahe menschlich, Dr. Kildare, Dr. Ben Casey, Dr. Marcus Welby – suchen Sie sich selbst aus, wen Sie gern hätten. »Ihr CA ist ganz unten. Ich denke, wir sollten noch eine, allerhöchstens zwei Behandlungen machen und dann noch mal reingehen und nachschauen. Wenn wir zuwenig machen, bringen wir ihn womöglich nicht ganz um, und wenn wir zuviel tun ... Wissen Sie, das Zeug ist auch für Ihre gesunden Zellen hochgiftig. Schon bei einer einzigen Sitzung mit Cisplatin können Sie eine Kardiomyopathie kriegen und daran sterben.«

»Mehr als eine verkrafte ich nicht.«

»Abgemacht. Mrs. Wilson. Noch eine Behandlung, dann schauen wir nach.«

»Es tut mir leid, Ihnen das sagen zu müssen«, sagte er. Ließ er jetzt die bunten Zeichentrickfilme verschwinden? »Aber ich will ganz ehrlich sein, Mrs. Wilson, wir haben immer noch ein Problem. Die kleinen Weintraubenkerne sind jetzt viel weniger als zu Anfang, aber die übriggebliebenen Zellen sind resistent gegen Cisplatin. Damit schrumpfen unsere Möglichkeiten ziemlich zusammen. Wir könnten einen Monat lang eine sehr harte Form der Chemotherapie machen, die sich noch in der Erprobung befindet, stationär, hier im Krankenhaus – eine sehr, sehr riskante Geschichte. Wir könnten auch mit dem Cisplatin weitermachen, damit können wir die Sache nicht heilen, aber doch aufhalten. Oder wir tun einfach gar nichts ...«

Ihre Stimme war flach. »Was ist, wenn ich gar nichts mehr tue?« fragte sie.

»Tot in drei bis sechs Monaten.«

»Und woran sterbe ich?«

»Lunge, Leber oder Darm. Keine Sorge, Mrs. Wilson, die Schmerzen werden gering sein. Dafür werde ich sorgen.«

Bingo! Er schlug das Krankenblatt zu, und ... schwupp, war er draußen.

Wenn sie es recht überlegte, wollte sie leben. Das vor allem. Zu fast allen Bedingungen. Also schluckte sie weiterhin Cisplatin. Aber der Onkologe hatte recht, es kam an die wild gewordenen Zellen nicht ran, sie waren wie Kakerlaken, die auch einen Atomkrieg überleben und dabei wachsen und gedeihen konnten. Na ja, dann eben nicht! Zumindest Schmerzen würde sie nicht haben. Was sollte sie sonst machen? Sie hätte nicht zulassen dürfen, daß er sie noch mal aufmachte. Das war die schlimmste Idiotie gewesen. Sie hatte sich überrollen lassen von seinem Der-Onkel-Doktor-weiß-es-am-besten. Jetzt war Luft drangekommen. Kein Wunder, daß es ein Steppenbrand wurde. Ein Großfeuer.

Ihre Freunde kamen vorbei. Konversation zu machen war eine Anstrengung. Woher sollten die Freunde das wissen? Woher sollten sie *wissen*, wie es war? Sie wäre ihre Liebste und Beste, sagten sie und rochen nach Alkohol. Sie mußten sich Mut ansaufen, ehe sie zu ihr kamen! Sie brachten ihr Essen und putzten die Wohnung für sie, aber die Nächte mußte sie alleine ausschwitzen. Dunkle Nächte der Seele mit Tylenol 3 und Xanax. Das half ihr auch nicht. Aber wenn sie in ihrer lockeren, schwindligen *Freedom-'s-just-another-word-for-nothing-left-to-lose*-Laune war, immer so zehn Tage nach jeder Behandlung, dann wurde ihr klar, daß ihre Freunde gar nicht so dumm waren. Sie wußten, daß sie nichts *wußten*. Bugs Bunny sagte ihr, es habe keinen Sinn, mit dem Cisplatin weiterzumachen. Er sagte ihr, sie sei eine sehr tapfere Frau. Er sagte, es tue ihm leid.

Einen Monat nachdem sie mit dem Gift aufgehört hatte, zeigte sich eine angenehme Nebenwirkung. Sie konnte die Farben der Erde wieder sehen, ihr Essen schmecken und den Duft der Blumen riechen – ein bittersüßes Glück allerdings. Aber ihre Freunde nahmen sie nach Hawaii mit, wo sie diesen fabelhaften Freund hatten (»Mußt du unbedingt kennenlernen!«), und dieser Freund ... hatte mit ihr geflirtet und ihr jeden Tag Blumen gebracht, teure Rosen und so weiter. Sie hatte nie mehr an einen anderen Mann gedacht, seit John an ... Krebs gestorben war, vor zehn Jahren. Wie wunderbar, das alles zu vergessen für einen Augenblick im Hier und Jetzt. Einen Augenblick? Das mußte man genauer bestimmen: zehn, fünfzehn Sekunden. Wie sollte man es vergessen? Seit sie es wußte, konnte sie ... es ... nicht ... vergessen.

Sie hatte jetzt stechende Schmerzen, Krämpfe, Flattern und Zittern – vielleicht waren es ganz normale Dinge, in der Phantasie nur vergrößert, vielleicht waren sie auch real. Wie schnell würde sich der Steppenbrand ausbreiten? Am besten gar nicht erst fragen.

Plötzlich ging es ihr wieder schlecht. Diese einsamen Nächte brachten sie um. Schließlich brach sie eines Nachts zusammen und rief ihre Tochter an. Es war ihr zuwider, das Handtuch zu werfen, aber es war die fünfzehnte Runde, und Gebete hatte sie nicht mehr.

»Oh, hallo. Ja, mir geht's gut«, *blah blah blah*, »aber ich dachte, ich könnte euch mal eine Weile besuchen. Ich würde Janey gern sehen und –«

»Wir holen dich gleich morgen früh.«

Zumindest war sie mit Blutsverwandten zusammen. Und mit ihrer süßen Enkeltochter. Was für eine Freude. Wenn sie mit dem kleinen Mädchen spielte, konnte sie alles vergessen. Es war noch besser als Hawaii. Nach einem höllischen Jahr, in dem alle guten Augenblicke zusammen weniger als eine Stunde und vier Minuten ausmachten, gab es wieder einen Weg des Vergessens. Sie half beim Abwasch. Beteiligte sich ein bißchen am Putzen. Sah sich die Spiel-Shows im Fernsehen an, bewältigte das Kreuzworträtsel der *New York Times*, aber die Schmerzen wurden wieder schlimmer. Gottverdammt, es war, als ob ihr ein häßliches, gelbzähniges kleines Nagetier oder Tausende von durchsichtigen Termiten die Eingeweide herausfraßen! Tylenol 3 kam an diese Schmerzen nicht ran. Der neue Arzt, an den sie weitergereicht worden war, verschrieb ihr Dilaudid. Sie war ungeheuer erleichtert. Aber was man ihr dann gab, war ein Röhrchen mit kleinen rosa Tabletten, und sie merkte gleich nach der ersten Dosis, daß es in Tablettenform nicht viel taugte; man konnte sich gerade so damit durchmogeln, aber sie hatten ihr doch *versprochen* – keine Schmerzen! Sie verlor ihren Schwung. Blieb auf der Strecke.

Sie verbrachten ein paar Tage in Oregon an der Küste. Der Schwiegersohn – es war irgendwie einfach, mit ihm zusammenzusein. Er tat nicht so, als wären die Dinge nicht so, wie sie waren. Er konnte einem auch auf die Nerven gehen wie alle anderen, wenn er wegen irgendwelcher Banalitäten herumnörgelte und Zigaretten rauchte, starke Zigaretten, Kool – echte Hämmer! Mehr als ein Päckchen am Tag, obwohl er rücksichtsvoll genug war, nach draußen zu gehen. »Du Narr!« wollte sie zu ihm sagen. »Deine Gesundheit ist dein größtes Kapital!« Aber hatte sie nicht selbst sechs Monate gewartet, nachdem sie zum erstenmal diesen Ausfluß gehabt hatte?

Die Küste von Oregon war herrlich, obwohl die Brandung zu kalt war, um darin zu baden. Sie saß im Whirlpool des Hotels und sah zu, wie ihre Enkeltochter einmal durch das ganze Becken schwamm. Es war zwar eine Art Hundepaddeln, aber gar nicht schlecht für ein Kind unter sieben. Nachts beobachteten sie einmal eine große Zahl Sternschuppen, aber es war anstrengend, sich nichts anmerken zu lassen und nicht an die Krankheit zu denken, wenn man ständig an Gewicht verlor. Nach dem Duschen, vor dem Spiegel, mit den großen Operationsnarben, die ihr im Zickzack über den Leib liefen wie bei Frankensteins Braut, war es immer am schlimmsten. Sie war kahl, dürr und aschfahl, und zugleich war ihr Bauch aufgetrieben. Sie konnte gar nicht hinsehen. Manchmal ließ sie sich zu Boden sinken und blieb einfach liegen, viel zu krank, um zu weinen, zu schwach, um sich anzukleiden. Und irgendwie zog sie sich doch immer an, setzte die verdammte Perücke auf, unter der ihr so heiß war, und erschien pünktlich zum Essen. Wenn man so tat, als ob es nicht in Wirklichkeit wäre, sondern im Fernsehen, war es einfacher.

Sie kam sich wie ein unartiges kleines Mädchen vor, wenn sie bei Tisch saß und das Essen ansah, das ihre Tochter mit so viel Mühe gekocht hatte – all ihre Lieblingsgerichte, die jetzt wie eine Mischung aus Texaco-Schmieröl und Sägemehl schmeckten. Es war eine Erlösung, wenn sie auf die Couch zurückdurfte, um Kreuzworträtsel zu lösen. Es war scheußlich, daß sie sich ihrer Tochter aufdrängen mußte, aber sie hatte Angst. Schreckliche Angst! Es waren Blutsverwandte. Sie *mußten* sie aufnehmen. Ach, daß es so weit mit ihr kommen mußte!

Der Schwiegersohn arbeitete in der Nachmittagsschicht und heiterte sie morgens immer auf, wenn er Kaffee kochte. Er war voller Leben. Er war echt. Er war wirklich. Er ließ sogar so etwas wie kleine Taschen voll Hoffnung entstehen. Nicht daß er an makrobiotische Kost oder so etwas geglaubt hätte, aber in einer Hinsicht hatte er recht – wenn man glücklich war, wenn man etwas hatte, wofür man lebte, wenn man das Leben liebte, dann überlebte man auch. Es war ein Fehler gewesen, daß sie sich nach dem Tod ihres Mannes da oben in den Bergen versteckt hatte. Der Lebenswille war wichtiger als Ärzte und Medizin. Den Lebenswillen mußte man stärken. Da war es gut, daß sie die Enkelin hatte. Der Weg der Meditation mit Tonbändern war nicht ihre Sache, sie hatte keine Lust, sich brave, mikroskopisch kleine Abwehrzellen vorzustellen, die sich wie Haie auf die bösen Krebszellen stürzten, oder dergleichen. Bloß gut, daß der Schwiegersohn nicht mit so etwas anfing oder sie auf einen theologischen Trip bringen wollte. Er las allerdings in der King-James-Bibel, wie sie bemerkt hatte.

Sie konnte einfach nichts essen. Das einzige, was sie herunterwürgte, waren Milchshakes. Vanille, Schokolade, Erdbeer – ganz wie Sie wünschen. Hätten Madame gern eine Flasche Wein zum Abendessen? Ha, ha, ha.

Dilaudid. Es genügte nicht mehr, sie hatte ernsthafte Schmerzen, vor allem in der Brust. Dolchstiche – *Et tu, Brute?* Mit Falkenaugen starrte sie auf die Uhr und hatte die Pillen immer schon draußen, wenn die vier Stunden um waren. Die letzte Stunde war mörderisch, und in den letzten fünfzehn Minuten stand ihr immer der kalte Schweiß auf der Stirn. Eines Vormittags gab sie nach und fragte ihren Schwiegersohn ängstlich: »Darf ich heute mal drei nehmen?«

»Herrje! Nimm doch vier. Ist doch vollkommen harmlos. Wenn du Schmerzen hast, nimm einfach vier.« Die Augen sprangen ihr fast aus dem Kopf. »Hier, nimm sie mit Kaffee, dann wirken sie schneller.«

Er hatte recht. Er wußte besser Bescheid als der Arzt. Man konnte sich nicht ständig an die Regeln halten. Wahrscheinlich war das schon immer ihr Fehler gewesen – sie war einfach zu fügsam, eine dieser »Krebspersönlichkeiten«. Sie hielt sich an die Regeln. Sie gehörte zu den Leuten, die alles besser zurücklassen wollten, als sie es vorgefunden hatten. Sie war ein guter Mensch gewesen, hatte immer das Richtige getan – es war nicht in Ordnung. Es war nicht gerecht. Sie war so ... wütend!

Am nächsten Tag hängte sich ihr Schwiegersohn ans Telefon und setzte den Krebsdoktor so unter Druck, daß er ein Rezept für Methadon rausrückte. Sie hörte nur die eine Seite des langen, hitzigen Wortwechsels. Ihr Schwiegersohn plädierte für Methadon wie Clarence Darrow oder F. Lee Bailey. Es war eine imponierende Vorstellung. Nie zuvor hatte sie erlebt, daß jemand einem Arzt so heimleuchtete. Gott segne ihn, daß er nicht nachgab! Die Methadontabletten verbreiteten ein warmes orangefarbenes Leuchten in ihrem Inneren, das im Zeitraffer erblühte wie eine herrliche Rose und dann in orgastischen Wellen den ganzen Körper erfaßte. Das Gefühl der Erleichterung zerschmetterte alle Ängste und Zweifel, obwohl immer noch ein gewisses Maß an Schmerz blieb. Der Schmerz war noch da – na und? Außerdem wirkten die Methadontabletten sehr lange nach – nichts mehr von diesem *Alle-vier-Stunden*-Quatsch.

Rote Flecken überall auf der Haut, geschwollene Knöchel. Schmerzen in der Hüfte und in den Gelenken. Im Krankenwagen zur Notaufnahme. »Ach«, sagten sie. »Das ist nichts weiter ... vaskulare Purpura. Nehmen Sie Aspirin. Wer ist der nächste?«

Wer ist der nächste? Warum hatte sie nicht gleich an jenem

Tag, an dem sie zum erstenmal die Büchsenstimme gehört hatte, Johns alten 38er-Revolver in den Mund gesteckt und abgedrückt? Vor dem Feuer der Hölle hatte sie keine Angst. Sie war eine anständige, moralische Person, aber nicht gläubig. Auch der Hamlet-Typ war sie nicht. Was liegt auf der anderen Seite? Wahrscheinlich dasselbe wie vor der Geburt – gar nichts. Und nichts war ja gar nicht so übel. Was hatten die Leute bloß gegen nichts?

Eines Morgens wartete sie schrecklich lange darauf, daß ihr Schwiegersohn aufstand, und hätte beinahe eine Zuckerschale zerschlagen, um ihn zu wecken. Wollte er denn ewig schlafen? In Wirklichkeit stand er zu seiner üblichen Zeit auf.

»Ich kann. Nicht. Mehr atmen«, sagte sie.

»Du hast wahrscheinlich Wasser in den Lungen«, sagte der Schwiegersohn. Er wußte, daß sie nicht ins Krankenhaus wollte. »Wir haben noch ein Diuretikum im Haus. Wir haben es mal für Boxer besorgt, als sie am Herzen eine Gefäßstauung hatte. Es ist Hundemedizin, aber Menschen kriegen dasselbe. Boxer wog fünfundfünfzig Pfund. Laß mal sehen … nimm vier, nein, drei. Wir wollen vorsichtig sein. Hast du das Gefühl, du mußt husten?«

»Ja.« *Kaff, kaff, kaff.*

»Das zieht vielleicht das Wasser aus deinen Lungen. Es ist ziemlich sicher. Versuch eine Banane oder Kartoffelschalen zu essen, um deinen Kaliumspiegel zu halten. Wenn es nicht funktioniert, können wir immer noch ins Krankenhaus rüberfahren.«

Woher wußte er diese Dinge? Aber wie sich zeigte, hatte er recht. Es funktionierte wie Zauberei. Sie mußte zwar pinkeln wie verrückt, aber bald konnte sie wieder atmen. Die Panik am Ende aller Panik ging vorbei. Wenn sie doch nur auch … Nummer zwei gekonnt hätte. Aber das Methadon verlangsamt nun mal die Verdauung. Der Schwiegersohn sagte: »Versuch's mal mit Metamucil.«

Auch das funktionierte. Jedenfalls irgendwie. Aufregend war es nicht.

»Ich kann nicht atmen. Das Diuretikum hilft nicht.«

Der Schwiegersohn sagte, sie könnten ihre Lunge absaugen. Das bedeutete eine weitere Fahrt ins Krankenhaus, aber die Prozedur war nahezu schmerzlos und verschaffte unmittelbare Erleichterung. Es half, aber danach war sie drei Tage lang erschöpft. Und dann das Wartezimmer. Warum dauerte es so lange? Konnten die das nicht besser organisieren? Man brauchte doch kein Genie zu sein, um vorherzusagen, in welche Richtung sich der Steppenbrand ausbreiten würde. Würde das Methadon das orangefarbene Leuchten aufrechterhalten, oder würde ihnen die Munition ausgehen? War Methadon die stärkste Waffe, oder gab es noch größere Kaliber? Heroin von der Straße? Würde sie ihre Perücke aufsetzen und China White suchen müssen?

Das kleine Mädchen begann sich zurückzuziehen. Die Großmutter war nicht mehr so lustig; sie lag bloß noch da und roch so komisch. Das Anziehen fiel auch flach; sie trug jetzt bloß noch einen Bademantel. Am wohlsten fühlte sie sich noch nicht mal in ihrem neuen, sondern in dem alten, am Hintern schon sehr abgewetzten rotschwarz karierten Flanellmorgenmantel. Die Kreuzworträtsel konnte sie vergessen, die waren viel zu deprimierend. Was hatte es für einen Sinn, das Leben einer Kleopatra zu führen, wenn am Ende das herauskam?

Der Schwiegersohn verstand. Erstaunlich, daß von allen ausgerechnet er übrigblieb! Schlecht ist es, und es wird nun täglich schlechter, bis das Schlimmste kommt am Ende. »Ich weiß nicht, wie du damit fertig wirst«, sagte er. »Wie ist es? Ist es wie ein schwerer Kater? Schlimmer als ein Kater? Gar nicht wie ein Kater. Wie dann? Als ob man zehn Tassen schwarzen Kaffee getrunken hätte? Etwa so? Wirklich? Nervös und zittrig? O, Gott, das muß schrecklich sein. Wie hältst du das bloß aus? Ist es bloß so, als ob du zuviel Kaffee getrunken hättest, oder gibt es noch andere Dinge? Deine Finger sind taub? Du kannst nur noch verschwommen sehen? Es dauert acht Jahre, bis sich der kleine Zeiger von der Zwölf zur

Eins bewegt? Mein Gott, wie hast du dann *fünf* Tage durchgehalten? Ich könnte das nicht ... Ich würde ein Röhrchen mit Tabletten schlucken, mich erschießen oder sonst irgendwas. Wie war das in der zweiten Woche? Völlig fertig? Ausgehöhlt? Oh, Mann! Ich hatte mal einen Drei-Tage-Kater – ich würde lieber sterben, als das noch mal zu erleben. Den Kater würde ich für viel Geld nicht noch mal durchmachen wollen. Und Chemotherapie würde ich auf gar keinen Fall aushalten, das weiß ich ...«

Eines Tages, als er zur Arbeit gegangen war, fand sie in seiner häufig benutzten Schopenhauer-Ausgabe einen Absatz, der mit Bleistift angestrichen war: *In früher Jugend sitzen wir vor unserm bevorstehenden Lebenslauf, wie die Kinder vor dem Theatervorhang, in froher und gespannter Erwartung der Dinge, die da kommen sollen. Ein Glück, daß wir nicht wissen, was wirklich kommen wird.* Ja! Sie gab die Kreuzworträtsel auf und versenkte sich in *Die Welt als Wille und Vorstellung*. Dieser Schopenhauer war ein Genie! Warum hatte ihr das nie jemand gesagt? Sie war ja eine Leserin, hatte sich zu ihrer Zeit durch etliche philosophische Schriften gequält – man verstand bloß nie, wovon die Rede war. Das Problem war die Terminologie! Bei Kreuzworträtseln war sie ein As, aber Wörter wie *Eschatologie* – herrje! Schopenhauer dagegen ging allen wichtigen Dingen direkt auf den Grund. Den Dingen, die zählten. Mit Schopenhauer konnte sie Urlaub nehmen vom schrecklichen Augenblick des bevorstehenden Todes. Bei Schopenhauer, besonders in seinen Aphorismen und Reflexionen, fand sie absolute Befriedigung; denn Schopenhauer sagte die Wahrheit, und der Rest der Welt verbreitete Lügen!

Ihr Schwiegersohn half ihr, die letzten Dinge zu regeln: Testament, Hypothek, Versicherungen, wie sollen wir dies und jenes und das machen? Einäscherung, Grabstelle und so weiter. Er sagte ihr all die Dinge, die ihre Tochter ihr nicht sagen konnte. Er wartete auf den richtigen Augenblick und brachte dann fast alles unter – zum Beispiel sagte er ihr, daß ihre Tochter sie sehr liebe, daß es ihr aber schwerfalle, das auch zu sagen. Sie wußte, daß sie bei dieser Eröffnung zusammengezuckt war, denn bei ihr war es genauso, und sie wußte, daß er es bemerkt hatte. »Ich liebe dich.« Warum konnte sie zu ihrer Tochter diese drei einfachen Wörter nicht sagen? Sie konnte es einfach nicht. Irgendwie war es nicht möglich. Der Schwiegersohn verurteilte sie nicht. Auch er mußte doch unter Druck stehen. Zog sie alle im Haus mit sich herunter? War das der Grund, warum er Schopenhauer las? Nein, Schopenhauer war einfach sein Lieblingsautor. »Irgend jemand mußte einfach kommen und die Dinge sagen, wie sie sind«, erklärte er, wenn er über den mürrischen Mann mit dem Backenbart sprach, dessen Bild er auf den Kühlschrank geklebt hatte. Soweit sie von ihrem Schwiegersohn gehört hatte, schrieb Schopenhauer sein Hauptwerk schon vor seinem dreißigsten Geburtstag – eine Philosophie, die zu seinen Lebzeiten weitgehend ignoriert worden war und auch heute weniger als Philosophie im eigentlichen Sinne, sondern mehr als Kunstwerk galt. Als Kunstwerk? Nun ja, sie schien so unwiderleglich! Nach Auskunft des Schwiegersohns verbrachte Schopenhauer den größten Teil seines Lebens in schäbigen Zimmern in einem vornehmen alten Stadtteil von Frankfurt, die er mit einer Serie von Pudeln teilte; sie mußten ihm Gesellschaft leisten, während er in aller Ruhe über das Leben las, schrieb und nachdachte. Er besaß ein kleines ererbtes Vermögen, das für den täglichen Unterhalt, ein paar Konzerte und kleinere Reisen, die er ab und zu unternahm, ausreichte. Er beherrschte mehrere Sprachen. Er las so gut wie alles, angefangen von den Griechen und den östlichen Lehrern, er war ein klassischer Gelehrter und hatte die Geduld, alles richtig durchzukauen und aus dem Rätsel des Lebens etwas zu machen. Freud, sagte der Schwiegersohn, eifrig dozierend, habe Schopenhauer einen der sechs größten Menschen genannt, die jemals gelebt hätten. Nietzsche, Thomas Mann und Richard Wagner hatten dem Genie eines Mannes, der mit einem einzigen Wort abgetan worden war – Pessimist –, Tribut gezollt. Seine Werke würden nicht mehr gedruckt, beklagte der Schwiegersohn, man finde sie kaum noch. Er plante sogar eine Reise nach Frankfurt, wo er hoffte, eine Büste seines Helden erwerben zu können. Er hatte an die Behörden in Deutschland geschrieben, um sich zu erkundigen. Sie hatten ihn bloß abgewimmelt. Er würde selbst hinfliegen müssen. Auch sie begann sich plötzlich Sorgen zu machen, ob die Werke dieses Autors noch erhältlich wären … sie, die morgen schon die Würmer fressen würden.

Und warum? Weil die *Wahrheit* es wert war. Sie war eigentlich wichtiger als alles andere. Sie hatte einen Ruhestand von zehn friedlichen Jahren gehabt, viel Zeit, um nachzudenken, sich Fragen zu stellen und zu sinnen, aber sie hatte nichts gesucht und nichts gefunden. Doch dieses merkwürdigerweise ignorierte Genie mit dem weißen Backenbart hatte ganz neue Perspektiven des Denkens entdeckt, Schopenhauer, dessen Bücher immer schwerer zu bekommen waren und den die Welt für eine Randerscheinung des neunzehnten Jahrhunderts hielt – ein Spinner, ein rachsüchtiger Einzelgänger, ein Hypochonder, ein Frauenfeind, ein Panikmacher, der mit einer Pistole unter dem Kopfkissen schlief, ein Mann mit zahllosen Fehlern. Nun ja, man brauchte bloß ein bißchen zu kratzen, und was fand man?

Wie, um Himmels willen, sollte man in diesem verrückten Scheißleben denn einen Sinn finden? Wenn sie doch bloß einen Knopf drücken könnte, um nie geboren worden zu sein.

Der Schwiegersohn schluckte Antidepressiva und behauptete, ein Melancholiker zu sein, schien dabei aber stets guter Dinge, machte Witze und war jederzeit zum Lachen aufgelegt. Er hatte einen Sinn für das Absurde, der sie früher genervt hatte, als sie noch so getan hatte, als wäre das Leben ein Spaziergang für sie. Wenn sie nicht gerade »On the sunny side of the street« war, dann hatte sie zumindest »Singin' in the rain« geträllert. Das waren noch Zeiten.

Wie töricht!

Sie ermunterte den Schwiegersohn, herumzualbern und zu philosophieren, und er blühte auf, wenn sie eine kleine Dosis Anerkennung aussprach oder ein Lachen heraushustete. Die Schmerzen und das Unbehagen nahmen zu, aber sie lachte auch mehr. Wie sagte Schopenhauer? *Keine Rose ohne Dornen. Aber manche Dornen ohne Rosen.* Der Schwiegersohn manövrierte sich durch all die häßlichen Details, die ihr nicht zugänglich waren. Daß ausgerechnet er übrigblieb!

Als ihre Lungen gerade mal frei waren und verschiedene Einläufe ihr Erleichterung verschafft hatten, bat sie ihre Tochter um einen letzten Gefallen. Wäre es möglich, sie noch einmal nach Hause zu fahren?

Sie machten ein kleines Fest daraus und fuhren am siebten Geburtstag ihrer Enkeltochter mit ihr in die Berge. Alle ihre Bekannten in dem malerischen Kurort kamen vorbei, und wenn sie über ihren Verfall erschrocken waren, dann ließen sie es sich nicht anmerken. Sie konnte nicht auf die Sonnenveranda heraus, sondern mußte drinnen auf der Couch sitzen, halb liegend, aber alle kamen herein und sagten guten Tag, und alles Schlimme fiel von ihr ab ... einen ganzen Nachmittag lang! Sie war tief berührt von der warmen Zuneigung ihrer Freunde. Es waren ... so viele. Mein Gott! Sie wurde wirklich geliebt. Sie konnte es sehen. Man konnte ihr nichts mehr vormachen; sie blickte tief ins menschliche Herz; sie wußte, wie die Leute waren. Was für wunderbare Freunde. Was für ein vollkommener Nachmittag. Es war das letzte Gute in ihrem Leben.

Als sie wieder im Haus ihrer Tochter waren, begann sie wirklich zu sterben. Es saß in den Lungen und im Darm, genau wie der Doktor gesagt hatte. Verdammt, wahrscheinlich war es sogar in der Leber. Sie wurde überall gelb, nicht nur die Haut, sondern auch das Weiß ihrer Augen. Dann kam eine Woche im Krankenhaus, wo sie mit allen möglichen Untersuchungen gequält wurde. Das löschte ihre letzte körperliche und seelische Widerstandskraft aus.

Nach einer Röntgenuntersuchung war das Barium-Kontrastmittel in ihrem Körper hart wie Zement geworden. Man mußte ihr ein starkes Klistier geben, und sie beschmutzte ihr Bett. Durchfall im Bett. Die schlimmste Demütigung. »Das kommt dauernd vor«, sagte die Schwester. »Denken Sie sich nichts dabei.«

Sie erstickte. Sie kriegte überhaupt keine Luft mehr. Alle Hauptpersonen waren im Zimmer. Sie wußte, jetzt kam's! Einfach so. Bingo! Konferenzen im Flüsterton vor ihrem Zimmer. Die Schwestern, bis dahin gnadenreiche Engel, hantierten plötzlich nur noch mechanisch. Die konnten einen ansehen und schätzten es bis auf die letzten fünf Minuten genau. Sie sah den *Von-jetzt-an-jeden-Moment*-Blick in ihren Augen. Ein Geistlicher kam vorbei. Da! Das war der entscheidende Hinweis – das Ende hatte begonnen.

Als der Schwiegersohn im Krankenhaus auftauchte, statt zur Arbeit zu gehen, blickte sie ihm voller Panik entgegen. Sie hatte dagegen angekämpft, aber jetzt ... jetzt war er da, und er würde wissen, was zu tun war, ohne daß man ihn darum bat. Im nächsten Augenblick war er auch schon wieder zurück, mit einer Schwester. Sie drehten das Morphinsulfat auf volle Pulle. Der Rücken tat ihr trotzdem noch höllisch weh. So viel Morphin, und immer noch Rückenschmerzen ... vielleicht mußte man einen Augenblick warten ... ahh! Da waren die Zeichentrickfilme.

Irgend jemand ging, um bei McDonald's Hamburger zu holen. Ihre Tochter saß neben ihr und hielt ihre Hand. Die anderen taten ihr leid. Sie waren diejenigen, die dableiben und ihre vorgegebenen Rollen spielen mußten. Wie sagte Schopenhauer? Am besten, man sicherte sich einen Platz, der so weit wie möglich vom Feuer entfernt war, denn die Hölle war ja wohl nicht im Jenseits, sondern im Hier und Jetzt. Oder nicht?

Sie fing an einzunicken. Sie umklammerte eine Milchtüte. Die würde gleich ausfließen. So wie Durchfall im Bett. Eine weitere Schweinerei. Die Tochter versuchte, ihr die Milch wegzunehmen. Aber sie widersetzte sich ... hielt fest. Vergiß Schopenhauer – das war doch alles bloß Scheiße! Sie wollte nicht auf die andere Seite. Sie wollte leben! Sie wollte leben!

Die Tochter zerrte ihr die Milchtüte weg. Die Schwester kam und drehte das Morphin wieder auf. Sie wollten ihr »Erleichterung« verschaffen. Dann waren die Rückenschmerzen ... und die Zeichentrickfilme ... und alles verschwunden.

(Sie war wieder auf der Farm in Battle Lake, Minnesota. Sie war neun Jahre alt und hörte den kleinen roten Hahn, Mr. Barnes, beim ersten Morgenlicht krähen. Die Arbeitsstiefel ihres Bruders polterten die Treppe herunter, man hörte das saugende Geräusch, das die Windfangtür machte, dann krachten die Stiefel durch den gefrorenen Schnee. Ja, sie war wieder auf der Farm. Ihr Bruder war auf dem Weg zur Außentoilette, gleich würde Mr. Barnes auf ihn losgehen wie ein Sturzkampfbomber. Mr. Barnes ließ sich nicht abschrecken. Sie hörte ihren Bruder fluchen, und dann klatschte dem Vogel der Futternapf an den Kopf. Die Frontalangriffe von Mr. Barnes waren vorhersehbar. Dem Geräusch nach hatte Fred ihm ordentlich einen verpaßt. Nach Ansicht von Mr. Barnes war der Hof *sein* Revier. Zwei Minuten später hörte sie die Tür der Toilette zuschlagen und ein weiteres blechernes Scheppern. Dieser Mr. Barnes war wirklich ein harter Typ. Von dem hätte sie was lernen können. Brust raus und los! »Ich will von allem, was Sie haben, das Größte und Beste und meiste!« Manche Leute schafften es, so durchs Leben zu gehen. Man konnte es, wenn man die richtige Einstellung hatte.

Ihr kleiner roter Gockel war ein richtiges Miststück, aber er hatte in seinem Herzen aus Stahl eine Schwäche für sie, er hielt nach ihr Ausschau, und bei ihr gurrte er, nur bei ihr. Später, wenn die jungen Burschen mit ihr ausgehen wollten, mußte sie sich immer an der Sodafontäne im Drugstore mit ihnen treffen. Denn auch die erfahrensten Bauernjungen waren nicht bereit, sich mit diesem Gockel mehr als einmal zu messen. Mr. Barnes war ein ganz besonderer Hahn, ein Exzentriker. Ja, sie war wieder daheim auf der Farm. Sie ... merkte, wie ihre Schwester wach wurde, unten, im unteren Bett. Es war Zeit, aufzustehen und die Kühe zu melken. Ihre Schwester wachte stets gut gelaunt auf. Sie nicht. Sie fühlte sich unter ihrem Federbett wohl, und Kühemelken war das letzte, wozu sie jetzt Lust hatte. Unten hörte sie ihre Mutter vergnügt mit ihrem Bruder sprechen, der fluchend wieder hereinkam und drohte, den verdammten Hahn umzubringen. Ihre Mutter lachte darüber, sie hatte nie einen bösen Gedanken im Leib.

Jetzt roch sie ... den Speck in der Pfanne, das Kaffeewasser brodelte, und ihre Großmutter machte ihr die Milch für die Ovomaltine heiß. Sie konnte Ovomaltine nicht ausstehen, weil ihre Großmutter die Milch meist zu heiß werden, oder besser: anbrennen ließ, aber sie tat so, als würde sie das Zeug mögen. Sie behauptete, sie brauche es für ihre Knochen, und würgte es auch tapfer herunter, denn sie wollte unbedingt die Kupons haben, für die man ein Dechiffriergerät ganz umsonst kriegte, mit dem sich die Geheimbotschaften von Captain Cody entschlüsseln ließen, dem furchtlosen Helden der Radiowellen. Dieses Gerät wollte sie unbedingt haben, aber da war diese Weltwirtschaftskrise, und das Geld war sehr knapp, und deshalb kriegte sie weder das Dechiffriergerät noch die Botschaften, noch das Diplom in Pharmakologie. Wenn sie mehr wie dieser kämpferische Hahn gewesen wäre, ein richtiger Draufgänger ... Nun, jetzt war alles vorbei, oder jedenfalls beinahe.)

Die Hauptpersonen waren im Zimmer versammelt. Sie ... nickte immer wieder ein, aber sie konnte noch hören. Sie lag wie erstarrt da, war sich der Dinge aber viel deutlicher bewußt, als die anderen wußten. Sie hörte, wie sich jemand darüber beklagte, daß man ihm bei McDonald's »alles« auf den Hamburger getan hatte, nicht bloß »Käse und Ketchup«. Es gab ein richtiges Theater deswegen. Eines Tages, wenn sie in ihrer Lage waren, würden sie lernen, solche Kleinigkeiten zu ignorieren, aber man konnte es ihnen nicht verübeln. So war das nun mal. So war das Leben. Aus solchen Dingen bestand es. Und sie lag da und ... starb.

Plötzlich merkte sie, daß der schwierige Teil jetzt vorbei war. Alles, was sie tun mußte, war ... loslassen. Es war gar nicht so schlimm. Es war gar nichts ... Besonderes. Es war einfach so, wie es war. Ein letztes Mal versuchte sie sich Mr. Barnes vorzustellen – die kleine Erinnerung an ihn war spaßig gewesen, warum sollte man sich nicht mit einem kleinen Spaß verabschieden? Sie versuchte, sich an seine Farbe zu erinnern – Orange war zu hell, Rost war zu trübe und Scharlach zu lebhaft. Sein Kopf war eine Mischung aus Grün, Gelb und Gold gewesen, und seine Brust und die Flügel waren karminrot? Nein, nicht karminrot. Er war einfach ein kleiner roter Gockel, aggressiv, undankbar. Er hätte ein schöner Vogel sein können, wenn er sich nicht auf so viele Kämpfe eingelassen hätte. Seinen Kamm hatte ihm ein großer Waschbär abgerissen, den er beim Eierstehlen erwischt hatte. Auf Leben und Tod hatte er mit dem Räuber gekämpft, bis Fred ins Hühnerhaus rannte und den Eindringling mit seiner .410 erschoß. Die Eier waren kostbar. Sie brachten bares Geld. Mr. Barnes war der Held des Tages gewesen. Sie erinnerte sich noch, wie er auf dem Hof herumstolzierte. Er hatte stets ein Auge auf die Hennen, ihnen galt seine größte Sorge, allen dreißig oder vierzig von ihnen, je nachdem. Sie waren sein Harem, und er war der Scheich. Mann, und was für einer! Sie erinnerte sich, daß sie mal eine Strichliste geführt hatte, als sie Windpocken hatte und das Haus hüten mußte. Jeder Strich bedeutete einmal Vögeln. Innerhalb eines Tages hatte Mr. Barnes den Geschlechtsakt nicht weniger als siebenundvierzigmal vollzogen – und sie konnte von ihrem Fenster keineswegs den ganzen Hof überblicken. Mann, er zog in der ganzen Gegend herum und buhlte auch um die Hühner der anderen Farmen. Bittere Beschwerden gab's von den Nachbarn. Mr. Barnes machte überall Ärger. Oft genug mußte sie mit dem Fahrrad losziehen und ihn wieder einfangen. Mr. Barnes war eine Legende. Mr. Barnes dachte offenbar, daß ihm die ganze Welt gehörte – und die Sonne, die Sterne, die Milchstraße und alles dazu! War das schön, oder war es die Hölle? Es mußte ein tolles Gefühl für ihn gewesen sein, dachte sie. Vielleicht war es das, was Schopenhauer den Willen zum Leben genannt hatte. Mr. Barnes war die perfekte Verkörperung davon.

Hahn zu sein war schwere Arbeit, natürlich, aber Mr. Barnes schien das glücklichste Geschöpf zu sein, das sie je gekannt hatte. Wahrscheinlich weil es keine Arbeit ist, wenn man tut, was man tatsächlich tun will. Egal, wie langweilig es sonst auf der Farm war, Mr. Barnes konnte sie stundenlang zusehen. Mr. Barnes konnte sogar die langen heißen Tage im August noch retten, die Hundstage. Er hatte keine Angst, vor nichts und niemand. Hegte er je einen Zweifel? Irgendwelche Gockelsorgen? Niemals! Sie versuchte, ihn noch ein letztes Mal heraufzubeschwören. Er war nur ein kleiner Bantamhahn, kaum mehr als drei Pfund schwer. Vielleicht wartete Mr. Barnes ja schon auf der anderen Seite. Vielleicht würde er sie begrüßen und wieder ihr Freund sein.

Sie nickte immer wieder ein. Glitt in die Bewußtlosigkeit und kehrte wieder zurück. Das Morphin wurde allmählich zuviel. O bitte, lieber Gott. Hoffentlich mußte sie jetzt nicht erbrechen ... So viel war ungesagt und ungetan geblieben. Nun ja, das gehörte wohl dazu. Wenn sie bloß Mr. Barnes noch mal herumstolzieren sehen könnte. »Komm, Barnes, einmal quer über den Hof! Nur für mich!« Ihr Bruder Fred, wie traurig er da herumsaß mit seinem Hamburger. Nach ein paar Bierchen konnte er Mr. Barnes ganz glaubwürdig nachmachen. Ob er das wohl noch einmal ... zur Erinnerung an alte Zeiten? Ihre Stimme war zu schwach, sie konnte nicht sprechen. Keine Chance. Nicht einmal annähernd. War sie schon tot? Versunken im Dunkel? Schwer zu sagen. »Hab kein schlechtes Gewissen, mein lieber Bruder. Du sollst nicht um mich trauern. Mir geht es gut« ... und ... noch etwas – »Sarah, ich liebe dich, Kleines! Ich liebe dich! Hast du das nicht gewußt? Hat man das nicht gemerkt? Wenn nicht, dann tut es mir sehr, sehr leid ...« Aber die Worte kamen nicht heraus, konnten nicht mehr herauskommen. Es war ihr ... so übel. Übler als übel konnte einem doch gar nicht mehr werden. Und dann das ganze Morphin. Liebe! Sie hätte sie ihrer Tochter zeigen sollen, statt irgendwas ... anzunehmen. Sie hätte ihre Gefühle zeigen, aus sich herausgehen sollen ... Darum ging's doch im Leben. *Liebe deinen Nächsten wie dich selbst,* und *liebe Gott, den Allmächtigen, von ganzem Herzen und mit ganzer Seele.* Du bist dazu da, deinen Nächsten zu lieben. Tu dein Bestes. Sei freundlich zu Tieren, befolge die Zehn Gebote, solche Sachen. Ging es darum? Ja? Oder war das alles Quatsch?

Sie ... verlor das Bewußtsein und kehrte wieder zurück. Vor und zurück. Rein und raus. Vor und zurück ... rein und raus. Es gab keinen Tunnel und kein weißes Licht und nichts dieser Art. Sie ... *starb* einfach.

Teil IV

Ein weißes Pferd

Einen Sekundenbruchteil vor dem Zusammenstoß hatte Ad Magic eine seiner epileptischen Vorahnungen. Im selben Augenblick, in dem der Lastwagen auf den kleinen Ausflugsbus aufprallte, nahm Ad Magic eine schützende Hockstellung ein, die Beine angezogen und den Kopf vornübergebeugt. Er saß in der Mitte der hintersten Reihe und hatte den schlimmsten Kater seines Lebens, als ihn der Aufprall wie eine menschliche Kanonenkugel den halben Mittelgang hinunterschleuderte. Nach dem Unfall herrschte einen Augenblick Stille, dann schlingerte der Bus zum Straßenrand. Die Reisegruppe aus Bahrain, fünf Männer und eine Frau, die in der Mitte des Busses saßen und selbst einigermaßen durchgeschüttelt, aber nicht verletzt worden waren, stand auf, um dem eigenartigen Amerikaner wieder auf die Füße zu helfen.

Ad Magic hatte ein schneeballgroßes Pfefferminzbonbon in der Backe gehabt, als der Unfall passierte, und das steckte ihm jetzt in der Kehle. Er versuchte, es unauffällig hinunterzuschlucken, aber nachdem es ein Stück weit gerutscht war, stellte er fest, daß es doch noch zu groß war, und versuchte es herauszuhusten. Als er merkte, daß ihm die Luft knapp wurde, geriet er in Panik, sank in die Knie und fing an zu husten wie ein Comic-Männchen: *Kaff, kaff, kaff.*

Er spürte eine weiße Welle unter dem Brustbein, die bis in sein Gesicht und zu den Ohren aufstieg und wie Feuer brannte. Heftig gestikulierend versuchte er den Bahrainis klarzumachen, daß ihm jemand helfen mußte. Sie kapierten alsbald, was er für ein Problem hatte, und klopften ihm auf den Rücken, während er seine Kehle umklammerte wie ein Mann, der gehängt werden soll.

Schließlich versetzte ihm einer der Bahrainis einen Handkantenschlag zwischen die Schultern, und *wumm!* schoß das Bonbon aus seinem Mund, prallte von der Windschutzscheibe ab und fiel dem Fahrer in den Schoß. Als Ad Magic wieder atmete, explodierte ein großes Gelächter unter den Bahrainis, die einerseits erleichtert waren und sich andererseits über die Absurdität der Situation amüsierten. Ad Magic hatte den größten Teil des Tages mit ihnen verbracht, und obwohl er dankbar war, wieder atmen zu dürfen, hatte er doch das Gefühl, daß ihr Lachen nicht ganz frei von Spott und Feindseligkeit war, wie auch ihr ganzer bisheriger Jerry-Lewis-Humor. Als sie sich zum Beispiel in den Tempelhöhlen auf der Insel Elephanta mit Beleidigungen und hämischen Reden über die Kolossalstatue eines meditierenden, heiteren Buddha lustig gemacht hatten, waren Hunderte von Fledermäusen wach geworden und in solcher Fülle kreischend an Ad Magic vorbeigeflattert, daß ihre Flügel und erstaunlich wuchtigen Körper ihn anrempelten. Als er sich ducken wollte, war er im Fledermausdung ausgerutscht und auf Knie und Hände gefallen. Der Dung stand zentimeterhoch auf dem Boden und fühlte sich an wie kalter Pudding. Zum Glück hatte einer der Bahrainis ein Päckchen Papiertaschentücher dabei, und er konnte sich den schlimmsten Dreck abwischen, aber der Gestank ging nicht weg, und er nahm ihn jedesmal wahr, wenn er mit der Hand in die Nähe seines Gesichts kam.

Mit einem platten Reifen rollte der Bus auf den Seitenstreifen des Marine Drive, einer der verkehrsreichsten Ufer-Straßen von Bombay. Ad Magic stieß den seitlichen Notausgang auf und stolperte ins Freie. Er konnte zwar atmen, aber seine Kehle fühlte sich an, als ob sie verletzt wäre. Er zog seinen dunkelgrünen Kaschmirpullover aus. Es war verrückt gewesen, den anzuziehen. Die Luft war schwül und drückend. Ad Magic erkannte Chowpatty Beach und wurde sich bewußt, daß er auf der Halbinsel war, die wie ein Finger ins Arabische Meer hinauszeigte. Er wußte, daß Bombay auf einer Reihe von Inseln vor der indischen Küste erbaut war. Von der Stelle aus, wo er sich jetzt befand, waren es nur ein paar Meilen zum Gateway of India, wo ihre Stadtrundfahrt begonnen hatte.

Ein kleiner Junge näherte sich, ungefähr acht oder zehn – das ließ sich schwer sagen, unter anderem weil sein Kopf völlig kahlrasiert war. Er trug ein Rhesusäffchen auf der Schulter, das eine Pagenmütze und eine schmutzige rote Uniform mit goldenen Litzen und Epauletten anhatte und irgendeine unverständliche mimische Vorstellung darbot. Als sie vorüber war, trat der Affe auf den Amerikaner zu und hielt ihm die umgedrehte Pagenmütze hin, um Geld einzusammeln. Ad Magic fing wieder an zu husten, während er in seinen Taschen herumsuchte. Er warf ein paar Rupien in die Mütze und schleuderte dem Jungen seinen teuren Pullover hin. »Los, nimm«, sagte er. »Kannst du behalten.«

Die einzige Frau unter den Bahrainis hatte die Vorstellung des Affen gleichfalls verfolgt und kicherte schrill. Einer der Männer, der ein bißchen Englisch sprach, sagte spöttisch: »Bravo. Hervorragender Affe.«

Die Fremdenführerin kam aus dem Bus und fragte den Amerikaner ungerührt nach seinem Gesundheitszustand. Es gehe ihm gut, sagte Ad Magic, und daraufhin erklärte sie ihm, er hätte dem Jungen nicht soviel Geld geben sollen. »Ist nicht gut«, sagte sie und verzog das Gesicht. Ad Magic ließ die Fremdenführerin und die Bahrainis stehen. Er wollte nichts mehr mit ihnen zu tun haben. Er wanderte von der Straße hinunter auf den Strand, und erst als er weit genug weg war, drehte er sich um und sah zu, wie die Fremdenführerin die Bahrainis geschickt durch den rasenden Verkehr auf dem vierspurigen Marine Drive zu einem vergammelten Lokal steuerte, das sich New Zealand Café nannte.

Links und rechts des schmuddeligen, mit Stuck verzierten Gebäudes waren zwei große Plakatwände. Auf der einen wurde in englischer Sprache Reklame für Gabriel-Stoßdämpfer gemacht. Die andere, in Hindi, zeigte einen offensichtlich prominenten Inder, der ein bißchen wie Rudolph Valentino aussah – eine Pomade-Werbung. Durch den Filter des flirrenden Verkehrs und der schwarzen Dieselrußwolken konnte Ad Magic hinter dem Café eine Siedlung aus Wellblech und

Pappkartons sehen. In ihrem Zentrum war ein halbmondförmiger Abzugsgraben, und man sah, wie sich am einen Ende Leute hingehockt hatten, um sich schamlos zu erleichtern, während am anderen Ende Frauen ihre Wäsche wuschen.

Ad Magic beobachtete, wie sich einer der Bahrainis im Restaurant an die Kehle griff und so tat, als müßte er ersticken, während der Rest der Gesellschaft laut lachte. Die Münder der Bahrainis standen weit offen und zeigten zahllose goldene Füllungen. Sie winkten ihm zu und ließen ihn hochleben. Er fragte sich, warum sie wohl so vergnügt waren. Warum konnte er nicht so sein?

Auf der Straße schimpfte der Busfahrer mit dem Fahrer des Lastwagens, der ihn gerammt hatte. Ad Magic wandte sich ab und ging auf das Arabische Meer zu, aus den Dieselabgasen heraus in eine kleine Tasche voll angenehm scharfem Gardenienduft und dann weiter in eine Zone ganz grauenhaften Gestanks. Die Thunfischfabrik in Samoa war schlimm gewesen, aber sie war harmlos, verglichen mit den Wolken von üblem Gestank, die überall in Bombay lauerten. Und das schlimmste war, daß man ganz nonchalant darüber hinweggehen mußte und sich nicht beschweren durfte, denn die Mitreisenden schienen nie etwas zu bemerken. Ad Magic wurde plötzlich von einem Gefühl der Unwirklichkeit überwältigt – er fragte sich, ob er überhaupt je in Samoa gewesen war oder ob er es nur geträumt hatte. Er fragte sich, ob vielleicht auch dieses Bombay hier und jetzt nur ein Traum war.

Er musterte den langen, öden Strand und entdeckte ein kleines weißes Pferd, das verloren in der Brandung stand. Beim Näherkommen stellte er fest, daß es ein altes, klappriges Tier mit durchhängendem Rücken war. Es war von eitrigen Schwären bedeckt und so mager, daß die Rippen herausstanden und die Zähne übergroß wirkten. Es hatte Schwierigkeiten, sich auf den Beinen zu halten, und Ad Magic sah, daß es schwankte. In Indien gab es viele Szenen der Armut und Trostlosigkeit, aber dies war der armseligste und traurigste

Anblick von allen. Das Pferd würde sterben – wahrscheinlich innerhalb einer Stunde. Sollte es hier sterben? So völlig verlassen? Ad Magic mußte daran denken, daß es das Leiden eines Karrengauls gewesen war, was Nietzsche letztlich im Januar 1889 in den Wahnsinn getrieben hatte.

Gütiger Himmel! Er hatte es also schon wieder getan. Er hatte seine Medikamente im Stich gelassen, war ausgeflippt und irgendwie an Bord eines Flugzeugs geraten, diesmal nach Indien. Hektisch durchsuchte er seine Taschen nach einem Paß. Aber da war keiner. Er hatte auch keine Brieftasche – bloß einen dicken Packen Hundert-Dollar-Scheine, ein paar kleinere, mit indischen Scheinen vermischte Banknoten und einen schweren Klumpen Münzen, der seine Tasche ausbeulte. Er wußte nicht mal seinen Namen; das einzige, was er wußte, war »Ad Magic«, aber als er die Münzen durchwühlte, fand er einen Zimmerschlüssel aus dem Taj Intercontinental. »Suite 7« stand auf dem Anhänger, und Ad Magic wußte, daß sich das Geheimnis seiner Identität dort aufklären ließe, hatte es aber mit der Rückkehr ins Hotel keineswegs eilig. Irgendwie dachte er, daß es besser sei, nichts zu wissen, jedenfalls vorläufig.

Seine Kehle machte ihm noch immer zu schaffen. Er fand ein Päckchen Marlboro und ein schönes goldenes Feuerzeug in der Tasche. Er zog eine Zigarette heraus und steckte sie an. Der Junge mit dem Affen erschien neben ihm und schnorrte eine Zigarette. Ad Magic zündete sie an und beobachtete verblüfft, wie sie der Junge seinem Affen gab, der so geziert damit hantierte wie ein arroganter SS-Offizier in einem alten Schwarzweißfilm. Der Affe rauchte, als ob er wirklich süchtig nach Nikotin wäre, und nach der Vorstellung zog er gleich wieder die Pagenmütze, um Geld einzusammeln. Ad Magic gab ihm einen Fünf-Dollar-Schein, setzte sich auf ein kleines, rostiges Karussell und sah zu dem Pferd hin. Bei einem Zug aus seiner Zigarette bemerkte er an seinem Handgelenk ein Med-Alert-Armband aus rostfreiem Stahl und eine goldene Rolex. Er untersuchte sie beide so neugierig, als ob er sie noch nie zuvor gesehen hätte. Das kleine Armband trug den Hinweis »Epilepsie«.

Epilepsie. Ad Magic hatte keine Epilepsie im klassischen Sinne mit ausgewachsenen, krampfartigen Anfällen. Er war ein Schläfenlappen-Epileptiker. Das fiel ihm jetzt wieder ein. Er hatte eine epileptische Fugue erlitten. Er wußte immer noch nicht, wie er hieß, wo er wohnte, ob er verheiratet war und Kinder hatte, oder sonst irgendwas, aber er war sich bewußt, daß er ein Werbemann war. Und außerdem epileptisch. Er erinnerte sich sehr deutlich an die Stimme seines Arztes und an dessen großes, hohes, mit dunkler Eiche getäfeltes Sprechzimmer, an die Tür mit einer Mattglasscheibe und die »Betenden Hände« in Bronze auf dem Schreibtisch des Doktors. Er erinnerte sich, daß er seit seiner frühen Jugend viele Stunden in diesem Zimmer verbracht hatte. Er erinnerte sich an majestätische Eichen, klare Herbstnachmittage, den Geruch von verbranntem Laub und die palastartigen Brownstone-Villen einer Stadt im Mittleren Westen, aber er wußte den Namen der Stadt nicht zu nennen, er konnte sich das Gesicht des Arztes nicht vorstellen, und er erinnerte sich auch nicht an den Namen. Er wußte, daß der Mann mehr für ihn gewesen war als ein Arzt – er war auch ein guter Freund gewesen, und Ad Magic liebte ihn sehr. Er hatte das Gefühl, daß der Doktor inzwischen tot war, aber er erinnerte sich genau an etwas, was er gesagt hatte: »Diese Anfälle, die du hast, bei denen du in der ganzen Welt herumirrst – sie könnten eine epileptische Fugue sein. Vielleicht leidest du aber auch an der klassischen Form globaler Amnesie, die man so oft in Seifenopern sieht. Im Fernsehen kommt solche Amnesie ziemlich oft vor, im wirklichen Leben beinahe nie. Aber das gleiche gilt auch für psychomotorische Fuguen, die auf einem epileptischen Zustand des linken Schläfenlappens beruhen.«

Ad Magic wußte nicht, wer er war oder wie er nach Indien gekommen war. Er wußte nur, daß er manchmal so deprimiert und gereizt und am Ende so tobsüchtig wurde, daß er alle Medizin wegschmeißen und abhauen mußte, um sich zu betrinken oder sein Bewußtsein auf andere Art auszulöschen. So fühlte er sich auch jetzt. Er spürte einen ungeheuren Widerwillen gegen alles, was da auf dem Antlitz der Erde herumkroch, einschließlich der eigenen Person – aber das Leiden des weißen Pferdes konnte er nicht ertragen. Es war eine große Erleichterung, daß es plötzlich außer ihm und seinem Kater noch etwas anderes gab, woran sich seine Aufmerksamkeit festmachen konnte.

Er rief den Jungen, der mittlerweile voller Stolz den grünen Kaschmirpullover am Leib trug, und führte ihn zusammen mit seinem Affen über die Straße zum New Zealand Café. Die Luft im Innern des Lokals stank nach Bratfett und Zigaretten, aber an der Decke hingen zwei Ventilatoren, die wie umgedrehte Hubschrauber darin herumrührten. Ein Kellner mit einer schmierigen weißen Jacke servierte den Bahrainis Tee und eine Platte mit klebrigen Keksen. Aus der Küche plärrte ein Radio eine ziemlich blecherne Version des »Limehouse Blues«. Ad Magic setzte sich neben die Fremdenführerin und sagte: »Fragen Sie den Jungen, wem das Pferd da unten am Strand gehört!«

Die Fremdenführerin war eine gutaussehende Frau Ende Dreißig, die ständig zwischen Unterwürfigkeit und dumpfer Aggressivität hin und her schwankte. Sie trug einen orangefarbenen Sari, der fleckenlos rein schien. Ad Magic fragte sich, wie sie das schaffte, nach dem Trip zur Insel Elephanta und der langen Stadtrundfahrt in Bombay. Er sah zu, wie sie den Jungen befragte. Schließlich wandte sie sich wieder an Ad Magic und sagte: »Pferd gehört Zirkusmann. Kann nicht mehr arbeiten. Wandert herum. Kommt und geht, wie es will.«

Ad Magic fragte, ob die Fremdenführerin vielleicht einen Tierarzt anrufen könnte.

»Tierarzt?« sagte sie bitter, als hätte er einen unanständigen Vorschlag gemacht.

»Ganz recht. Albern, nicht wahr? Wahrscheinlich gibt es hier gar keine Tierärzte, oder wenn, nur relativ wenige, selbst in einer so zivilisierten Stadt wie Bombay – und Sie haben einen langen Tag hinter sich, und der Bus ist jetzt auch noch kaputt. Entschuldigen Sie. Ich fühle mich nicht gut heute. Ach, eine Frage noch. Können Sie mir sagen, in welchem Hotel ich untergebracht bin?«

»Im Taj«, sagte sie.

»Richtig, im Taj. Das dachte ich mir.« Ad Magic legte ein halbes Dutzend amerikanische Zehn-Dollar-Scheine auf den Tisch. »Bitte akzeptieren Sie diese kleine Zuwendung. Sie waren ganz wunderbar. Können Sie jetzt bitte einen *richtigen* Arzt rufen? Sagen Sie ihm, ich würde dafür sorgen, daß es sich für ihn lohnt. Der Junge und ich werden auf der anderen Straßenseite am Strand auf ihn warten. Ins Hotel finde ich dann alleine zurück. Das Taj war das, nicht wahr?« Die Frau nickte.

Ad Magic und der Junge mit dem Affen auf der Schulter überquerten erneut den Marine Drive und setzten sich auf ein Paar rostige Pferde, die von dem kaputten Karussell stammten. Neben dem Karussell stand ein kleines Riesenrad, das nicht von einem Motor angetrieben wurde, sondern von einem Pferd oder Maultier. In der Nähe stand das Kartenhäuschen, das mit Elefanten- und Affenmenschen in grellen Kaugummifarben bemalt war. Aber der Rummelplatz war verfallen und deprimierend. Ad Magic erinnerte sich noch an die hellen Lichter auf den Rummelplätzen der Kindheit, als er ihre Schäbigkeit noch nicht durchschaut hatte und nur den faszinierenden Glanz sah. Er war wohl nicht älter gewesen als vier. Er saß in einem kleinen roten Auto, als er plötzlich ein anderes, gelbes sah, das ihm besser gefiel. Spontan wollte er auf das andere umsteigen. Er hatte gerade die Sicherheitskette gelöst und war halb aus dem roten heraus, als die Karussellfahrt begann. Er stürzte und geriet mit dem rechten Arm unter das Auto, sein Ellbogen wurde verdreht und die Haut abgeschürft, und sein Gesicht schlug an die Tür des kleinen Fahrzeugs. Dann wurde er auch schon von einem Mann herausgezogen, der Regenmantel und Filzhut trut und angenehm nach After-shave roch. Sein Vater? Ein Fremder? Er war sich nicht sicher; der Mann hatte genausowenig ein Gesicht wie der Arzt.

Er suchte nach den Zigaretten und fand in seiner Tasche eine kleine, flache, grünschwarze Packung mit Powell's Kopfschmerztabletten. Er schluckte zwei davon und würgte sie trocken hinunter, ehe er sich die nächste Zigarette ansteckte. Von seinem Platz auf dem rostigen Karussellpferd aus sah er zu, wie neben dem beschädigten Bus, in dem er gekommen war, ein neuer, leerer Bus vorfuhr. Seine Reisegesellschaft kam aus dem New Zealand Café, stieg in den neuen Bus und fuhr weg. Es gab kein Abschiedswinken, auch nicht von den freundlichen Bahrainis. Erneut versuchte Ad Magic, sich an seinen Namen und seine Heimatstadt zu erinnern, aber es war hoffnungslos. Zum Glück war er wenigstens nach Bombay gekommen und nicht nach Lusaka, Lima, Rangun oder Sansibar. Er erinnerte sich, daß er mal mit dem Schiff nach Sansibar gekommen war, völlig seekrank. So stark war der Geruch der Gewürze gewesen, daß er ihn schon zwanzig Meilen vor der Küste gespürt hatte. Er erinnerte sich, daß es ihm gleich wieder bessergegangen war, als der Dampfer um Mitternacht den Hafen erreichte. Alle Bewohner der Stadt waren noch auf den Beinen gewesen und hatten die neue Straßenbeleuchtung bewundert. Ein australischer Tourist hatte ihm erzählt, Sansibar sei der letzte Ort auf der Welt gewesen, der Straßenlaternen erhielt, und als die Glühbirnen ausbrannten, wäre es so lange dunkel geblieben, bis Schweizer Elektriker geholt worden waren, die sie austauschen konnten. »Die blöden Kerle können nicht mal ne Glühbirne wechseln«, sagte der Australier. »Das ist in ihrem Charakter nicht vorgesehen.« Ad Magics Erinnerungen an Sansibar waren wie eine Alice-im-Wunderland-Halluzination. Es kam ihm so vor, als hätte er dort wochenlang praktisch bargeldlos festgesessen und von Brot und Orangen gelebt.

Ein ausgebleichter hellgrüner Mercedes mit einem kaputten hinteren Stoßdämpfer rumpelte mit überhöhter Geschwindigkeit über den Strand, brach seitwärts aus und kam knapp vor dem Karussellpferd zum Stehen. Ein älterer Europäer, der einen weißen Kittel über einen schmuddeligen Tropenanzug gestreift hatte, stieg aus und streckte sich ausgiebig. Mit seinem ungekämmten, buschigen weißen Haar erinnerte er ein bißchen an Albert Einstein. Er strich sich mit der Hand darüber und öffnete dann die rechte hintere Tür des Mercedes. Ein großer Hund sprang heraus, ein prächtiger Boxer, und folgte dem alten Mann zu Ad Magic und dem Jungen.

»Sind Sie Arzt?«

»Ich bin Arzt, ja«, sagte der Mann mit einem deutschen Akzent. »Sie hatten einen Autounfall?«

»Ja, aber das war nichts weiter. Ich habe wegen des Pferdes angerufen. Ich wollte fragen, ob Sie was für das Pferd tun können. Was fehlt dem Tier?«

Der Arzt hob die Hand, um seine Augen vor der Nachmittagssonne zu schützen, und sah hinunter zum Meer. »Wahrscheinlich hat es in seiner Verzweiflung Salzwasser getrunken. Es wird sehr bald sterben.«

»Ich gebe Ihnen fünfhundert amerikanische Dollar«, sagte Ad Magic, »wenn Sie das Pferd retten.«

Der Arzt sagte: »Ich kann es mit einer Spritze in den siebten Himmel schicken und wegschaffen lassen. Kostet alles zusammen nur fünfzig Dollar.«

»Hören Sie, ich will nicht feilschen. Wenn Sie das Pferd retten, zahle ich tausend Dollar.«

Der Arzt machte den Kofferraum des Mercedes auf und holte ein Seil heraus. Er schickte den Jungen zum Wasser hinunter und sagte, er solle das Pferd auf den trockenen Sand heraufführen. Er fuhr mit dem Wagen noch fünfzig Meter weiter ans Wasser heran, bis er anhalten mußte, weil der Boden zu weich wurde. Dann stieg er aus, nahm seine Arzttasche, stellte sie auf die Kühlerhaube des Autos und untersuchte das Pferd. »Unterernährung, Austrocknung, Fieber.« Er öffnete die Lippen des Pferdes. »Ach! Ein Zahn entzündet. Das ist schlecht ...«

»Was ist mit diesen ganzen Geschwüren? Warum hat es so viele Geschwüre?«

»Rasch«, sagte der Arzt. »Im Kofferraum habe ich Glukose und Wasser. Wir müssen Flüssigkeit geben.«

Ad Magic brachte zwei Halbliterflaschen mit einer Glukoselösung und hielt sie dann hoch, als der Arzt die Infusionsnadeln an den Plastikschläuchen in die großen Venen am Hals des Pferdes einführte. Er sah zu, wie sich die Flaschen langsam leerten und der Arzt ein Paar Gummihandschuhe anzog und die Geschwüre am Körper des Pferdes mit einer harten Bürste und einer Jodlösung abschrubbte, was ein rauhes Sandpapiergeräusch erzeugte.

»Tut das nicht weh?«

»Tiere empfinden Schmerz nicht wie Menschen«, sagte der Arzt irritiert. »Schmerzen bestehen für Menschen aus Erinnerungen, Erwartungen, Vorstellungen –«

»Das ist mir egal. Aber was Sie da machen, tut bestimmt weh.«

Der Arzt kam hinter dem Pferd hervor. »Was schätzen Sie, was es wiegt? Wenn die Leber was taugt, könnte ich ihm Morphin geben. Ich bin nicht Superman. Keine Röntgenaugen. Vielleicht ist die Leber kaputt. Parasiten. Wer weiß?« Der Arzt griff in seine Tasche, holte eine große Spritze heraus, füllte sie mit Morphin und injizierte es in die Schulter des Pferdes. Dann füllte er die Spritze mit einem Antibiotikum und injizierte auch das. Danach nahm er wieder die Bürste und bearbeitete die großen, eitrigen Schwären. Ad Magics Arme begannen zu schmerzen. Die Flaschen zu halten war anstrengend.

Der Arzt sah ihn prüfend an. »Sie sind Amerikaner? Ja? Wer hat Ihnen das Gesicht zerkratzt? Und das blaue Auge, woher?«

»Was? Ach so, ja. Das hatte ich schon ganz vergessen. Gestern abend habe ich dieser Obdachlosen etwas Geld gegeben. Eine Frau mit elf Kindern. Ich hab ihr das Geld gegeben, als sie gerade eine Decke ausgebreitet haben, um auf der Straße zu schlafen –«

»Ja und?«

»Na ja, nachdem ich ihr das Geld gegeben hatte – ein paar Männer hatten es beobachtet und nahmen's ihr weg. Schubsten sie herum. Einen davon habe ich niedergeschlagen, aber es waren zu viele. Ich konnte sie nicht alle vertreiben. Sie versuchten, mir die Uhr zu stehlen. Ich hab mich betrunken – oder ich war schon betrunken. Ich weiß es nicht mehr genau.« Ad Magic beugte sich vor und betrachtete sich im Seitenspiegel des Mercedes. Er hatte tatsächlich ein unglaublich blaues Auge. Kein Wunder, daß die Reisegesellschaft ihn merkwürdig gefunden hatte.

Der Arzt nahm Ad Magic die Glukoseflaschen aus der Hand, drehte das hintere Seitenfenster des Mercedes ein Stück weit herunter und klemmte die Flaschen zwischen Rahmen und Scheibe. »In meiner Tasche ist ein Röhrchen mit grünen Tabletten. Sie nehmen zwei davon und legen sich auf den Rücksitz.« Während Ad Magic in der Tasche herumwühlte, trat der Doktor an ihn heran, hielt sein Handgelenk fest und untersuchte das kleine Armband aus rostfreiem Stahl.

»Hmm«, sagte er. »Epilepsie.« Er gab Ad Magic eine kleine Flasche Gin. »Trinken Sie«, sagte er, »und dann hinlegen. Das Pferd braucht seine Zeit.«

Als er wieder zu sich kam, war es schon dunkel. Der Hund stand über ihm und schnupperte an seinem Gesicht. Ad Magic drehte sich um und richtete sich abrupt auf. Lebhafte Betriebsamkeit herrschte am Strand, die ganze Küste hinunter brannten Pechfackeln, Treibholzfeuer und Öfen aus durchlöcherten Fässern. Hunderte von Menschen schlenderten durch den Sand, und eine steife Brise vom Wasser her mischte eine Vielzahl von Düften: Der Gestank von Abwässern wechselte mit dem Geruch von Gardenien und Bitterorangen, Vanille, gekochtem Curry, Holzkohlen, Dieselöl, Abfällen, Salzwasser und den Ledersitzen des alten Mercedes. Der Boxer hechelte Ad Magic mit offenem Maul ins Gesicht, sonderte aber keinen Geruch ab.

Ad Magic zwängte sich aus dem Wagen und sah sich um. Der Anblick, die Gerüche und Geräusche waren unglaublich intensiv. Es gab herumziehende Musikkapellen, Tänzerinnen, Akrobaten, Essensverkäufer und Jungen, die Haschisch verkauften. Es gab Fakire, Derwische, Schlangenbeschwörer und etliche Jungen mit dressierten Affen. Ad Magics eigener Affenjunge sah ihm zu, wie er an der Karosserie des Mercedes lehnte und seine Augen ziellos zwischen der Rolex und dem Arzt hin und her wandern ließ.

»Ich fühle mich wunderbar«, sagte Ad Magic. »Was war das für eine Pille, die Sie mir gegeben haben?«

»Ach, nur so eine Kleinigkeit«, sagte der Arzt. Er hockte im Sand und kramte in seiner schwarzen Tasche herum. Zu Füßen des Pferdes waren ein Dutzend leere Glukoseflaschen und ein großer schwarzer Backenzahn aufgereiht, daneben noch ein paar kleinere, gelbe Zähne.

»Ein Abszeß am Zahn. Sehr schlimm«, sagte der Arzt. »Alles voll Eiter, als ich ihn gezogen habe. Das Pferd brach zusammen und erlitt einen Schock. Ich mußte Epinephrin geben. Jetzt ist alles schon viel besser. Dann war wieder Sand in die Geschwüre gekommen. Ich mußte alle noch einmal auswaschen.«

»Wird das Pferd durchkommen?«

»Na, es sieht viel besser aus, oder? Fast schon munter, finden Sie nicht?«

»Ja, viel besser. Viel, viel besser.«

»Vielleicht wird es überleben. Es ist auf Messers Schneide.«

Der Hund brachte ein Stück Treibholz und spielte Tauziehen mit Ad Magic. Bald rannten sie auf dem Strand herum und nebeneinander zum Wasser hinunter. Als ihm die Wellen über die Füße spülten, entdeckte Ad Magic menschliche Exkremente und wich hastig zurück. Er blickte aufs Meer hinaus und sah mit kleinen gelben Lichtern bestückte Fischerboote im Mondlicht. Wohin fuhren diese Boote? Der Hund zerrte an seinem Hosenbein, und dann tobten sie wieder über den Strand, jagten sich, rollten im Sand, balgten. Als er wieder auf die Füße kam, lief Ad Magic am Wasser entlang, mit dem Boxer an seiner Seite. Schneller und schneller rannten sie, bis er aus reiner Lebensfreude so schnell rannte, wie er nur konnte; er hatte sich noch nie so gut gefühlt – er rannte, ohne müde zu werden, und er hatte das Gefühl, er würde nie müde werden. Moment mal! Er war doch Raucher. Oder nicht? Er rannte mühelos wie ein trainierter Läufer, erst ganz allmählich wurde er müde und schwitzte. Und so watete er doch noch ins Meer hinaus, ignorierte den Dreck und schwamm in den Wellen. Der Hund paddelte neben ihm her, bis sie weit draußen waren im warmen Wasser. Dann ließ er sich von den Wellen zurücktragen. Ad Magic wanderte lässig durch den Sand zurück zum Mercedes des Doktors, umarmte das Pferd und rieb sein Gesicht am Hals des Tieres. »O Gott, ich danke dir«, sagte er.

»Geht es Ihnen jetzt gut?« fragte der Arzt.

»Ja«, sagte Ad Magic. »Ich glaube schon.«

»Was ist *Ad Magic*? Sie haben vorhin von *Ad Magic* gesprochen. Was ist das?«

»Ach, das. Ich mache Werbung, und manchmal habe ich das Gefühl, daß es eine Art Magie ist. Schwer zu erklären.«

Ad Magic griff in die Tasche und zählte zehn Hundert-Dollar-Noten ab. Der Packen war so fest gewickelt, daß nur die äußersten Scheine naß geworden waren. Er gab dem Arzt das Geld. Er tastete nach seinen Zigaretten, aber die waren hinüber. Auch die Schachtel mit den Kopfschmerztabletten war voller Salzwasser. Ad Magic studierte die Packung einen Moment lang. Dann sagte er: »Hören Sie mal, das ist *Ad Magic*: ›Es war ein heißer Tag in Kalifornien, ich stand in Los Angeles mitten im dichten Verkehr, und eine rote Ampel ließ die Zeit stehenbleiben. Ich hatte ein Kopfweh, als gäbe es nie mehr ein Morgen. Ich nahm ein paar Powell's und *tüt, tüt!* ging's wieder weiter!‹ Keine fünfzig Wörter! Das ist meine Magie. Also, das war jetzt noch nicht ganz perfekt. Aber es kommt schon. Es kommt an –«

»Ich verstehe, Sie sind Werbetexter.«

»Hier, wie finden Sie den? ›Zweiter Klasse in der dritten Welt, in einem Eisenbahnwaggon, der heißer war als das Schwarze Loch von Kalkutta, und ich mit einem erstklassigen Kopfweh! Ich tauschte mein Schweizer Armeemesser gegen zwei Powell's. Zu Hause oder rund um den Globus, Powell's Tabletten sind meine erste Wahl gegen Kopfschmerzen.‹ Na ja, ist auch nicht so toll, aber so passiert's eben. Die Sprüche kommen irgendwo aus dem Nichts.«

»Okay, jetzt eine Hausfrau, die einkauft, an Weihnachten, in Eile und sehr geschäftig – Powell's Kopfschmerztabletten. Fünfzig Wörter.«

»›Heiligabend, Viertel vor zwölf, im Fox Valley Shopping Center, Aurora, Illinois. Plötzlich: verschärfte Entschlußlosigkeit, eine schwere Weihnachtsmigräne, zehn Komma zehn auf der nach oben offenen Richterskala. Die Lösung: Powell's Kopfschmerztabletten. Das Happy-End: hübsch verpackte Geschenke, ein lautes Ho – ho – ho unterm Lichterbaum und für alle fröhliche Weihnachten!‹«

»*Ad Magic.* Und damit verdienen Sie Geld?«

»Ja, glaube ich wenigstens. Wird das Pferd überleben? Verstehen Sie, wenn das Pferd überlebt, behalte ich meine Magie. Das hat Gott mir versprochen. Dann kann ich noch besser Reklame machen für Powell's Tabletten. Mir geht es besser, und wenn das Pferd überlebt, behalte ich meine magische Kraft. Wie alt ist das Pferd?«

»Erst habe ich gedacht, es ist älter. Vielleicht zwanzig Jahre –«

»Wie lange kann es bei bester Pflege noch leben?«

»Bei guter Pflege noch lang. Fünfzehn Jahre.«

Ad Magic schälte fünf Hundert-Dollar-Scheine von seinem Packen. »Ich möchte, daß Sie das Pferd in die Erholung schicken. Ich möchte, daß es das beste Futter kriegt. Wenn es andere Pferde will, um mit ihnen zu spielen, beschaffen Sie ihm welche. Ich möchte dieses Pferd auf einer grünen Wiese. Mögen Pferde Musik? Das hab ich irgendwo mal gehört. Beschaffen Sie ihm ein Radio. Ich möchte eine gute Unterkunft für das Pferd. Ich möchte, daß Sie der Arzt sind für dieses Pferd und ihm die besten Pferdepfleger besorgen. Was waren das für Pillen, die Sie mir gegeben haben? *Ich fühle mich phantastisch!* Gibt es eine Möglichkeit, das Pferd in die Vereinigten Staaten zu bringen? Ich werde das überprüfen. Können Sie mich zum Taj fahren? Das ist alles so verrückt – ich weiß nicht mal meinen Namen, aber ich hab einen Zimmerschlüssel vom Taj. Sagen Sie dem Jungen, er soll auf das Pferd aufpassen, bis ich wieder zurück bin. Haben Sie eine Visitenkarte? Ich sag Ihnen jetzt, was wir tun werden. Ich weiß jetzt. Jetzt weiß ich's. Sie bleiben bei dem Pferd. Ich nehm Ihren Wagen. Ich war schon mal hier. Ich kenne Bombay. Ich finde den Weg. Ich möchte nicht, daß Sie das Pferd auch nur eine Minute aus den Augen lassen. Ich möchte nicht, daß ihm was passiert. Wenn ich wieder zu Hause in Amerika bin, müssen Sie mir ein Bild von dem Pferd schicken. Stellen Sie sich neben das Pferd mit einer Ausgabe der *International Herald Tribune*. Wenn ich sehe, dem Pferd geht es gut, und es ist bei bester Gesundheit, und das Datum auf der Zeitung stimmt auch, dann schicke ich Ihnen jeden Monat sechshundert Dollar. Wird das reichen? Also, wenn das Pferd einen Stall mit Klimaanlage braucht, dann soll es den kriegen. Fernsehen, Rock-Videos, Swimmingpool, alles, was das kleine Pferdeherz begehrt.«

»Läßt sich machen.«

»Hervorragend. Sagen Sie, woher haben Sie diesen tollen Hund? Verkaufen Sie mir diesen Hund?«

»Für kein Geld der Welt«, sagte der Arzt.

»Kommen Sie, Doktor, ich liebe diesen Hund.«

»Sie können ihn sowieso nicht mit nach Amerika nehmen.«

»Okay«, sagte Ad Magic. »War ja nur so eine Idee. Sie schauen mich so komisch an. Ich weiß, was Sie denken. Sie wollen mir Ihr Auto nicht anvertrauen. Sagen Sie dem Jungen, er soll mir ein Taxi anhalten. Ich muß zurück in die Staaten. Kennen Sie diese Laufgeschirre für Blindenhunde? Ich könnte mir ja eine schwarze Brille aufsetzen und den Hund als Blindenhund mitnehmen. Brauchte nur noch ein weißes Stöckchen dazu. Darf ich mir den Hund nicht wenigstens für einige Zeit leihen?«

»Mein Herr. Das ist mein bester Freund. Ich verkaufe ihn nicht, und ich verleihe ihn nicht.«

»Okay, okay. Aber achten Sie gut auf das Pferd. Ich schicke das Geld. Der Betrag ist sehr großzügig.« Ad Magic griff in die Tasche, holte den Packen mit Banknoten heraus und schälte noch ein paar Scheine herunter. »Sehen Sie zu, daß sich jemand um den Jungen kümmert, ja? Schicken Sie ihn zur Schule. Kommen Sie, Doktor, schauen Sie mich nicht so an – es ist bloß Geld aus der Werbung. Ich muß nicht dafür arbeiten. *Und ich sah, daß das Lamm der Siegel eines auftat; und ich hörte der vier Tiere eines sagen wie mit einer Donnerstimme: Komm! Und ich sah, und siehe, ein weißes Pferd. Und der darauf saß, hatte einen Bogen; und ihm ward gegeben eine Krone, und er zog aus sieghaft, und daß er siegte.*«

Ein schwarzgelbes Ambassador-Taxi hupte auf dem Marine Drive, und Ad Magic umarmte das Pferd ein letztes Mal. *»Heigh-o, Silver,* und *Adios amigos«*, sagte er, als er in das Taxi sprang, eine Faustvoll Dollars in der Hand, und dem Fahrer zurief, er solle ordentlich Gas geben.

Ad Magic gab dem Fahrer hundert Dollar für eine Fahrt von achtzig Cent, rauschte durch die Halle des Taj und in seine Suite im alten Teil des Hotels. Er duschte, und nachdem er sich abgetrocknet hatte, sah er seine Brieftasche und seinen Paß auf dem Sekretär liegen. Er klappte vorsichtig die Brieftasche auf und vermied dabei jeden Blick auf den Führerschein. Die Brieftasche strotzte vor Kreditkarten und Bargeld. Er sah das Bild einer attraktiven blonden Frau mit zwei Kindern. Und in diesem Augenblick fiel ihm sein Name wieder ein, er wußte, wer seit fünfzehn Jahren seine Ehefrau war und wer seine Kinder, und er wußte auch, wer er selbst war. Er warf die Brieftasche hin und kritzelte etwas auf einen Notizblock.

Es gab so viel aufzuschreiben, und sein Geist raste – völlig außer Kontrolle. Die magische Kraft. Er hatte Ideen, die für ein ganzes Jahr reichen würden. Dann rief er in der Rezeption an und bat den Portier, ihm eine Flasche Scotch und ein Currygericht raufzuschicken.

Der Scotch brachte ihn etwas zur Ruhe, und als die Morgendämmerung kam, hatte er fast alles niedergeschrieben. Er wählte die Vermittlung und ließ sich zu seiner Frau in Los Angeles durchstellen.

Rocket Man

Die Wellblechhütte war stets tadellos aufgeräumt, außer wenn W. L. Moore trank. Als Prestone den Hof betrat, feststellte, daß er mit Bierbüchsen übersät war und die Eingangstür offenstand, zögerte er daher zunächst, hing eine Weile im Hof herum und wartete auf eine Eingebung.

Im hinteren Teil des Grundstücks war Moores Chevrolet abgestellt, und die Fahrertür stand weit offen. Die Nase des Wagens bohrte sich in den Stacheldraht, der das Grundstück von der angrenzenden Viehweide trennte, und Prestone hatte den Eindruck, als wollte der Chevy in die Wiese ausbrechen. Er ging hin und machte die Tür zu, um die Batterie zu schonen, dann kehrte er langsam zu der Wellblechhütte zurück.

Billy Prestone war ein großer junger Mann, Halbschwergewicht, aber auf die hundertfünfundsiebzig Pfund kam er bloß noch runter, wenn sein muskelbepackter Körper vor einem Kampf auf die Waage gestellt wurde und er sich unter das offizielle Limit gequält hatte. Und das schaffte er nur, indem er die letzten zehn Pfund mit harntreibenden Mitteln aus sich herausquetschte. Das war eine gefährliche Sache. Aber wie pflegte Moore immer zu sagen? »Was gibt's sonst noch Neues?«

Obwohl Prestone gerade einen Kampf gewonnen hatte, aß er schon wieder, trank Wasser und nahm an Gewicht zu, vielleicht zwanzig Pfund in einer einzigen Nacht. Mit seinen Springerstiefeln und zwei Sweatshirts übereinander wirkte er riesig. Unter jeder Augenbraue sah man schwarzrote Nähte, wo die Haut aufgeplatzt war – jede der beiden Wunden hätte ihn den Kampf kosten können, aber Moore war in seiner Ecke gewesen und hatte die Blutung unter Kontrolle gehalten.

Moore hatte die Ruhe bewahrt, aber der Chefsekundant war so in Panik geraten, daß er Prestone fast angesteckt hätte. Moore hatte ihn gerettet, aber jetzt hätte sich Prestone fast lieber noch einmal den Schrecken des Kampfes gestellt, als seinem Freund gegenüberzutreten.

Er nahm seine Wollmütze ab und enthüllte dabei einen scharf ausrasierten Bürstenhaarschnitt. Behutsam tupfte er sich den Schweiß von den schmerzenden Augen. Auch der Rest seines Gesichts war von roten Treffermalen gezeichnet, in denen der Schweiß brannte. Mit der Stiefelspitze stieß er die Tür auf. Süßlicher, schaler Biergeruch erfüllte den Raum.

W. L. Moore stand rittlings über seiner alten Boxerhündin Muggsy. Er hatte ihren Kopf nach hinten gebogen und goß ihr Donnagel in den Hals. Dann massierte er ihr behutsam die Kehle, damit sie schluckte, und goß ihr anschließend noch mehr von der hellgrünen Flüssigkeit in den Hals. Erst als das Tier eine ganze Menge geschluckt hatte, gab Moore sich zufrieden und wischte ihm die eckige graue Schnauze mit einem Papiertaschentuch ab.

Im Radio sang Elton John »Rocket Man«, und als Moore Prestone endlich ansah, wiederholte er die Worte aus dem Song: »I'm not the man they think I am at all – I'm a rocket man ...«

Das Tier fing an zu würgen. W. L. Moore massierte ihm mit einer Hand den faltigen Nacken und streichelte es mit der anderen am Bauch. »Ich muß ihr zweimal am Tag Digitalis einflößen«, sagte er. »Davon wird ihr schlecht, und sie scheißt und kotzt drei Tage lang. Während dieser Zeit kann ich ihr keine Medizin geben, sie kriegt Probleme mit dem Herzen, und sie wird ohnmächtig oder fällt hin. Manchmal ist es so schlimm, daß man sich wünscht, sie wäre einfach tot, wenn man das nächstemal an ihr vorbeigeht.«

Moore erforschte Prestones Gesicht, dringend, verzweifelt. »Du weißt doch, was ich meine? Aber dann geht es wieder vorbei, sie kann ihre Medizin nehmen und hat ein paar gute Tage.« Er musterte Prestone mißtrauisch, als er sich aufrichtete, faßte sich an eine schmerzende Stelle im Kreuz und atmete schwer. Er schien geschrumpft und alt geworden zu sein über Nacht. Prestone wandte den Blick ab.

»Sie ist ein guter Hund«, sagte Prestone. Er ging zu dem weinfarbenen Sandsack, der an einer eisernen Querstrebe unter dem Dach der Hütte aufgehängt war. Prestone spannte die Daumen und zog die Bänder straff, mit denen seine Hände umwickelt waren. Dann feuerte er in plötzlicher Wut ein Dutzend Schläge gegen den leblosen Sack, der sich daraufhin ruckartig an seiner Kette zu bewegen begann. Nach dem Trommelfeuer pendelte Prestone aus der Hüfte heraus hin und her, um dem taumelnden Sack auszuweichen, und als er sich im gleichen Rhythmus bewegte, ließ er eine wüste Serie linker Haken und rechter Geraden auf das Kopfende los. Dann umklammerte er den Sack abrupt mit dem Ellbogen, um ihn zur Ruhe zu bringen, und wandte sich wieder an W. L. Moore.

»Du siehst beschissen aus, Champ«, sagte er. »Dein Gesicht ist völlig blau. Ich glaube, du kriegst gar keine Luft mehr. Wieso säufst du eigentlich wieder?«

»Keine Ahnung. Ich wünsche, ich wüßte es selber. Wie kommt's, daß du schon wieder auf den Beinen bist?«

»Mir war so danach. Hab ungefähr zehn Meilen geschafft. Bin total aufgedreht.«

Die alte Hündin versuchte, sich auf Moores schmales Bett zu hieven. W. L. Moore half ihr, indem er die arthritischen Hüften anhob. Die Hündin drehte sich auf der Matratze ein paarmal im Kreis und ließ sich dann schwerfällig nieder. Moore deckte sie mit einer alten olivgrünen Armeedecke zu, bis man nur noch den Kopf sah. Mit den verkrümmten Fingern seiner beiden Hände umfaßte er den Kopf der Hündin und beugte sich hinunter, um sie zu küssen. Die Hündin sah ihn mit traurigen, dankbaren Augen an und schluckte ein paarmal.

W. L. Moore griff unter das Bett, zog mit Hilfe der leeren Plastikringe drei Büchsen Hamm's und eine Viertelliterflasche Wodka heraus und stellte sie auf den wachstuchbespannten Tisch. Er schraubte die Schnapsflasche auf und sah seinen Freund schuldbewußt an. »Aus meinen Fingernägeln springen blaue Funken. Wenn ich die Wand ansehe, krabbeln Käfer in meinem peripheren Gesichtsfeld herum. Ich komme mir vor, als ob ich in *Twilight Zone* mitspiele oder so etwas. Es ist der reinste ... *Psychoterror.*«

Er legte den Kopf zurück, trank die halbe Wodkaflasche aus und spülte rasch mit einer ganzen Büchse Bier hinterher. Er sah Prestone mit rotunterlaufenen, wäßrigen Augen an und atmete keuchend. »Das ist jetzt der elfte Tag«, sagte er. »Ich werde nicht mehr betrunken davon, aber ich werde auch nicht mehr nüchtern. Ich würde gern zum Entzug gehen, aber Muggsys Magen wird überhaupt nicht mehr besser.«

Moore ging zu seinem Bett, ließ sich darauf nieder und wickelte sich in dieselbe Decke, unter der schon sein Hund lag. »Damals, als ich gegen Red Franklin geboxt habe«, sagte er. »War ein ganz schwerer Kampf. Danach bin ich auch so aufgedreht aufgewacht. Genau wie du heute. Ich weiß noch, wie ich zum Laden gerannt bin und alle Zeitungen gekauft habe, um zu lesen, was sie über den Kampf schrieben. Ich meine, ich wußte, daß ich gewonnen hatte, aber er hatte mich ziemlich verprügelt. Er war ein harter Bursche. Schläge wie Huftritte. Mir tat sowieso alles weh, aber als ich vom Laden zurückkam, hatte ich plötzlich echt schlimme Kreuzschmerzen. Ich merkte, daß ich Fieber hatte, und als ich pissen ging, pißte ich Blut. Ich war zu schwach, um ins Krankenhaus zu fahren, und ein Telefon hatte ich nicht. Ich lag einfach drei Tage lang da. Im Delirium. Ich dachte, ich würde sterben, aber allmählich kam ich doch wieder hoch. Die Körperschläge von diesem Franklin waren einmalig. Dieser Kampf und diese Prügel, die ich bezog, waren der Anfang vom Ende bei mir. Ich war damals vierundzwanzig, und auf diese Weise habe ich meinen Titel gefeiert. Wenn man über die Ochsentour hochkommen will, ist es sehr schwer. Gestern, das war auch ziemlich hart. Zu hart, wenn du mich fragst.«

»Ich hab gestern gar keinen Alkohol an dir gerochen. Du warst so was von cool. Tommy drehte ja vollkommen durch, als er die geplatzten Brauen gesehen hat. War ja nicht zum

Aushalten, was der für ne Scheiße geredet hat: ›Das geht ja bis zum Knochen! Du hast einen Liter Blut verloren! Wir müssen den Kampf abbrechen!‹«

»Hat er das gesagt? Das hat Tommy gesagt?«

»Erinnerst du dich nicht? Ja, das hat er gesagt. Du hast das Blut gestillt, und Tommy sagt, ich soll rausgehen und ihm meine Rechte reinhauen und ihn damit k.o. schlagen. Aber der Kerl fällt nicht um, er kommt immer wieder mit dem Kopf, schlägt linke Haken über meine Rechte. Ich kann nichts mehr sehen, meine zweite Luft ist auch schon wieder vorbei, ich weiß überhaupt nicht, was mich noch oben hält; in der Ecke hast du mir dann wieder das Blut gestillt –«

»Ich seh sie vor mir, die Platzwunden. Zwei Flaschen Adrenalin hab ich verbraucht, und als das nicht geholfen hat, hab ich sie mit Eisenchlorid zugebrannt –«

»Du hast gesagt: ›Es gibt eine dritte Luft.‹ Du hast gesagt: ›Junge, es gibt eine dritte Luft. Die ist zwischen hier und dem Tod. Hab keine Angst. Geh vor und bleib dran. Die dritte Luft gehört dir.‹«

»Das hab ich gesagt? Das ist reiner Gurdjeff!«

»Du hast gesagt: ›Geh wieder raus. Von jetzt an ist alles bloß noch Instinkt.‹ Es war ganz merkwürdig. Plötzlich hatte ich meine Beine wieder und hämmerte los. Ich hab ihm verdammt weh getan, aber er hat's eingesteckt. Ich meine, ich wußte, ich hatte ihn im Griff, aber es war unglaublich, was er eingesteckt hat. Dann eine Finte rechts und der Fitzsimmons-Shift und dann der linke Haken in den Solarplexus. Glaubst du das? Ich sage dir, ich hab ihn richtig *genagelt*. Richtig reingebohrt hab ich den Schlag. Er wurde angezählt, kam aber noch einmal hoch, und ich war froh drüber, denn ich war noch nicht fertig mit ihm. Ich hab ihn an die Seile und dann in seine Ecke getrieben, und da hab ich ihn weggeputzt. Mit der Rechten. Es war den ganzen Abend der erste klare Treffer ans Kinn. Und es war Power dahinter. Peng! Er ging zu Boden, als hätte ich ihn mit einer Fünfundvierziger zwischen die Augen getroffen. Da waren gerade zwei Minuten von der zehnten Runde vergangen.«

»Der Fitzsimmons-Shift«, sagte Moore. Er lachte kurz auf. »Ich kann mich gar nicht erinnern. Ich hatte Demerol geschluckt. Es ist alles durcheinander.«

»Ich bin mutig wie ein Stier, ich fürchte weder Mensch noch Tier«, sagte Prestone.

Er tänzelte rückwärts vom Tisch weg, ging in Kampfstellung, täuschte rechts an, ging in den Fitzsimmons-Shift und verpaßte dem Sandsack in Rechtsauslage einen schrecklichen linken Haken genau in den Solarplexus, gefolgt von einer knackigen Rechten. Dann wippte er noch ein bißchen auf den Zehen und feuerte mechanisch ein paar Uppercuts hinterher.

Dann stoppte er den heftig schwankenden Sandsack und drehte sich, die Hände in die Hüften gestemmt, zu Moore um. Er sagte: »Heute morgen hatte ich einen Anruf. Rat mal, wer dran war!«

»Erzähl's mir.«

»Ein Anruf aus Schottland. Aus Glasgow. McGillian sagt, er hätte mich im Fernsehen gesehen ... Er sagt: ›Du bist ein harter Bursche, ich kann's gar nicht erwarten.‹ Sie wollen mich im Juli.«

»Für wieviel?« fragte Moore.

»Zweihundertfünfzigtausend und ein paar Zerquetschte.«

»Die wollen dich, bevor deine Augenbrauen wieder richtig verheilt sind. Hat der Ringarzt eine anständige Wundbehandlung gemacht? Das Gewebe ist voller Adrenalin.«

»Hey, Mann«, sagte Prestone. »Er hat sie erstklassig gesäubert und mit Seide genäht. Ich mach mir keine Sorgen wegen der Augen. McGillian ist meine einzige Sorge. Ich werd den Hundesohn umbringen.«

»McGillian gefällt mir überhaupt nicht. Sein Stil ist ganz falsch für dich.« W. L. Moore griff unter das Bett und zog eine weitere Büchse Hamm's hervor. Er machte sie auf, ging zum Tisch und trank den restlichen Wodka aus, ehe er mit Bier nachspülte. »Bin ich immer noch blau?«

»Nein, du hast wieder Farbe.«

»Meine Körperzellen – in diesem Zustand ist Alkohol die

einzige Sprache, die sie verstehen. Ich fühl mich ein bißchen besser. Ich war schon völlig paranoid.«

Moore ging quer durch den Raum zu den Blechschränken neben der Spüle, suchte in den Schubladen herum und fand schließlich eine Flasche Apricot Brandy. Nach einem langen Zug aus der Flasche zerrte er auch noch ein Sechserpack Rainier Ale aus dem Kühlschrank. Eine der Büchsen warf er Prestone zu, eine andere machte er für sich selbst auf. Er nahm einen kleinen Schluck, ehe er wieder zum Bett ging und sich mühselig neben seinem Hund hinlegte. »Ich muß in die Horizontale«, sagte er. »Ich fühle mich beschissen.«

Prestone warf die Bierbüchse, auf der sich Kondenstropfen gebildet hatten, spielerisch von einer Hand in die andere. »McGillian hat einen guten Jab«, sagte er.

»Aha! Ich wußte es, *die Stimme des Zweifels*. Das kannst du laut sagen, daß er einen guten Jab hat, und auch wenn du dir zehnmal einbildest, du wärst vorbereitet darauf, wird er dich noch überraschen. Feuerräder wirst du sehen, bei seinen kurzen Haken, Sternchen en masse. Deine Zehennägel werden sich einrollen. Du wirst denken, ein Rammbock hätte dich im Gesicht getroffen, so weh wird das tun. Und eins will ich dir sagen, Kumpel: Wenn du darauf nicht vorbereitet bist, wirst du in Panik geraten. So einen Jab hast du noch nicht gesehen, und du wirst merken, daß deine Vorstellung von einer Sicherheitszone sehr schnell dabei hopsgeht. All die Jahre, in denen du dich wohl gefühlt hast im Ring, verschwinden einfach so durch die Tür. Du wirst das Gefühl haben, du bist auf einem anderen Planeten, du wirst in Panik geraten und nicht mehr wissen, was du dagegen tun sollst. Es ist ziemlich schwierig zu improvisieren, wenn dir gerade jemand die Scheiße aus dem Arsch prügelt. Gestern abend war ein Picknick im Vergleich zu McGillian. Du hast einen Pseudo-Champion geschlagen. Jetzt mach ein paar gemütliche Kämpfe zu Hause, und verdien leichtes Geld. McGillian, das ist der Krieg –«

»Ich kann doch rechts ganz schön kontern –«

»So gut nun auch wieder nicht. Du wirst diese Jabs fünf, sechs Runden lang einstecken müssen, vielleicht auch die ganze Nacht, und außerdem ...« sagte Moore ungläubig, »willst du wirklich *in Schottland* gegen ihn antreten? Bei ihm zu Hause, wo seine ganzen Kumpels am Ring stehen und ihn anfeuern?« Seine schrille, mädchenhafte Stimme war zum Falsett angestiegen.

»Ich schaffe es nicht mehr mit dem verdammten Gewicht! Nur noch einmal, dann will ich die eins sieben fünf nie mehr sehen. Mach dir keine Sorgen, diesen McGillian schaffe ich schon. Ich werd mir ein Herz fassen und ihm in den Arsch treten. Ich werd es ihm zeigen. Der Hundesohn wird sich ganz schön leid tun, wenn ich mit ihm fertig bin. Er wird sich wünschen, er hätte nie von mir gehört. Ich weiß schon, wo ich den packe. Der gehört mir! Nach Billy Prestone war der ein kranker Mann, werden sie sagen. ›Hör lieber auf, du Hundesohn, es ist einfach nichts mehr mit dir los‹, werd ich ihm sagen. Ich werd ihn so eindecken, wie sie's noch nie erlebt haben, und dann werde ich ins Schwergewicht wechseln, wo ich hingehöre. Dann sollen die da oben die Schwänze einziehen!«

»Na schön, sag, was du denkst! Aber kannst du auch mit dem großen Mann in den Ring steigen?«

»Ich boxe gegen *jeden*.«

»Du kannst es mit dem großen Mann aufnehmen?«

»Ich kann es mit *jedem* aufnehmen!«

Moore stand vom Bett auf und hob die Fäuste. Sein Kopf pendelte hin und her, als er auf Prestone zuwankte. »Kannst du's mit mir aufnehmen?« schrie er in vorgetäuschter Erregung. Er klang jetzt betrunken.

Prestone feuerte eine wuchtige Fünf-Schlag-Kombination ab, die so genau kontrolliert war, daß seine Fäuste immer nur ein paar Millimeter vor Moores Kinnlade stoppten. »Mit *jedem*!«

Prestone ging in einen spielerischen Clinch mit dem Alten, als Moore plötzlich unkontrollierbar zu zittern begann. Er löste sich von Prestone und stolperte hastig zur Spüle. »Oh, mein Gott«, sagte er, wandte sich von der Spüle ab und stürzte in Richtung Toilette, die sich offen sichtbar im Hintergrund der Wellblechhütte befand. Er hielt den Kopf in die Toilettenschüssel und würgte, vermochte sich aber nicht zu erbrechen. Nach einer Minute erhob er sich wieder und kehrte mit übertrieben genauen Schritten zurück zum Tisch. Seine Augen waren blutunterlaufen und tränten. Er nahm eine von den Bierbüchsen und – was Prestone unmöglich erschien – leerte sie in einem Zug. Dann preßte er sich die Hände gegen den Leib und begann wieder zu zittern. Prestone half ihm aufs Bett. Instinktiv suchte Moore nach der Körperwärme des Hundes unter der Armeedecke.

»Alles in Ordnung, Champ?« fragte Prestone.

»Brandy auf leeren Magen. Ich werd einfach nicht nüchtern. Ich bin besoffen und verkatert gleichzeitig.«

Prestone setzte sich an den Tisch und nahm einen Schluck Bier. »Als ich dich das erstemal gesehen habe, ging ich gerade von der Schule nach Haus, und du warst hier drin und hast am Sandsack geübt. Bei dir spielten die Doors, das war schon mal cool, und als ich gesehen habe, wie du mit dem Sack arbeitest, war ich begeistert. Endlich hatte ich ein Vorbild. Wie du dich bewegt hast! Es war wunderschön. Es war das Schönste, was ich je gesehen hatte. Ich fiel in den Rhythmus, und alles andere versank. Jetzt würde alles gut werden, denn jetzt hatte ich einen Traum. Ich war in der siebten Klasse, und mein Lebensplan lag vor mir. Mann, ich liebe das Boxen. Alles daran. Ich liebe die Schläge und die ganzen typischen Bewegungen. Ich mag den Schweiß und den Ledergeruch. Ich liebe die strenge Diät, den festen Tagesablauf im Training. Ich mag den Individualismus und die anderen Boxer. Ich empfinde es als eine Ehre, daß ich in ihrer Gesellschaft sein darf. Hey, Mann, ich bin wie Peter Pan, ich will nie wieder zurück in die Realität. Ich kann's immer noch nicht so ganz glauben; Weltmeister.«

Moores Augäpfel kippten nach hinten, er war innerhalb von Sekunden aus einem Zustand der Aufmerksamkeit in Bewußtlosigkeit abgesunken. Prestone kam sich ein bißchen blöd vor, als ihm klar wurde, daß sein großer Monolog kein Echo finden würde, aber gleichzeitig war er erleichtert. Das würde die schwierige Situation etwas einfacher machen. Er stand von seinem Stuhl auf und holte sich aus Moores Wäschetruhe ein trockenes Sweatshirt. Prestone zog sein eigenes aus (das naß und schwer war) und betrachtete sich in dem großen, bodenlangen Spiegel, den Moore zum Schattenboxen benutzte.

Sein Nacken war riesig, seine Brust breit und flach, deutlich zeichneten sich die Muskeln unter der glatten, beinahe durchsichtigen Haut ab. Seine Arme waren geschwollen von den Schlägen, die er abgefeuert hatte, und von stark ausgeprägten Adern überzogen; seine schmale 32-Inch-Taille war perfekt geschnitten. Prestone nahm Kampfstellung ein, vollführte noch einmal den Fitzsimmons-Shift und stellte sich dann in der hochmütigen Daguerreotypie-Pose hin, die Robert Fitzsimmons 1897 eingenommen hatte, nachdem er James J. Corbett besiegt hatte. Er hatte es jahrelang studiert, dieses Bild, und schließlich irgendwie wahr werden lassen. Er war der Champion. Mit den Fäusten in den Hüften, rausgestreckter Brust und hocherhobenem Kopf sah sich Prestone so arrogant in der Baracke um, als wollte er sagen: »Na, wer ist der nächste?« Seine Pose überzeugte ihn selbst so sehr, daß er zu seiner eigenen Überraschung rief: »Mit *jedem*!«

Sein Blick kehrte zum Spiegel zurück. Weltmeister. Es war wirklich kaum zu glauben. Es war einfach zu viel, und es war ganz anders, als er gedacht hatte. Er fühlte sich fast ein bißchen betrogen. Prestone betrachtete sich noch eine Weile, ehe er das trockene Sweatshirt anzog und zu Moores Wäschetruhe zurückkehrte. Er nahm eine kleine Reisetasche und steckte frische Unterwäsche, ein Paar saubere Levi's, ein Hemd, ein Paar Mokassins, Moores Waschbeutel und schließlich die abgegriffene Nietzsche-Ausgabe hinein.

Prestone zog den Reißverschluß zu, lockte den Hund vom Bett und führte ihn hinaus in den Hof. Während er darauf wartete, daß der Hund sich erleichterte, sammelte Prestone die überall herumliegenden Bierbüchsen ein und steckte sie in die Mülltonne. Als nächstes durchsuchte er Moores Chevrolet nach weiterem Schnaps. Wenn er beim Nachhausekommen einen Vorrat griffbereit hatte, würde Moore es nie schaffen.

Er kehrte ins Haus zurück, kippte eine Flasche Brandy in die Spüle und spürte zwei weitere Büchsen Hamm's auf, die er zusammen mit den restlichen Bierbüchsen und der Reisetasche auf den Rücksitz des Chevrolets packte. Als der Hund wieder zurückgekehrt war und sich neben seinem Herrn ausgestreckt hatte, deckte Prestone ihn mit der Armeedecke zu. Er hob Moore vom Bett und trug ihn zum Wagen hinaus. Als sie vor die Tür traten, bewegte sich Moore und kam zu Bewußtsein.

»Hey«, sagte er. »Was geht hier vor?«

»Wir gehn auf Entzug, Champ. Da hinten stehen noch fünf Bierbüchsen. Aber du mußt dich beeilen, wenn du sie austrinken willst. In zehn Minuten sind wir da.«

»Oh, Gott, die arme Muggsy... sie stirbt!« jammerte Moore.

Prestone sah das verzerrte Gesicht seines Freundes im Rückspiegel. So eine rührselige Szene hatte er gerade zu vermeiden gehofft.

Moore fing an zu schluchzen. »Ich kann nicht noch mal einen Hund begraben. Jetzt nicht. Mein Gott!«

Mit einem Faustschlag verdrehte Prestone den Rückspiegel und stellte das Radio an. Schon wieder sang Elton John »Rocket Man«.

Die Sonne mußte sich durch schwere dunkle Wolken kämpfen und erfüllte die Landschaft mit dem kalten, überirdisch weißen Licht eines atomaren Winters. »It's lonely in outer space« – beiden Männern prägte sich, aus jeweils verschiedenen Gründen, die Liedzeile ein, und für den Rest der Reise blieben sie stumm.

Die Spuren der Schläge in Prestones Gesicht waren verschwunden; bei den Nähten unter seinen Augenbrauen waren die Fäden gezogen, aber die Narben waren immer noch flammend rot und hatten gerade erst angefangen zu heilen. Die Blutergüsse rings um die Augen waren nicht mehr blauschwarz, sondern rot und gelb wie Blätter im Herbst. Prestone trug ein Khakihemd von Ralph Lauren mit Button-down-Kragen unter einem dunkelblauen, ärmellosen V-Pullover, Baumwollhosen und Turnschuhe. Er führte W. L. Moores Boxer um das Gebäude herum. Als er seinen Freund hinter einem der Fenster entdeckte, ließ er den Hund von der Leine und fing an, mit ihm schattenzuboxen. Der Hund war beweglich und munter, aber Prestone brach das Spiel doch bald ab, schließlich war das Tier herzkrank. Von drinnen gab ihm Moore das Zeichen mit dem hochgereckten Daumen, und Prestone brachte den Hund über den Parkplatz zurück zum Wagen, ehe er das Krankenhaus betrat.

Moore saß an einem kleinen Tisch im Aufenthaltsraum der Entzugsabteilung. Er hatte eine große Büchse Apfelsaft, eine rotweiße Marlboropackung, einen Aschenbecher und ein Päckchen Streichhölzer vor sich. Er versuchte, sich eine Zigarette anzustecken, aber seine Hände zitterten so, daß es ihm nicht gelang. Prestone half ihm und steckte sich auch eine an.

»Danke, daß du dich um Muggsy kümmerst«, sagte Moore. »Ich kann dir gar nicht sagen ... Da ist mir ein Stein vom Herzen gefallen. Wie hast du sie dazu gebracht, was zu fressen?«

»Das macht Consuelo. Sie hat diese Herzdiät vom Tierarzt mit kleinen Stückchen Hühnerfleisch gemischt. Riecht schauderhaft, aber der Hund frißt es. Wie geht's dir denn?«

»Ich kriege Librium. Das Schlimmste hab ich verschlafen.«

»Und was soll der Apfelsaft?«

»Da ist Fruchtzucker drin«, sagte Moore mühsam. »Den können die Zellen verbrennen ... Alkohol zerstört die Mitochondrien ... Die Zellen können dann nicht mehr ... Sie gewöhnen sich an einfache Nahrung wie Fruchtzucker ... Der ist den Zellen noch zugänglich.« Der Vortrag hatte Moore den Atem geraubt, und er fing an zu keuchen. Er preßte seine Fäuste in die Augenhöhlen und rieb heftig. Dann starrte er mit gedunsenen Augen und keuchend ins Leere. »Luftmangel«, sagte er. »Diabetes außer Kontrolle.«

Eine attraktive blonde Krankenschwester in einer frisch gestärkten weißen Uniform näherte sich Moore mit einem Stethoskop und einer Manschette. »Ich muß noch mal messen und sehen, ob der Blutdruck immer noch so hoch ist, Mr. Moore.«

Er hielt ihr wortlos den Arm hin. Er hatte sich gefreut, als er seinen Hund gesehen hatte, aber damit war es schon wieder vorbei. Jetzt gab es überhaupt nichts Gutes mehr. Soweit war er schon wieder. Er hoffte, Prestone würde bald gehen, damit er in sein Zimmer zurückgehen und sich dort hinlegen könnte. Aber dann sah er, wie Prestone auf die Gegenwart der Schwester reagierte, und ein Lächeln spielte um seine Lippen. *»Unter dem Zauber des Dionysischen schließt sich nicht nur der Bund zwischen Mensch und Mensch zusammen: auch die entfremdete, feindliche oder unterjochte Natur feiert wieder ihr Versöhnungsfest mit ihrem verlorenen Sohne –«*

»Er liest Nietzsche in Deutsch und hört Blues-Platten«, sagte Prestone. »Ich verstehe überhaupt keine Philosophen.«

»Das glaub ich«, sagte die Schwester und lachte.

»Irgend jemand mußte einfach kommen und sagen, wie's ist«, sagte Moore. »Und was den Blues angeht ... Wenn Sie einmal gehört haben, wie Fats Waller den ›St. Louis Blues‹ spielt, dann sind Sie wie umgewandelt, Ihr Leben wird nie mehr so sein, wie es war ... *Not thinking of good, not thinking of evil, right at this very moment, that is your original face.* Es ist noch toller als Nietzsche. Es wird Sie von allen Dualitäten befreien.«

»Was ich mag«, sagte die Schwester, »ist die Stelle in ›Be My Baby‹, wo die Ronettes hinter der Leadsängerin einsetzen.« Ganz unbefangen sang die Schwester beide Teile des Liedes laut vor. Sie hatte eine melodiöse, angenehm leise Stimme.

Prestone mochte ihre Spontaneität, ihre gute Laune, ihren sauberen Geruch. Während sie langsam die Manschette zusammenlegte, sah sie Prestone mit ihren schönen grünen Augen unverwandt an. Sie hörte auf zu singen und sagte: »Sie sind der Boxer – der im Fernsehen war! Ich hab noch nie einen Boxweltmeister getroffen.«

»Und jetzt kennen Sie zwei«, sagte Prestone. »Der Bursche hier, dem Sie gerade den Puls messen, ist der ehemalige, unangefochtene Halbschwergewichtsweltmeister. Der Mann hat vierzehn Pfund Gewichtsunterschied in Kauf genommen und fünfzehn Runden mit Sonny Liston durchgestanden. Der Mann ist heilig! Der Mann ist geweiht.«

Die Krankenschwester wirkte plötzlich wieder ganz professionell, und Prestone war sich sicher, daß er sie mit seinem Ausbruch erschreckt hatte. Er sah zu, wie sie Moores Blutdruck und Pulsfrequenz notierte und ihm einen Pappbecher mit zwei schwarzen und grünen Libriumkapseln gab. Moore warf die Kapseln ein und führte leicht zitternd die Apfelsaftbüchse zum Mund. Die Schwester sah Prestone energisch an und sagte in ernsthaftem Ton: »Machen Sie dem Champ lieber klar, daß er mit dem Schnaps aufhören soll, ehe er endgültig ausgezählt wird. Das ist jetzt schon das dritte Mal dieses Jahr.«

Moore sagte: »Ich weiß, ich bin geläutert. Ich hör damit auf. Und wenn ich Antabuse nehmen muß.«

Prestone sah der Krankenschwester nach, als sie ins Stationszimmer zurückkehrte. Dann richtete sein Blick sich auf Moore.

»Ich hab unterschrieben. Es ist offiziell. Bei den Abmachungen haben sie mich reingelegt, aber ich will diesen Kampf. Sie haben mir den Vertrag schon geschickt. Gleich gefaxt. Kannst du mit rüberkommen und mich trainieren?«

»Ich kann den Hund nicht mit nach Schottland nehmen. Die haben strenge Quarantänebestimmungen.«

»Du mußt aber dasein, Mann! Auf Tommy kann ich mich nicht mehr verlassen. Ich werd ihn behalten, er war ja schließlich von Anfang an dabei, aber er nützt mir nichts mehr. Du mußt mit rüberkommen, es gibt keine andere Lösung. Consuelo kann auf den Hund aufpassen. Die kommt gut mit ihm klar. Mach dir wegen dem Hund keine Sorgen.«

W. L. Moore drückte seine Zigarette aus und schob seinen Stuhl zurück. Prestone wollte eine Strategiediskussion. Moore hatte keine Lust zu einer Strategiediskussion, und es kränkte ihn, daß Prestone ihn nach all den Jahren nicht besser kannte. »Wie schlägt man einen Jabber?« fragte er müde.

»Mit dem eigenen Jab. Ich hab dran gearbeitet, mit Drei-Pfund-Gewichten – Zweier- und Dreierfolgen, dann die rechte Gerade und dann unten *wumm!* den linken Haken, oben die Rechte, einen linken Haken zur Schläfe, die Rechte ans Kinn. Ich werd ihn in die Leber schlagen; ich werd ihn unter der kurzen Rippe erwischen, verdammt, der soll's zu spüren kriegen! ›So, du Scheißkerl‹, werd ich sagen. ›Wie gefällt dir das?‹«

Prestone balancierte auf den Zehen, schlug mit der linken Hand und wechselte dann rasch zur rechten, während er wie beim Ballett durch den Raum tanzte. »Touché! Touché! Touché! Dit-dit-dit, popp-popp-popp, la-la-la, dit-dit-dit, popp-popp-popp. Mann, er ist zu Boden gegangen, als *hätte ihn eine Fünfundvierziger zwischen die Augen getroffen!*«

»Tolle Sprüche«, sagte Moore. »Alles Quatsch. Sag mir lieber: Kannst du *durchhalten* gegen McGillian?«

»Durchhalten kann ich bei *jedem*, McGillian werde ich platt machen. Kein Quatsch, Mann. Ich werde ihn ummähen, kleinhacken. In kleine Scheibchen werd ich ihn zerlegen. Wie ein Paar dreckige Unterhosen laß ich ihn fallen. Das Arschloch werd ich ihm aufreißen. Fix und fertig werd ich ihn machen –«

»Gut«, sagte Moore und hoffte, Prestone würde mit seiner Arie aufhören und gehen. »Du brauchst mich nicht, du weißt genau, was du tust –«

Schlagartig verwandelte sich Prestones Gesicht in eine Maske des Zweifels. »Ich brauch dich für den Kopf, Champ.

Erzähl mir vom Apollinischen und Dionysischen und dem ganzen Kram.«

Moore stand mühsam vom Tisch auf. »Ich fühl mich so schwach«, sagte er. »Laß uns in mein Zimmer gehen. Ich muß mich hinlegen.«

Prestone folgte W. L. Moore den kurzen Korridor hinunter. Sie kamen auch am Stationszimmer vorbei, wo er die attraktive Krankenschwester mit den blonden Zöpfen über Krankenberichte gebeugt sah. Sie sah hoch, zwinkerte und schenkte ihm ein strahlendes Lächeln mit blitzenden weißen Zähnen. In seinem Zimmer warf Moore sich aufs Bett und deckte seine Augen mit dem Arm zu. »Kannst du die Jalousien runterlassen? Ist es heiß draußen? Ist es Muggsy auch nicht zu heiß?«

»Nein, es ist genau richtig, Champ.«

Moore schloß seine Augen für einen Moment und massierte fieberhaft seine Kopfhaut und seine Stirn. Dann begann er einen hypnotischen Singsang. »Weißt du, diese Schotten werden alle total durchdrehen; du bist der erste richtige Gegner, den McGillian seit zwei Jahren hatte. Du bist in Form für einen Kampf, McGillian ist vielleicht überhaupt nicht in Form, so wie damals Willard vor Dempsey. Vielleicht hat er auch wehe Hände, Rückenschmerzen oder ein kaputtes Knie ... irgendwas ist ja immer ... aber du bist trotzdem auf alles vorbereitet, du bist nicht zu erschüttern, ist dir alles egal, denn den *kleinen Billy* hast du ja in der Garderobe gelassen. Und wer betritt nun in deinem Körper den Ring? Herrje, wer kann das nur sein? Das ist jener *mehr oder weniger in jeder Menschenbrust vorhandene Vorrat von Haß, Zorn, Neid, Geifer, und Bosheit, angesammelt, wie das Gift in der Blase des Schlangenzahns, und nur auf Gelegenheit wartend, sich Luft zu machen, um dann wie ein entfesselter Dämon zu toben und zu wüten.* Das ist das hübsche kleine Geschenk aus Übersee, das du für Mr. McGillian mitgebracht hast. Das tritt gegen McGillian in den Ring: der Wille zur Macht, personifiziert im Körper von Billy Prestone.«

»Ich will ihm weh tun«, sagte Prestone. »Er soll's zu spüren kriegen –«

»Gut! Sehr gut. Jetzt hast du's drauf. Du wirst sehen, das ist alles sehr amüsant. Es wird dir Kraft geben, und der Wille zur Macht wird sich noch besser ausgeprägt haben, wenn du erst in den Ring trittst. McGillian ist ein Geschäftsmann. Ein Promi, ein Mann der Öffentlichkeit. Das ist kein Preisboxer mehr. Wenn seine zwei, drei Tricks nicht funktionieren, zieht er den Schwanz ein. Ein junger Schlagetot wie du kämpft um des Kämpfens willen. Was kann er dem entgegensetzen? Ich meine, wir haben schon das letzte Mal ein bißchen Gurdjeff gemacht, aber das war nur zum Aufwärmen. Danach wußte ich, du bist richtig. Du hast angefangen zu *glühen*, du hast den Raum zum Leuchten gebracht; wenn ein Kämpfer das kann, ist er unbesiegbar. Na ja, das kommt ganz automatisch, und du machst bestimmt alles richtig. Natürlich wird er seinen Jab einsetzen, aber wenn du mußt, wirst du einfach durch seine Schläge durchmarschieren. Und wenn er dann deine eigenen Jabs spürt – sehr gute Jabs –, wird er denken: ›Irgendwie bin ich heute lahm; ich komm gar nicht richtig in Schwung.‹ Du wirst ihn aus seiner Sicherheitszone herausdrängen. Es ist sein Ring und sein Publikum, aber wenn du ihn zwingst, rückwärts zu gehen, kriegt er Angst; denn der Typ kann nicht im Rückwärtsgang kämpfen. Er wird an sich zweifeln. Du wirst stärker, und er muß einstecken. Wenn du ihn kalt erwischst, kippt er früh um; wenn nicht, wird er in den mittleren Runden erschöpft sein. Der Druck wird zu stark für ihn. Er wird keine dritte Luft kriegen wie du neulich. Das ist etwas sehr Seltenes, und nur wenige Boxer haben es je erlebt. McGillian wird merken, daß du etwas hast, was über das sogenannte *Kämpferherz* weit hinausgeht.«

»Es wird klappen, nicht?«

»Wie Magie. Es wird eine dieser Nächte sein, Junge. *Süß* wird es sein. Reine *Magie* wird es sein. Es wird deine Nacht sein – eine Nacht wie keine andere. Du bist im Rhythmus. Geh von Anfang an auf ihn los, und denk keinen Augenblick drüber nach. Und wenn du ihn k.o. geschlagen hast, hüpf bloß nicht herum, als wärst du überrascht, daß du gewonnen hast. Keine Gefühlsregungen. Ich will kein überhebliches Grinsen sehen. Du mußt ganz gelassen bleiben, undurchdringlich. Total versteinertes Gesicht. Tote, schwarze Augen. Das wird dem nächsten angst machen, der gegen dich antritt. Der ist dann schon vorher in Angstschweiß gebadet. Der wird denken: ›Das ist kein Mensch‹ und friert bis ins Mark, noch ehe er in den Ring steigt. Wie Norton damals vor Foreman. Oder Michael Spinx vor Tyson. Arme kleine Häschen auf einem fremden, schrecklichen Planeten.«

Prestone war aufgesprungen. Er hatte die Fäuste gehoben und schlug kurze Haken. »Und dann geht's in die Oberklasse, und ich schnapp mir den ganz Großen.«

»Genau, du machst den Übergang vom Lokalmatador zum Spitzenverdiener. Es ist ein Scheißspiel da oben, und die Großen fressen die Kleinen, aber du wirst es schaffen. Und wenn du gewonnen hast, dann klammere dich mit aller Gewalt an den Titel.« Moore grübelte einen Augenblick vor sich hin und sagte dann bitter: »Es gibt nichts Nutzloseres auf der Welt als einen abgehalfterten Preisboxer.«

Er wälzte sich im Bett herum und kam schließlich auf Händen und Knien hoch. »Bist du sicher, daß es draußen nicht heiß ist?« Er riß das Laken beiseite und sagte: »Kein Wunder! Diese Matratze – die Matratze ist mit Plastik überzogen!«

Moore zog die Decke vom Nachbarbett, faltete sie zu einer dicken, körperbreiten Bahn zusammen und breitete sie über seine Matratze. Dann legte er sich wieder hin und preßte sich das Kissen auf die Augen. »Ich brauch noch ein paar Tage«, sagte er. »Hör mal, ich will nicht unhöflich sein, aber ich kann jetzt nicht mehr reden. Die Pille fängt an zu wirken. Tauch dein Gesicht zweimal täglich in Salzwasser, und lies den Propheten. Da steht alles drin.«

Prestone nahm die Nietzsche-Ausgabe vom Nachttisch. »Danke, Champ. Du hast mich eingeklinkt. Ich hab den Kampf gerade gewonnen. *Du* hast den Kampf für mich gewonnen. Der Rest ist bloß noch Physik. McGillian lebt in einer Welt des Schmerzes und weiß es noch gar nicht. *I am the lizard king; I can do anything.*«

»Stimmt genau. Es strahlt nach allen Seiten aus. Auch die Krankenschwester hast du damit erschreckt. Hast du sie gesehen? Sie will von dir gefickt werden, weil du ein *Mann* bist. Du bist so wirklich, daß sie ganz naß unten wurde; sie hat wahrscheinlich lange keinen mehr in freier Wildbahn gesehen. Du bist ein Mann! Denk dran.« Moore faltete sein Kissen zusammen und legte es sich wieder über die Augen. Prestone sah auf seinen Freund hinunter, und das bedeutete aus dieser Perspektive, daß er in seine zerschlagenen Nasenlöcher hineinschaute. Er beobachtete Moores lange, rasselnde Atemzüge.

Ein Scheißspiel. Die Großen fressen die Kleinen.

Prestone packte Moore an der Schulter und sprach bewußt abgehackt, damit seine Stimme nicht brach. »Ich liebe dich, Champ«, sagte er. »Ich liebe dich mehr als alles andere. Es gibt nichts auf der Welt, was ich nicht für dich tun würde. Das sind meine wahren Gefühle. Ich liebe dich. Laß mich nicht im Stich.«

Als er merkte, daß Moore nicht reagieren würde, sondern sich allenfalls noch steifer machte und sich das Kissen noch fester auf das Gesicht preßte, klemmte sich Billy Prestone den Nietzsche unter den Arm und ging hinaus auf den Flur.

Die blonde Krankenschwester rief: »Viel Glück«, als er am Stationszimmer vorbeikam, und dann, als er über den Rasen zum Parkplatz ging, hörte er Moores volle, kräftig vibrierende Stimme durch die dicke Scheibe des Zimmers. Prestone drehte sich um und sah seinen Freund am Fenster stehen. Er hatte die Arme gehoben und schüttelte triumphierend die Fäuste. Tränen liefen ihm übers Gesicht, und lauter als die Trompeten von Jericho schrie er: »Jeden schaffst du! *Jeden!*«

Danksagung

Der Autor wurde unterstützt und inspiriert von Roger Donald, Jordan Pavlin, Geoffrey Kloske, Mike Mattil, Beth Davey, Mih-Ho Cha und den übrigen Mitarbeitern von Little, Brown and Company, die diese Sammlung von Erzählungen ermöglicht haben. Außerdem möchte ich auch meine aufrichtige Dankbarkeit zum Ausdruck bringen gegenüber der besten Freundin und Literaturagentin, die sich ein Schriftsteller nur wünschen kann – Candida Donadio –, und dem phantastischen Team bei Donadio & Ashworth.

Inhalt

Teil I

Ruhender Faustkämpfer 9
Im Purpurfeld 34
Die schwarzen Lichter 72

Teil II

Wipeout 97
Stechmücken 107
»Unchain My Heart« 122

Teil III

»Vom 6. Juli an werde ich für keine Schulden außer
meinen eigenen mehr aufkommen« 141
Schattenrisse 153
Ich will leben! 177

Teil IV

Ein weißes Pferd 205
Rocket Man 223

Amerikanische Autoren
im Carl Hanser Verlag

Nik Cohn
Das Herz der Welt
Roman
Aus dem Amerikanischen von
Dirk van Gunsteren
1992. 392 Seiten

»Zehn Jahre hat Cohn nichts geschrieben. Was macht ein Mann, der zehn Jahre nichts geschrieben hat und es nochmal wissen will? Er schreibt einen Klassiker ... Kein epochaler Gesellschaftsroman, keine Wiedergeburt des Realismus aus dem Geiste der großen Erzählung, nicht das Buch, auf das ›wir alle‹ gewartet haben. *Das Herz der Welt* ist, vielleicht sogar gegen die Absicht seines Autors, ein eher kleines Ding: die literarische Topographie eines Ortes.«

TAZ

»Die Energie, die Aufgeregtheit und die Obsessionen der bedeutendsten Stadt dieses Jahrhunderts hat Cohn präzise, pointiert und leidenschaftlich niedergeschrieben. Und er hat dabei versucht, die gesprochene Sprache, die, wenn das soziale Leben langsam abstirbt, auch nicht mehr lange leben wird, zu retten.«

Der Spiegel

»*Das Herz der Welt* ist eine einzige Liebeserklärung an New York, an den Broadway, an die Hauptdarsteller der Straße.«

Die Zeit

T. Coraghessan Boyle
América
Roman
Aus dem Amerikanischen von
Werner Richter
1996. 392 Seiten

»*América* fabuliert wild und engagiert entlang jener vielzitierten ›Tortilla-Grenze‹, die nicht nur durch die Köpfe der Amerikaner verläuft, sondern auch in denen der Mexikaner ihre Ressentiments hinterläßt. Dabei spießt der Roman all jene Gegensätze zwischen Arm und Reich, zwischen Legal und Illegal pointiert auf, die tagtäglich neue Mauern in den Köpfen errichten; sozialpolitischer Sprengstoff also, den Boyle immer wieder satirisch bricht, um Satz für Satz hinabzukriechen in die Tiefen zerquälter Seelen, die offenbar nicht anders können, als zu hassen, was sie nicht kennen.

Boyle präsentiert eine von leidgesättigter Ironie geleitete und darin bisweilen schreiend komische Geschichte, die bei aller Unterhaltungslust ihren Gegenstand nicht aus den Augen verliert: den Einzelnen mit seinen mitunter dumpfen Ressentiments, seiner bohrenden Engstirnigkeit – aber auch seinen Ängsten und zerplatzten Träumen.«

Facts

Richard Dooling
Grab des weißen Mannes
Roman
Aus dem Amerikanischen von
Dirk van Gunsteren
1996. 480 Seiten

»Doolings Roman ist eine ganz wundersame und wunderbare Mischung aus ethnologischem Tatsachenbericht und Schelmenroman, er ist eine oft zum Schreien komische Studie über die afrikanische Hexenkultur und über den Zusammenprall der gegensätzlichsten Kulturen, und er ist so spannend, daß man ihn schier nicht aus der Hand legen kann.«

Stuttgarter Zeitung

Garrison Keillor
Radio Romance
Roman
Aus dem Amerikanischen von
Angelika Kaps
1994. 424 Seiten

»Der Roman zählt zweifellos zum Witzigsten und Verrücktesten, was in den letzten Monaten auf dem deutschen Buchmarkt erschienen ist. Wer einmal mit der Lektüre begonnen hat, legt das Werk so bald nicht wieder zur Seite.«

Kölner Stadt-Anzeiger

»*Radio Romance* ist so herrlich sentimental wie Woody Allens Film *Radio Days*, so vielstimmig erzählt wie Nik Cohns Liebeserklärung an den Broadway, ein anderes *Herz der Welt*.«

Die Zeit

Matt Ruff
Fool on the Hill
Roman
Aus dem Amerikanischen von
Giovanni Bandini und Ditte König
1991. 600 Seiten

»Das ungebärdig, mit enthemmter Phantasie erzählte Buch ist ein erstaunliches Debüt. Ruff läßt ein riesiges und bunt gemischtes Personal aufmarschieren; dazu kommen eine Menge Hunde und ein wahrhafter Kater auf die Szene, daneben ein ganzes Koboldvölkchen, das mit den Ratten und einem dämonischen Bösewicht namens Rasferret in alter Feindschaft lebt. Ferner trifft man auf Studenten der renommierten Cornell-Universität in Ithaca, unter denen besonders die ›Bohemier‹, eine Gruppe von ›selbsternannten Hütern der Nonkonformität‹, die liebevolle Aufmerksamkeit des Erzählers finden ... Matt Ruffs wild bewegter, von skurrilen Einfällen brodelnder Roman läßt eine Fülle verschiedener Handlungsstränge nebeneinander ablaufen und verknüpft sie nicht ohne Virtuosität.«

Frankfurter Allgemeine Zeitung

»Ein intelligenter Unterhaltungsroman.«

Frankfurter Rundschau